KB262502

진격 新무협 판타지 소설
흡정마공
吸精魔功
FANTASTIC ORIENTAL HEROES

흡정마공 1

진격 新무협 판타지 소설

초판 1쇄 찍은 날 § 2007년 2월 10일
초판 1쇄 펴낸 날 § 2007년 2월 16일

지은이 § 진격
펴낸이 § 서경석

편집장 § 문혜영
편집책임 § 이재권
편집 § 유경화

펴낸곳 § 도서출판 청어람
등록번호 § 제1081-1-89호
등록일자 § 1999. 5. 31
어람번호 § 제2-1126호

주소 § 경기도 부천시 원미구 심곡1동 350-1 남성B/D 3F (우) 420-011
전화 § 032-656-4452 팩스 § 032-656-4453
http://www.chungeoram.com
E-mail § eoram99@chollian.net

ⓒ 진격, 2007

ISBN 978-89-251-0546-8 04810
ISBN 978-89-251-0545-1 (세트)

1
흡정마공
[마경쟁탈전]
吸精魔功
진격 新무협 판타지 소설
FANTASTIC ORIENTAL HEROES
도서출판
청어람

흡정마공

나의 아버지는 소위 말하는 삼류인생이다.

남들이 천시하며 손가락질하는 도굴꾼. 그것이 아버지의 직업이다.

그런 이유로 나에 대한 아버지의 기대는 당신의 삶을 한탄하는 반증으로 작용했다.

내가 일곱 살 때였던가?

아버지는 그동안 모아둔 돈을 전부 쏟아 부어 나를 무당으로 보냈다. 시주라는 형식이었지만, 기부 명목으로 무당의 제자가 되게 하려는 목적이었다. 바로 무림명문 무당의 제자로 만들어 앞으로 강호에서 삼류가 아닌 일류로 대접받기를 바란 것이다.

그리고 그 덕으로 나는 장문인과 같은 항렬인 무허 진인(無虛眞人)의 제자가 될 수 있었다.

하지만…….

그건 아버지의 꿈일 뿐, 실상 모든 것은 그렇게 만만한 것이 아니다.

내가 그것을 깨닫게 된 것은 열네 살 때로, 한창 사춘기 문턱에 들어서던 나에게 그 일은 너무나 커다란 충격이었다. 나의 성공을 기다리는 아버지의 바람이 바보 같다 여겨지는 순간, 나는 그날부로 무당을 떠났다.

수일 후, 집에 돌아온 나에게 아버지는 이것저것 물었다.

하지만 나는 그저 침묵으로 일관했다.

아버지는 그런 나를 몇 달간 지켜보시다가 깜짝 놀랄 선물을 준다면서 갑자기 떠났다.

그리고 일 년 후.

아버지가 돌아오셨다. 바보같이 답답한 아버지라도 나에게 소중한 아버지이기에 나는 그를 반갑게 맞았다.

그런데 돌아온 아버지의 모습이란?

온몸에 피 칠을 한 채, 한쪽 팔과 한쪽 다리는 어디론가 사라졌다.

그런데도 나에게 투박한 미소를 지어주며 한 뿌리의 인형설삼(人形雪蔘)과 이름도 적히지 않은 무경(武經)을 건네줬다.

아버지는 마지막 유언으로 나에게 이런 말을 남겼다.

"아들아… 못난 아버지로 인해 네가 마음고생이 심했구나. 거기다 너에게 벗지 못할 또 하나의 짐을 던져 주다니, 이 아비는 정녕 뼛속까지 삼류인 듯하다. 하지만 이것만 있으면, 너는 그런 삶을 살지 않아도 될 것이다. 그러니 못난 이 아비의 욕심 따윈 잊고, 그저 네 뜻이 가는 대로 자유롭게 살아라."

그날 나는 얼마나 많은 눈물을 흘렸는지 몰랐다.
그리고 한때라도 아버지를 멍청하다 원망했던 내 자신을 저주했다.
그래서 나는 아무 생각도 하지 않았다. 오직 나의 머리 속엔 그저 아버지가 전해준 무경을 익혀 아버지와 나를 물먹인 무당의 코를 납작하게 해주고, 그토록 아버지가 원하는 초일류가 된다는 생각뿐이었다.
그 뒤 나의 무공을 이루기 위한 처절한 수련이 시작되었다.
다행히 인형설삼은 희대의 명약인지 무경상의 절학들을 익히는 데 아무런 어려움도 주지 않았다.
거기다 나날이 늘어가는 내력과 놀라운 위력을 보이는 무경상의 절학들.
나는 더욱 수련에 박차를 기울였고, 그런 모든 것들은 나에게 일어나는 변화들을 미처 바라보지 못하게 만들었다.

그리고 십 년째 되는 어느 날.

무공상의 모든 비록을 완성하고, 그동안 지냈던 선인동(仙人洞)을 벗어나 씻으러 간 개울가에서…….

나는 돌아버렸다!

第一章

선인동을 떠난 고경천은 개울에 비춰지는 자신의 모습에 입을 다물 수 없었다. 그리고 어느새 그는 자신도 모르게 뒷 걸음질치고 있었다.

'마… 말도 안 돼!'

다시 한 번 용기를 내어 천천히 수면에 몸을 비춰갔다.

그런데 그곳에 비춰진 모습이란……

놀라 살짝 벌려진 붉은 입술 사이로 가지런한 하얀 치아가 보였다. 그리고 얼굴을 떠나 아래로 시선을 내리니 가는 허리와 늘씬하게 뻗은 하얀 다리가 그의 눈을 사로잡았다. 더욱이 가슴과 엉덩이를 덮은 기다랗고 윤기 흐르는 머리카락이 물

속에서 보석처럼 반짝거렸다.

다시 확인해도 도저히 믿을 수 없는 몰골이었다.

"이, 이게 뭐야. 읍!"

막 소리치던 고경천이 두 손으로 입을 가렸다.

몸뿐만이 아니었다. 어느새 목소리도 가늘고 뾰족하게 변해 있어 그가 남자란 사실을 부정시켰다. 만일 다리 사이의 그것만 아니라면…….

고경천은 받아들일 수 없는 현실에 점점 정신이 붕괴되어가는 느낌마저 들었다.

고생고생해서 한 십 년 수련 끝이 여자도 남자도 아닌 괴물이라니… 이런 거짓말이 어디 있는가?

"무… 무경!"

그나마 이 순간 고경천의 머리 속에 무경이 떠올라 주었다. 그래서 그는 씻으려던 생각을 접어버리고, 머물던 선인동으로 달렸다. 아마 십 년 동안 펼친 경공술 중 지금이 제일 빠를 것이다.

선인동에 도착한 고경천은 무경을 찾아 정신없이 첫 장을 넘겼다.

그런데 그는 첫 장도 제대로 넘기지 못하고 급살이라도 맞은 것처럼 몸을 부르르 떨었다. 그의 두 눈이 첫 장의 한 문구에 사로잡혀 다른 행동을 하지 못하게 막았다.

연공 시 지켜야 할 절대사칙(絶對四則).

첫째, 연공을 시작하기에 앞서 무경과 같이 있는 영물을 반드시 복용하라.

둘째, 연공이 끝날 때까지 절대 말을 하거나 소리를 내지 마라.

셋째, 연공이 끝날 때까지 절대 남에게 모습을 보이거나 자신의 모습을 확인하려고 들지 마라.

넷째, 연공이 끝날 때까지 절대 스스로의 변화에 관심을 두지 마라.

이를 지켜낸다면 능히 천하를 오시할…….

마지막 천하를 오시할 다음은 눈에 들어오지도 않았다.

절대사칙이란 네 가지 문구만 봐도, 처음부터 무언가 잘못되었단 느낌이 팍 하고 들었다.

'원래 이게 이런 느낌이었던가? 이 문구를 처음 볼 때만 해도 이런 느낌을 받지 않았는데…….'

고경천은 그동안 자신이 심각한 착각을 한 것은 아닌가란 생각이 들었다.

맨 처음 이 문구를 봤을 때는 그저 단순히 이 무경을 익히는 데 필요한 까다로운 조건이라 생각했다.

첫째는 넘어가더라도, 둘째부터는 연공 시 말을 하거나 소리를 내면 입을 통해 기가 새어나갈 염려가 있어 그걸 미연에

방지하려는 것이라 생각했다. 셋째는 타인과 거리를 두어 번뇌에 빠지지 말고, 스스로 무공의 정도를 알아보려 수련을 멈추지 말라는 뜻으로 받아들였다. 그리고 마지막 넷째는 고경천에게 아무 의미도 없었다.

그만큼 그의 수련은 아버지의 죽음과 동시에 시작했기에 다른 것에 신경 쓸 여력이 없었다. 그저 뼈를 깎고, 살을 태우는 인내의 과정을 이겨내며 모든 것을 완성하려고만 했었다.

'결국 이 모든 것이 꿈보다 해몽을 좋게 만든 나의 멍청함 때문이었던가? 아님 무경의 비밀을 가리려는 어떤 인간의 사기에 보기 좋게 당한 것인가?'

한번 그런 생각을 하자 모든 것이 절망적으로 다가왔다. 그러다 보니 점점 가슴을 어지럽히는 감정들로 인해 미칠 것 같았다.

처음엔 허탈함이 찾아오고, 그 뒤로 분노가, 마지막으로 참을 수 없는 슬픔이 몰아닥쳤다.

"으아아아아아!"

결국 참지 못한 고경천은 광기 섞인 포효성을 터뜨리며 손에 들고 있는 비단 책자를 걸레로 만들었다. 그리고 그걸로도 모자란지 미친 듯 장력을 사방팔방으로 쏘아댔다.

슈아아악!

콰가강!

그가 쏘아내는 빙한지기에 의해 선인동이 점점 얼음굴로

변해 버렸다.

쾅쾅쾅!

천장이고, 바닥이고 일수에 하얀 얼음이 되었다.

모든 것이 그저 얼음 가루처럼 부서지며, 점점 고경천의 몸도 그런 얼음 가루에 가려져 뿌옇게 사라져 갔다.

"으아아아아아악!"

쐐애애애액.

괴성과 함께 작은 그림자가 동굴에서 쏘아져 나갔다.

그리고 잠시.

우르르릉!

동굴은 안에부터 주저앉아 무너졌다. 과연 그곳에 동굴이 있었냐는 듯, 고경천이 머물던 흔적은 하나도 남지 않았다.

그리고 그 뒤로 고경천이 머물던 산은 때 이른 겨울을 맞았다.

산야가 온통 초록의 싱그런 봄 잎이 아닌, 하얀 눈을 맞은 설천지로 화했다.

그와 더불어 사냥꾼, 약초꾼 사이에서는 한 이야기가 흘렀다.

여인이 한을 품으면, 진짜로 눈이 내린다.

*　　　　*　　　　*

몇 날 며칠을 회계산을 하얗게 물들인 고경천은 어깨가 축 늘어진 모습으로 신창(新昌)이란 곳에 다다를 수 있었다. 그나마 다행은 회계산에서 벌인 그 난리로 광기가 많이 가신 것이다.

그러나 세상을 다 산 듯한 몰골에는 절로 동정심이 일 정도였다.

"얼마 만의 마을인가?"

고경천은 이곳저곳을 보며 벅찬 감격에 눈물이 나올 것 같았다.

하지만 자신의 형편을 생각하니 그 모든 것은 금방 처량함으로 바뀌었다. 그리고 그는 그걸 잊고자 주루부터 찾았다. 따지고 보면 그가 마을을 찾은 것도 산에서는 술을 구할 수 없었기 때문 아니던가?

다행히도 그는 주흥루(酒興樓)란 멋들어진 간판을 갖고 있는 주루를 발견했다. 그리고 아무 생각 없이 안으로 들어섰다.

"어서 오십……."

막 그를 반겨주던 점소이가 그의 얼굴을 보고 멍한 표정을 지었다.

'빌어먹을. 사람 얼굴 처음 보나?'

고경천은 자신을 바라보는 점소이의 눈길에 갑자기 미칠

듯한 분노가 치솟는 것을 느꼈다.

그러나 애써 그런 기분을 내리누르고, 점소이를 지나쳐 빈 자리로 향했다.

시간이 일러서인지 주루 내에 자리가 많았다. 손님들도 장돌뱅이로 보이는 자들 몇과 망사가 달린 죽립을 쓰고 있는 여인, 그리고 점쟁이로 보이는 노인이 전부였다.

고경천은 대충 빈자리 하나를 차지했다. 그리고 그는 아직도 멍하니 있는 점소이를 불러 술과 안주를 시켰다.

그가 음식을 기다리는 사이, 여인은 식사가 끝났는지 한편에 놓인 검을 들고 주홍루를 떠났다.

'무림인이라… 내가 검을 들면, 남들의 눈에 저런 모습으로 보이겠지.'

생각하기도 싫을 만큼 끔찍한 모습이었다.

그러나 다시 나타난 점소이가 그의 생각에 쐐기를 박았다.

"마… 맛있게 드십시오, 소저."

으득!

고경천은 점소이의 말에 어금니가 부서질 듯 입을 악다물었다.

"그… 그럼. 소인은 이만."

점소이가 멀어지자 고경천은 가져온 술부터 한잔 쭉 들이켰다.

"크흑!"

식도를 넘어가 온몸을 달구는 느낌에 고경천은 모든 고난이 날아가는 것을 느꼈다. 사람들이 이 맛에 술을 찾는가 그런 생각을 하다 내친김에 고경천은 점소이를 불렀다.

"이보시오. 술잔 하나 더 주시오."

점소이가 술잔을 가져오자 그 앞에 놓고 빈 잔에 술을 부었다. 그리고 정면을 보고 처량한 한소리를 내뱉었다.

"아버지, 지하에서나마 저를 보고 계시다면, 부디 이 술 한 잔으로 시름을 달래십시오. 우리 부자는 정말 바보 같은 짓을 한 것입니다."

아버지의 목숨과 맞바꾼 무경이 그를 이 몰골로 만들었다.

결국 그의 아버지나 자신 모두 쓸데없는 일로 목숨과 시간을 낭비한 꼴이 되고 말았다.

꿀꺽. 꿀꺽.

고경천은 술잔이 아닌 술병을 들어 정신없이 들이켰다. 그리고 가슴의 울분을 토해내듯 긴 한숨을 쉬었다.

"휴우……."

그런데 그의 침통한 한숨을 들었던 것일까?

옆에서 혼잣말을 하는 듯한 점쟁이 노인의 목소리가 들렸다.

"술은 마음이 즐거워지려 마시는 것이지. 울적해지면 무엇하러 술을 마시는가? 육신에 병이 있으면 의원을 찾으면 되고, 마음의 병은 시간이 알아서 치유해 줄 것을 딱하구나, 딱해. 쯧쯧."

고경천은 그 한마디에 술을 마시려던 손을 멈췄다. 그리고 무엇에 이끌리듯 점쟁이 노인을 바라보았다.

그러나 술병도 없이 그저 작은 술잔 하나로 깨작이는 모습이나, 산통(算筒)이라 있는 것도 녹이 슬어 쓸모없어 보이는 모습에 고경천은 곧 시선을 거두었다. 지금은 누구와 엮이는 것이 아닌 혼자서 서글픔을 달래고 싶었다.

"점소이! 여기 술 한 병 주시오. 아니, 술독째 주시오."

그 한마디에 점소이는 놀란 얼굴을 하다 곧 주방으로 사라졌다. 딴엔 마셔봐야 얼마나 마시겠냐 하는 생각이었다.

잠시 후.

점소이가 낑낑거리며 거대한 술독을 끌고 왔다.

술독의 크기가 고경천이 들어앉아 마실 수 있을 정도로 어마어마했다.

고경천은 별 대꾸도 없이 술독의 입구를 잡았다. 그리고 힘도 들이지 않고 한 손으로 들이부었다.

꿀꺽. 꿀꺽.

그 모습에 점소이는 물론 주루에 있던 자들의 눈이 왕방울만 해졌다.

"허허허. 술은 그렇게 마시는 것이 아니라고 해도 젊은 사람이 고집이 세군."

다시 예의 노인의 음성이 들렸다.

쿵.

고경천은 술독을 내리고 노인장을 바라보았다.

"노인장이 지금 내 미칠 듯한 심정을 어찌 아시오? 어디 가서 하소연도 못하고, 어떻게 해야 될지 막막하기만 한 이 심정을. 지금은 그저 술에 취해 모든 시름을 날리고 싶을 뿐이오. 그러니 나를 건들지 마시오. 지금 같아서는 경로우대고 나발이고, 다 뒤집어엎어 버리고 싶으니까."

고경천은 다시금 술독을 들어 술을 몸에 들이붓듯이 마셨다.

노인은 고경천의 무례한 어투에도 화는커녕 오히려 미소를 지으며 다시 말을 걸어왔다.

"막막하기만 하다라. 젊은이, 그럴 때 사람들은 무얼 하는지 아는가?"

"내가 그걸 어떻게 알겠소."

"허허허. 젊은이는 해답을 바로 눈앞에 두고도 찾지 못하고 있구먼."

"해답?"

"그래. 사람들은 스스로 풀지 못할 고민이 있을 땐, 신복에 기대보기도 하지. 그런데 자넨 평생에 두 번 보기 힘든 신통한 점쟁이를 바로 곁에 두고도 막막하기만 하다니… 어찌 해답을 눈앞에 두고도 찾지 않는다는 말과 같지 않겠는가?"

"……."

고경천은 할 말을 잃어 노인을 광포하게 쏘아보며 으르렁거렸다.

"일없으니 그만 하시오. 한 번만 더 내 앞에서 점을 치란 소릴 했다간 내가 예의없음을 탓하지 마시오. 애당초 내가 점에 기대는 놈이었다면, 누구나 뜯어말릴 그 험난한 길을 택하지도 않았소."

"험난한 길이라……."

노인은 그 말을 읊어보더니 자리를 털고 고경천에게 다가왔다.

"아, 정말 귀찮게……."

결국 고경천의 목소리가 높게 째지려고 할 때였다.

그러나 고경천은 노인과 시선이 정면으로 부딪치자 다음 말을 이을 수 없었다.

옆에서 볼 때는 몰랐는데, 노인의 눈엔 검은 동자가 보이지 않았다. 그것이 있어야 할 자리에 허연 동자가 있었다. 그런데 그 눈이 마치 고경천의 모든 것을 꿰뚫어 보는 듯한 착각을 불러일으켰다.

탁.

노인은 산통과 술잔을 탁자에 올려놓고 허락도 없이 자리에 앉았다.

그리고 고경천 옆에 있는 술독을 집었다.

쪼르르륵.

그 역시 별 힘도 들이지 않고, 술독을 들어 작은 술잔을 채

위 나갔다.

“…….”

고경천은 그 모습에 분노하려던 것을 완전히 멈추었다.

작은 잔과 큰 술독, 어울리지 않는 두 가지가 너무 자연스레 어우러졌다. 노인은 술 한 방울도 흘리지 않고, 넘치지도 모자라지도 않게 적당히 자신의 잔에 술을 채웠다.

“복채는 이걸로 하지. 자, 뽑게!”

노인이 산통을 고경천에게 밀었다.

“내 일단 뽑아는 보겠소.”

고경천은 노인의 그런 행동에 분노하지 않고, 못 이기는 척 산통을 집었다.

탁탁탁.

산통을 흔드니 산가지가 통을 두드리는 소리가 났다. 그리고 잠시 후 툭 하니 하나의 산가지가 통 밖으로 튀어나왔다.

“흐음. 어디 보자.”

노인은 떨어진 산가지를 집어 들더니 손으로 그것의 표면을 더듬었다.

‘설마 팔자대로 살란 말은 안 나오겠지?’

고경천은 내심 점 따위는 필요없다고 외쳤지만, 자신도 모르게 긴장을 했다.

“나왔네.”

“어떻게 나왔소?”

"자네 관심없는 거 아니었나?"

"흠흠!"

"허허허."

노인장은 고경천을 보며 재미있다는 듯 웃다가 천천히 입을 떼었다.

"점괘는 이렇네. 타고난 천운이 시련에 가려져 갈 길이 막막하구나. 하나 세상만사 죽으라는 법은 없으니 분명 길은 있도다. 그러나 그 길 또한 가시밭길이니 과연 누가 그 길을 걸으려 하겠는가? 그나마 이대로 가면 천운이 빛으로 이끄나, 벗어나려 한다면 그건 스스로 어둠으로 걸어가는 것이 될 것이다."

노인의 음성엔 신비한 마력이 담겨 있어 듣는 자를 빠져들게 만들었다.

"어떤가?"

"아!"

잠시 노인의 음성에 취해 있던 고경천이 깨어났다.

어찌 보면 노인의 점괘는 고경천의 지금 신세를 뜻하는 것 같다는 생각도 들었다.

"그보다 점쟁이 어르신, 길이 있긴 있는 것입니까?"

순간적으로 고경천의 말투가 바뀌었다.

"길이야 많지 않은가? 여기서 바로 나가도 볼 수 있는 게 길이거늘."

"지금 저는 어르신과 선문답할 시간이 없습니다. 제발 좀 쉽게 쉽게 말해주십시오."

"흐음. 자네에겐 점괘 말고, 두 가지가 더 나왔네. 서(西)와 의(醫). 아마 이게 자네가 갈 길을 뜻하는 것 같기도 하네."

"서와 의… 서와 의… 아!"

쿠당.

성급히 일어난 고경천으로 인해 의자가 나뒹굴었다.

"이보시오. 점쟁이 어르신과 내 술값이 얼마나 되오?"

고경천은 계산대로 달려가며 전낭을 풀었다. 돈이라면 아버지가 남겨둔 게 꽤 되었다.

"예? 예……."

주인장은 기세에 질려 재빠르게 계산을 마쳤다.

셈을 마치고, 고경천은 그대로 주루를 떠나려 했다.

그런데 떠나려는 고경천을 노인이 붙잡았다.

"이보게, 갈 땐 가더라도 한마디를 더 듣고 가게."

"예?"

고경천은 달려가려다 다시 노인의 앞자리에 앉았다.

"자네 방금 나간 여인을 기억하는가?"

"망사가 달린 죽립을 쓴 그 여인 말입니까?"

"그래. 맞네."

"그런데 왜 그 여인을……."

"젊은이의 앞길에 시련을 줄 여자네."

“예에?!”

고경천은 너무나 뜬금없는 말에 놀라 소리치고 말았다.

“그 여인은 지금 서쪽으로 가려 하네. 그런데 그녀가 자네보다 먼저 서쪽으로 가면 자네의 점괘는 엉망이 되고 말아. 그래서 자네는 그녀가 서쪽으로 못 가게 막아야 하네.”

“아니, 막으라 해도 도대체 어떻게… 그냥 막기만 하면 됩니까?”

“그래. 뭐 평생 막으라는 소리는 아닐세. 그녀의 발길을 하루나 이틀 정도 잡아두면 되네. 그럼 서쪽의 일은 고생을 하더라도 자연스레 풀릴 걸세.”

“으음… 뭐 일단 막기만 하면 된다니까 하겠습니다. 한데, 도대체… 왜 이런 일을…….”

고경천은 대답은 했지만 영 납득이 가지 않았다.

“정 이상하면 하지 않아도 되네. 그 후에 점괘가 맞지 않는다 해도 날 원망하지 말게나.”

“알겠습니다. 하면 되지 않습니까? 그럼 어르신, 인연이 닿으면 다음에 뵙겠습니다.”

고경천은 남을 해코지하는 일이 아니라 더 이상 크게 여기지 않았다. 그보다 그녀가 떠난 지가 어느 정도 지나 서둘러야 할 것 같아 번개같이 주홍루를 빠져나갔다.

노인은 멀어지는 고경천을 보며 술잔을 들어올렸다.

“자넨 모르겠으나 그녀와 엮여야 서쪽에서 뜻하는 것을 이

룰 수 있을 걸세. 그렇지 않으면, 자넨 그들과 만날 수 없는 운명이니까. 그래야 그들도 잃어버린 빛을 찾고, 자네도 그들을 통해 모든 시련에서 벗어날 수 있을 걸세. 그리고 그 모든 시련을 이겨낸 후, 나를 다시 만나게 될 걸세. 그럼 나는 그때 자네에게 진짜 점괘를 들려주지.”

눈이 멀어버린 만큼 모든 것을 다 알고 있는 것인가?

노인은 고경천과 상대할 때와는 다른 묘한 말을 남기고, 고경천처럼 주흥루를 떠나갔다.

고경천은 노인의 신복 덕분에 당장이라도 하늘로 날아오를 것 같았다. 그래서인지 경공을 펼치는 그의 두 발도 땅에서 반 치 정도 떠오른 상태였다.

‘그래. 서와 의! 내가 왜 그걸 몰랐을까?

고경천은 자신의 멍청함에 새삼 화가 나기까지 했다.

아무리 십 년 동안 동굴에서 썩었다 해도 간단히 찾을 수 있는 해답 아닌가?

육신에 이상이 있으면 의원을 찾고, 무공으로 후유증이 생겼다면 그보다 뛰어난 무공 소유자를 찾으면 되었다. 그리고 그가 아는 곳 중에 그런 고수가 있는 곳은…

과거 그의 사문이었던 무당파(武當派)였다.

소림과 더불어 무학의 양대산맥으로 불리는 무당이라면 그에게 답을 줄 것이다. 그리고 공교롭게도 무당의 위치는 이쪽에서 서편에 자리 잡았다.

“무당파와 의원이라… 으하하하!”

고경천은 참을 수 없어 미친 사람처럼 웃어 젖혔다. 듣는 자가 있건 말건 웃지 않고서는 참을 수 없었다.

“…….”

그러나 무슨 일인지 한참 웃던 고경천은 거짓말처럼 웃음을 그쳤다. 거기다 기세 좋게 달리던 신형도 세우고 조금씩 어두운 표정을 지어갔다.

‘무당파… 무당파…….’

고경천의 표정이 이제 딱딱하게까지 변해 버렸다. 그러나 곧 그는 고개를 좌우로 세차게 흔들었다.

“휴우. 지금은 무당파를 찾는 일은 잠시 잊자. 아직 무당과의 거리는 한참이고, 일단 가까운 의원을 찾는 게 먼저다.”

대충 감정을 정리하자 고경천은 다시 경공을 펼치려 했다. 그런데 이상하게 무언가 굉장히 중요한 것을 잊고 있단 생각이 들었다.

“아! 망사여인.”

그제야 고경천의 머리 속에 노인의 말이 떠올랐다.

정신없이 주변을 살폈지만 한참 달려온 관도 주변은 황량하다 못해 썰렁하기만 했다.

‘설마 지나쳤나? 아닐 거야. 아무리 정신이 없기로서니 사람이 있는 것도 모를 수가 있나. 혹시 멀리 떨어진 것인가?

고경천이 막 고민에 빠질 때였다.

히이이잉.

다가닥. 다가닥.

등 뒤에서 말 울음소리와 바닥을 때리는 말발굽 소리가 울려 퍼졌다.

고경천은 혹시나 하는 심정으로 뒤쪽을 바라보았다.

붉은색 갈기를 자랑하는 홍마(紅馬)와 그 위에서 청의를 펄럭이는 사람 그림자. 대충 체형이나 바람에 날리는 망사 자락을 보자면, 그 위에 타고 있는 사람은 주홍루에서 보았던 그 여인이 확실했다.

'하늘이 날 돕는구나.'

고경천은 기쁨에 가슴이 두근거리기 시작했다.

그런데 홍마와의 거리가 점점 좁혀지자 고경천은 갑자기 머리 속이 하얗게 변해가는 것을 느꼈다.

'헉! 정작 그녀와 첫 대면을 어떻게 해야 하는지 생각지 않았다.'

이제 그녀와의 거리는 대략 십여 장. 짧은 시간 안에 방법을 찾아내야 했다.

휘이이익.

결국 홍마와 그녀가 고경천의 곁을 빠르게 지나쳤다.

'이런!'

고경천은 안타까운 마음에 그녀를 바라보았다.

그런데 우연인가? 지나가는 그녀도 길가에 서 있는 그를 쳐다보았다.

그 순간, 고경천은 본의 아니게 그녀의 얼굴을 두 눈 가득 담을 수 있었다. 바람에 걷힌 망사 안에 그녀는 굉장히 매력적인 얼굴을 숨기고 있었다.

서글서글한 눈매와 뾰족이 솟은 코, 눈가에 찍힌 붉은 점이 고경천의 시선을 사로잡았다.

그러나 아쉽게도 그 시간은 너무나 짧았다. 망사여인은 잠시 반응을 보이는 듯했으나, 빠르게 전방으로 얼굴을 돌리며 무표정을 한 채 홍마만 재촉했다.

"이랴!"

'어!'

그 순간 고경천은 정신이 번쩍 들었다. 그리고 그녀를 이대로 보내서는 안 된다는 느낌이 확 치솟았다.

게다가 평범한 말이 아닌지 홍마는 벌써 그를 지나쳐 수장(丈)여를 나아가고 있었다.

고경천은 어떻게 해야 될지 몰라 안타까운 눈으로 홍마만 쫓다 뭔 생각이 들었는지 아랫입술을 깨물었다.

'에라, 모르겠다.'

그는 갑자기 앞으로 몸을 던졌다.

"아얏!"

뾰족한 비명성이 터지며 넘어진 고경천이 앓는 소리를

냈다.

"아야. 나 죽네. 아이고, 죽겠다!"

비명도 모자라 고경천은 떼굴떼굴 바닥을 굴러다녔다. 정말 그녀를 잡는단 일념하에 목소리가 째지는 것도 아랑곳없이, 혼신의 힘을 다해 연기를 펼쳤다.

그런데 다행히 그의 비명을 들은 것인가?

"워워."

그냥 가버릴 줄 알았던 망사여인이 말을 달랬다.

히힝! 히이이잉!

홍마는 전력으로 질주하고 있었던지라 쉽게 속도를 줄이지 못하고 이리저리 난리를 쳤다.

"워워. 워어어."

그러나 망사여인은 익숙한 기마술로 말을 이끌며 인마(人馬) 모두 별 탈 없이 멈춰 서게 만들었다. 그리고 천천히 홍마를 이끌어 고경천이 쓰러진 곳으로 다가왔다.

"아야! 아야야!"

고경천은 그녀가 다가오는 기척이 느껴지자 더욱 고통스럽게 바닥을 굴러다녔다.

따각.

홍마는 고경천 근처에서 다다르자 멈춰 섰다.

그러나 망사여인은 바로 홍마에서 내리지 않고, 바닥을 구르는 고경천을 무심히 바라보았다. 그러다 무슨 결정을 내렸는지 말에서 내렸다. 그리고 쓰러진 고경천을 향해 천천히 다가갔다.

'달리는 말을 세우긴 했는데, 다음은 어떡하나?'

고경천은 그녀의 발소리를 들으며 어떻게든 다음 수를 찾고자 머리를 굴렸다.

그러나 그에게 닥쳐온 현실은 그럴 필요가 없음을 금방 깨우쳐 주었다.

쉬익.

파바바박.

요란한 바람 소리와 함께 지풍이 고경천의 마혈을 파고들었다.

"억!"

고경천은 몸이 굳은 채 놀란 눈으로 상대를 바라보았다.

"너는 멍청한 것이냐? 아님 생각이 없는 것이냐? 주루에서 방금 만났던 자가, 비록 내가 잠시 중간에 속도를 늦췄다지만, 내 앞에 나타나 나를 보고 요상한 짓거리를 한다면 너라면 이걸 어떻게 받아들이겠느냐?"

망사여인의 목소리가 차갑게 가라앉아 있었다.

'아!'

고경천은 그 말에 머리를 한 대 얻어맞은 느낌을 받았다. 그가 그녀를 본 것처럼 그녀가 그를 본 것을 왜 생각 못했단 말인가?

하지만 그렇다고 진짜 멍청하게 있을 순 없었다.

"이게 무슨 짓이… 에요?"

고경천은 남자 말투가 튀어나오려던 것을 급히 바꾸었다. 이 상황엔 오히려 문제가 될 것 같았다.

"무슨 짓? 그건 본인이 더 잘 알 텐데."

"네? 나는 아무것도 아는 것이……."

"훗. 보아하니 이젠 비명도 지르지 않는구나."

"……."

고경천은 그 말에 자신이 또 멍청한 짓을 한 걸 깨달았다.

스르르릉.

그가 침묵하자 망사여인은 망설임없이 등 뒤에 비껴 멘 검을 뽑아 들었다. 그리고 햇빛을 받아 반짝거리는 검을 들어 고경천의 턱 밑에 들이댔다.

"무얼 노리고 이런 짓을 했지? 설마 내가 성월여(成月麗)란 사실을 알고 이런 짓을 했느냐? 내가 가까이 가면 독이나 암기라도 뿌릴 생각이었더냐?"

"에?"

"표정을 보아하니 내가 정곡을 찌른 것 같군."

성월여는 고경천의 놀람을 자기 맘대로 해석해 버렸다.

'뭐 이런 여자가 다 있어?'

하지만 고경천이 놀랄 일은 이제부터가 시작이었다.

"자! 누가 나를 공격하라고 사주했느냐? 황하사흉이냐? 중

주삼살? 아니면, 호접서생? 아니면……."

성월여는 계속해서 흉칙한 별호들을 대며 들고 있는 검에 조금씩 검기를 주입시켜 갔다.

검에서 서늘한 기운이 뻗어 나오자 고경천은 턱에 소름이 돋는 걸 느꼈다.

'아… 이거 내가 미친 계집한테 잘못 걸린 거 아냐? 설마 그 점쟁이는 자기 점괘가 들통날까 봐… 나를 이런 미친 계집 애한테…….'

하지만 이런 생각은 너무 앞서 가는 것이었다.

일단 목 아래에 있는 검부터 치우는 게 순서였다.

"잠깐. 뭔가 오해가 있는 것 같은데, 일단 이 검부터 치워 주세요."

"오해는 무슨 오해? 내가 성월여란 걸 알면서도 내 앞길을 막았다는 것은 내 할아버지와 오라버니, 사부의 위명도 두려워하지 않는다는 것인데, 도대체 그럴 배짱을 가진 곳이 어디냐? 자! 널 사주한 곳을 어서 대라!"

"……."

고경천의 입이 벌어졌다. 도대체 대화론 어찌해 볼 수 있는 상대가 아니었다. 해서 마혈이 제압당하자마자 시도한 해혈에 총력을 기울였다.

하지만 돌아가는 상황은 고경천에게 그럴 여유조차 주지 않았다.

"말이 없다는 것은 깨끗하게 죽음으로 모든 것을 받아들이 겠단 뜻이냐? 그래, 어차피 자객에게 고문을 해봐야 토해내지 도 않을 테고, 나도 그런 지루한 시간을 보내고 싶지 않다. 그 러니 널 단칼에 둘로 나누어 널 사주한 놈에게 나를 건드는 것이 어떤 것인지 확실히 알려주마."

성월여는 이제 더 이상 떠들 생각이 없는지 검을 천천히 들 어올렸다.

그리고 그걸 본 고경천은 두 눈이 뛰어나올 것만 같았다.

"잠깐! 이 미친 계집아! 지금 멀쩡한 사람을 죽이려는 거 야. 멈춰! 안 그러면, 내 껍데기를 홀라당 벗겨… 이런 환장!"

고경천이 발악을 하자 성월여는 검을 내려 그의 목을 살짝 찔렀다.

"후훗. 이제야 본색을 드러내는군."

'아… 이런 미친 계집…….'

고경천은 내심 욕설이 튀어나왔다.

하지만 혈도 타동이 코앞이라 그녀를 자극할 수 없었다. 그 래서 이를 부드득 갈며 분노를 삭이다 고경천은 그녀의 뒤편 풀숲이 흔들리는 것을 보았다.

'저건?

고경천은 그걸 보자 얼마 전과 달리 빠르게 머리가 돌아갔 다.

"뭐 해! 이 미친 계집을 공격해! 어서 정신 나간 계집에게 암기를 던지라고!"

"……?!"

그 소리에 목에 닿은 성월여의 검이 주춤거렸다.

"그래! 지금이 기회야. 이 미친 계집은 등 뒤에 네가 있는 것을 몰라!"

고경천은 더욱 목이 터져라 소리를 질렀다.

삭삭.

거기다 고경천을 도우려는지, 풀잎들이 때맞춰 서로 부딪치는 소리를 내주었다.

갈등하던 성월여가 빠르게 뒤를 돌아봤다.

그러나 뒤엔 아무것도 없을 뿐, 고경천이 소리치던 동조자는 그 어디서도 보이지 않았다.

"감히!"

성월여가 검을 들었다 그대로 아래로 내리꽂았다.

그 순간,

"뚫렸다."

고경천은 막혔던 혈들이 뚫리는 상쾌함을 맛봤다.

그러나 이미 쏟아진 성월여의 검이 턱 바로 위까지 다가와 고경천은 벌린 입을 그대로 검을 향해 들이밀었다.

콱!

가각!

쇠와 단단한 것이 맞부딪치는 소리가 터졌다.

“…….”

성월여는 검이 멈춰지자 의아한 표정을 지었다.

“이 미틴 게지비 긴까 끼어(이 미친 계집이 진짜 찔러)?”

그리고 밑에서 터져 나온 소리에 의문을 느낄 새도 없이,

쉬익.

퍽.

“억!”

성월여는 허리 어림을 파고드는 하나의 지풍에 헛바람을 토해내며 뻣뻣하게 굳어버렸다.

“호호호.”

그리고 그 밑에서 고경천이 비릿한 웃음을 흘리며 천천히 몸을 일으켰다.

“퉤! 젠장, 앞니 몽창 날아가는 줄 알았네.”

고경천은 손을 들어 자신의 턱을 어루만졌다. 아직도 얼얼한 것이 말을 하는 데 은은히 고통이 느껴졌다. 그리고 그 고통은 고스란히 성월여에 대한 분노로 바뀌었다.

“너! 아니야…….”

고경천은 뭔가 말을 하려다 멈추고, 그냥 그녀의 주위를 빙글 돌기만 했다. 하지만 그 속은 어떻게 요리를 해야 잘했다고 소문이 날까 온통 그 생각뿐이었다.

“무슨 짓을 하려는 거냐? 모욕할 생각이면 깨끗이 죽여라. 너도 무인이라면, 모욕하지 말고 깨끗이 내 목숨을 거둬라.

대신 너는 오늘의 일에 대해 두고두고 후회할 것이다.”

상황이 역전되었어도 성월여의 기세는 조금도 바뀌지 않았다. 지금도 고개를 꼿꼿이 쳐든 채 눈에서는 고경천을 잡아 먹을 듯한 살기를 줄기줄기 쏟아냈다.

고경천은 그녀의 주위를 돌던 것을 멈추고 그녀의 얼굴 앞에 자신의 얼굴을 바싹 들이댔다.

“지금 모욕이라고 했느냐?”

“그래, 모욕. 감히 자객 따위가 무인의 자존심을 알까 모르겠지만, 네가 지금 하는 모든 행동이 무인을 모욕하는 것이다.”

“허……..”

고경천은 한 손을 들어 이마를 짚었다. 도대체 답이 안 나오는 여자였다.

“너 혹시 정신에 이상이 있는 것이 아니야? 그렇지 않으면 멀쩡한 사람을 점혈시키지도 않고, 검으로 찌르지도 않을 테고, 이렇듯 되도 않는 헛소리를 지껄이지도 않을 거 아니야.”

“닥쳐라. 그딴 모욕적인 언사를 할 바엔 깨끗이 죽여라. 그리고 최대한 빠른 시간 안에 중원을 떠나는 게 좋을 거다. 그렇지 않으면, 나의 오라버니와 할아버지에 의해 죽지도 살지도 못하는 신세가 될 것이다.”

‘휴우… 내가 말을 말아야지. 차라리 벽을 보고 말하지, 어찌 이 계집을 보고 말하겠나? 그보다 이 계집을 어떻게 하지?

하루 정도 잡아두어야 하는데… 아!'

골머리를 싸매던 고경천에게 갑자기 좋은 생각이 떠올랐다.

"흐흐. 좋아."

"……?"

'내 비록 겉딱지는 이렇지만, 명색이 사나이인데 한번 내뱉은 말은 지켜야지.'

그러면서 고경천은 그녀의 손에서 검을 뺏고, 등에서는 검집을 풀러 검과 검집을 하나로 한 후, 자신의 등 뒤에 돌려 메었다.

"지금 뭐 하는 짓이냐? 감히 도적질이라도 하겠다는 거냐?"

"응! 그리고 아직 남았어. 몇 가지 더 가져가야 하거든. 그러니 장소를 옮겨볼까?"

그리고 다시 한 번 그녀의 혈도를 재점혈했다.

파바바박.

"무슨 짓이냐?"

"그거야 따라와 보면 알지."

고경천은 말이 끝나자 그녀를 허리에 끼고 관도를 벗어나 인적이 없는 곳으로 몸을 날렸다. 그리고 얼마 지니지 않아 바위 두 개가 기대고 있는 장소를 발견해 그곳으로 다가갔다.

일단 고경천은 성월여를 바위 사이에 생긴 작은 공간에 내

려놓았다. 그리고 주변을 뛰어다니며 나뭇가지니 기다란 풀
이니 하는 것들을 한 아름 들고 나타났다.

그 모습에 성월여의 얼굴이 붉게 달아올랐다.

"이… 악독한! 그냥 단칼에 끝내는 것이 아쉬워 나를 태워
죽이려고 하느냐?"

"태워 죽여? 허 참, 뭔 계집이 머리 속에 그런 생각들만 가
득하냐? 마음 같아서는 나도 그러고 싶지만 차마 그렇게는 못
하겠고, 다른 방법으로 잊지 못할 추억을 남겨주마. 흐흐."

고경천은 그녀에게 예쁜 미소를 지어주고, 가지고 온 물건
들을 한편에 내려놓고 그녀에게 다가갔다.

"뭐 하려는 것이냐?"

"뭐 하긴, 약속을 지켜야지?"

"약속?"

"그래. 내 분명 너에게 말한 적이 있다. 검을 내려치면 껍
데기를 홀랑 벗겨놓겠다고."

고경천은 차가운 눈으로 그녀를 바라보았다.

"너!"

성월여는 그 한마디에 말을 잇지 못했다.

그러나 고경천은 곧 얼굴 표정을 풀고 그녀에게 장난기 어
린 미소를 보여주었다.

"원래는 그렇게 하려고 했는데 나도 차마 양심이 있어서
그렇게는 못하겠고, 아래위, 딱 두 가지만 벗기도록 하마."

"흥! 맘대로 해라. 네가 나의 옷을 전부 벗긴다 해도 내 눈 하나 깜빡하지 않을 것이다."

"호오, 그래? 그거야 네 마음대로 생각하고. 자! 그럼 시작해 볼까?"

고경천은 양손을 꼼지락거리며 그녀의 상의 끈을 풀어갔다.

성월여는 정말 호언장담한 대로 아무 소리도 내지 않고, 그저 얼굴만 딱딱하게 굳혔다.

그래서인지 고경천은 별다른 거리낌 없이 그녀의 상의를 한 꺼풀 한 꺼풀 벗겨 나갔다. 그리고 이젠 마지막 남은 가슴 가리개의 끈마저 풀어나갔다.

그리고 그녀의 가슴 가리개가 새하얀 가슴을 떠나는 순간.

"큭!"

지금까지 잘 참아오던 성월여가 신음을 내며 피를 흘렸다.

그러나 그 소리를 듣지 못했는지 고경천은 장시간의 사투 끝에 얻어낸 하얀 천 조각을 허공에 들었다.

"되었다."

그런데 그는 막 다음 동작을 하려다 분을 못 이겨 피를 토해내는 성월여의 모습을 보게 되었다.

'이 계집……'

절대 눈물을 보이지 않을 것 같던 성월여가 소리없는 눈물을 흘리고 있었다.

‘그래도 계집은 계집인가?

더 이상 흥이 나지 않았다. 아니, 더 했다가는 오히려 그의 양심이 용납을 못할 것 같았다.

그래서 대충 가슴 가리개를 자신의 품에 쑤셔놓고, 풀어헤쳐진 그녀의 상의를 정성스레 여며주었다. 처음처럼 이곳저곳 더듬지 않고, 최대한 노출된 그녀의 가슴도 보지 않은 채, 묵묵히 모든 일을 마쳤다. 그리고 잠시 그녀의 맥문을 잡고 이상이 있나 안위까지 살폈다.

‘놀란 것뿐 크게 상하진 않았네. 뭐 이 정도는 하루 정도만 안정을 취하면 날 테니 결국 목적 달성은 했네.’

고경천은 뜻은 이뤘지만, 왠지 찜찜한 기분이 들었다.

하지만 어쩔 수 없다 여겨 막힌 그녀의 혈도를 풀어주었다.

“음.”

“막힌 혈은 반 각(半刻:5~7분)이면 풀릴 것이다. 원래는 아래 속옷까지 벗기려 했으나, 이 정도에서 용서해 주마. 대신 다음부터는 일을 함에 있어 확실히 모든 것을 확인하도록 해라. 그렇게 했다면, 애초부터 너와 나 사이에 이런 일이 생겼겠느냐?”

그러나 대답없는 성월여는 고경천의 얼굴을 뚫어질 듯 쳐다보기만 했다.

고경천은 그 시선을 받을 수 없어 떠나려 했다.

“그럼 이만 가마.”

고경천은 말을 끝내고 가져온 풀과 나무 더미로 그녀의 모습을 가려주었다. 혹시라도 제압된 상태에서 무슨 일이 생길까 꼼꼼히 그녀의 신형을 가려주었다.

"자신있다면, 이름이나 밝히고 가라."

씹어뱉듯 내뱉는 성월여의 목소리가 풀 틈 사이에서 들려왔다.

'그래. 확실히 해두는 게 좋겠지.'

고경천은 가려던 걸음을 멈추고, 그녀가 있는 곳을 향해 한마디를 해주었다.

"내 이름은 고경천. 나는 서쪽으로 가는 중이니, 복수하고 싶으면 쫓아오도록 해라."

"고경천… 고경천… 고경천……."

안에서 혹시라도 잊어버릴까 자꾸 되뇌는 성월여의 목소리가 들렸다.

고경천은 씁쓸한 미소를 지으며 멈췄던 걸음을 다시 놀렸다.

그런데 한참 잘 가던 고경천이 갑자기 찜찜한 표정을 한 채 그녀가 있는 곳을 향해 소리쳤다.

"아무래도 이 정도는 내가 너무 손해 같다. 그래서 가져가는 김에 하나 더 가져간다. 홍마를 잠시 빌려 탈 테니, 돌려받고 싶으면 부지런히 쫓아오도록. 그럼, 내 말 꼭! 명심하도록 하고, 나는 진짜 간다."

　이 말을 끝으로 고경천은 홍마가 기다리고 있을 관도로 달렸다.

“고경처어어언!”

　곧이어 뒤에서 악에 받친 성월여의 목소리가 들렸지만, 그는 그런 것을 무시하고 그대로 떠나갔다.

第二章

허양의원의 미친 의원

“이놈도 주인을 닮아 꼭 쓴맛을 봐야 정신 차리네.”

처음에는 올라타지도 못하게 난리를 피우던 홍마가 이제
야 제법 말을 들었다. 그 와중에 그에게 많이 맞기도 했지만.
이런 것을 보면 사람이나 짐승이나 별반 다른 것이 없어 보였
다.

그렇게 한참 툭탁거리며 오다 보니 고경천과 홍마는 한 마
을의 초입에 다다랐다.

툭툭.

고경천은 그 앞에서 가옥이라도 세는지 버릇처럼 홍마의
머리를 두드렸다.

"정말 많군. 그때와 비교하면, 이거 완전 천양지차(天壤之差)네."

홍마 위에서 기령촌(奇靈村)을 둘러보던 고경천이 감회에 젖었다.

십 년 전과 비교해 너무나 달라졌다. 그때 당시만 해도 회계산에서 얻는 약초를 파는 몇몇 약재상들이 모여 사는 작은 촌락이었다. 그런데 이젠 다른 점포들도 늘어나 마을 전체가 활발하게 돌아갔다. 대충 눈에 잡히는 마을의 규모만 해도, 과거와 비교해 거의 두 배에 가까웠다. 이 정도 규모라면 이젠 웬만한 시진이라 불려도 빠지지 않을 것이다.

'그보다 원래 약초상들이 모여 살던 마을이니, 명의(名醫)에 대한 소문 한 자락이라도 들을 수 있겠지.'

고경천이 더 큰 마을을 찾지 않고 이곳을 찾은 이유는 정보를 얻기 위해서였다. 함부로 아무에게나 증상을 밝히기는 싫었고, 이왕이면 뛰어난 사람 하나로 끝내고 싶은 게 그의 마음이었다.

"가자, 월여야."

고경천은 친히 '월여(月如)'란 이름을 붙여준 홍마를 이끌고 마을로 들어섰다.

마을 주변은 마치 경계를 나눠놓기라도 했는지, 온통 나무로 도배되어 있었다. 그런데 희한하게 외피(外皮)가 다 벗겨져 내피(內皮)만 드러낸 채였다. 봄이 되어 두툼한 외투를 벗

은 듯하나, 그렇다고 나무가 스스로 저렇게 벗을 일은 만무했
다.

‘뭔 일이지?’

신기하다면 신기한 일이지만, 무슨 나무인지 알 수 없는 그
로서는 더 이상 신경 쓰지 않았다. 그보다 마을로 들어서자
들려오는 목소리에 다른 데 신경 쓸 틈이 없었다.

“저기 봐.”

“오…….”

“이런.”

그가 지나갈 때마다 사람들이 그를 보고 웅성거리기 일쑤
였다. 그건 남녀노소 가리지 않았는데, 특히 청춘들의 시선이
제일 따가웠다.

처음엔 무시 일색이던 고경천은 시간이 지날수록 얼굴 표
정을 일그러뜨렸다. 특히 멍하니 침을 흘리는 인간들을 볼 때
면, 당장 등 뒤에 메고 있는 검이라도 뽑고 싶었다.

‘내가 마을 밖 나무처럼 벗고 다니는 것도 아닌데, 왜 자꾸
쳐다보고 난리들이야? 젠장! 정말 얼굴을 가리고 다녀야 하
나?’

이제는 눈이 마주치는 인간들에게 매섭게 째려보며 인상
까지 구겨댔다.

그런데 고경천의 그런 행동에 오히려 몇몇 자가 황홀한 표
정으로 걸음을 멈추었다.

결국 고경천은 그 짓도 포기하고, 본래의 목적만 떠올렸다. 그래서 정보를 얻으려 약재상이 모여 있는 곳으로 향했다.

'흐음. 그런데 낯이 익는 곳은 없네.'

십 년 전이라 하나 중간에 새로 섞일 기억이 없어 그에겐 어제와 같았다. 해서 낯익은 곳을 찾는데, 생각처럼 눈에 띄지 않았다. 그러다 마침 고경천은 하나의 약재상을 발견할 수 있었다.

보신당(補身堂).

그때와 비교해 변한 것이 없었다. 다른 곳보다 허름한 점포도 그렇고, 의자에 기대어 졸고 있는 백발의 노인도 그때 그대로였다.

고경천은 왠지 반가운 마음이 들어 그곳으로 향했다. 그리고 홍마를 멈춰 세운 그는 안으로 들어가 노인 앞에 섰다.

똑똑똑.

일단 손을 들어 탁자를 두드렸다.

그러나 깊은 잠에 빠졌는지 노인은 미동도 없었다.

"노인장. 노인장."

고경천은 조금 큰 목소리로 노인을 불렀다.

"으으응?"

그제야 잠이 덜 깬 눈으로 억지로 상대를 바라보았다. 그렇게 정신을 차리던 노인이 등 뒤로 빠져 나온 고경천의 검을 보고 놀란 표정을 지었다.

“어이쿠!”

“……?”

“이제 그 약재는 없소. 내 이미 갖고 있는 사삼(沙蔘)은 화양의원(樺洋醫院)으로 다 보내주지 않았소? 더욱이 이 근처에 있는 사삼은 내가 갖고 있는 그게 마지막이었소.”

노인은 놀라 고개까지 숙이고 애절하게 소리쳤다.

“이보시오, 노인장. 사람 잘못 보지 않았소?”

고경천은 다시 한 번 크게 소리쳤다.

“으응?”

그제야 슬쩍 고개를 쳐든 노인장이 다시금 고경천을 살폈다. 그리고 얼굴을 보는 순간 깊은 한숨을 쉬었다.

“휴우… 아니네.”

“뭐가 아니오?”

“아… 아니오. 그보다 낭자께선 무슨 약재가 필요하오? 검을 보아하니 무림인 같은데, 외상이나 내상에 좋은 것? 아니면 피부 미용에 좋은 것?”

대충 정신을 수습한 듯했으나, 아직도 놀란 얼굴이 가시지 않았다.

고경천은 노인의 그런 모습을 보니 문득 더 궁금해졌다.

“약재 이야기는 천천히 하고… 것보다 나를 보더니 굉장히 놀라던데, 무슨 일이 있소?”

“없소. 그저 묘 자리에 들어갈 노인네가 잠시 망령 들었다 생각하시오."

노인은 이제 완전히 본래의 신색을 찾았는데도 말을 하려 하지 않았다.

고경천은 무언가 말을 더 하려다 그만두었다. 계속해서 물어봐야 노인은 대답해 줄 기미가 보이지 않았다. 해서 말을 돌렸다.

"노인장, 혹시 십 년 전에 여길 들른 한 소년을 기억하오? 여기에 들러 생활에 필요한 각종 약재를 한 보따리 사간 소년 말이오."

그 말에 노인은 무슨 말을 하는지 알지 못하다 뇌리에 무언가 떠오른 듯했다.

"아! 기억하오, 기억해. 그게 벌써 십 년 전의 일인가? 어린 소년이 앞으로 십 년 동안 회계산에 틀어박힐 거라고 여러 가지 약재를 달라던 모습이 참 당돌해 아직도 잊지 못하고 있소."

"그러시오?"

고경천의 입가에 밝은 미소가 지어졌다. 누군가 잊지 않고 기억해 준다는 사실이 이렇게 좋은지 새삼 깨달았다.

"한데… 그건 왜 물으시오? 낭자가 그와 무슨 관계라도 되오?"

"그게……."

딱히 이렇게 물어오니 대답할 말이 없었다. 자신이 그 소년이고, 이렇듯 어엿한 청년(?)으로 자랐다고 하기엔…….

"하하. 내 오라비요, 오라비. 예전에 그 이야기를 해서 기령촌을 들른 김에 나도 찾아와 본 것이오."

"흐음……."

뭐 별 희한한 사람도 있다는 듯, 더 이상 신경을 쓰는 기색은 없었다.

"것보다 필요한 것이 무엇이오?"

"에? 이것저것 여행하는 데 필요한 것들을 주시오. 당분간 오래 여행해야 할 것 같으니 넉넉히 준비해 주오."

"알겠소."

노인은 고개를 끄덕인 후, 여기저기 약 상자에서 약재를 덜어 들고 있는 쟁반에 조금씩 담아냈다. 그리고 자리로 돌아와 각각의 약포에 정성스레 포장했다. 과거의 인연도 있고, 혹시나 오용(誤用)할까 일일이 처방을 적어주었다.

새삼 옛날 일이 떠올라 미소 짓다 고경천은 자신이 찾은 목적을 떠올렸다.

"노인장. 내 물어볼 것이 있는데, 이 인근 백여 리 안에 가장 유명한 의원이 어디요?"

툭.

처방을 적던 노인의 손이 붓을 놓쳤다. 금방 먹물이 백지를 물들이자 노인은 정신을 차리고 붓을 다시 집어 들었다.

그 모습에 고경천은 무언가 예감이 들었다.

"혹시 화양의원이오?"

"……."

"내 말이 맞소?"

"거긴 가지 마시오. 조금 더 나아가 영가(永嘉)란 시진을 찾으면, 호불범이란 명의가 있소. 차라리 그곳을 찾으시오."

"아니… 왜 자꾸 말을 피하려 하시오? 보아하니 화양의원도 꽤 유명한 곳 같은데, 애써 그보다 더 먼 곳을 말하니 이상하구려. 그러지 말고 말 좀 해보시오. 내 예전 오라비의 일도 있고, 무공을 익혀 웬만한 놈들은 두들길 힘이 있으니 어려운 일이라면 내가 해결해 주겠소."

호기롭게 외치는데, 노인은 별로 미더워하는 시선이 아니었다.

'이런. 이 겉딱지 때문에 매번 말썽이군.'

그런 고경천의 눈에 쇠로 만들어진 서진(書鎭)이 잡혔다. 여기저기 손에 닳아 낡은 모습이지만, 손가락 한마디 정도의 굵기라 아직 충분한 단단함을 보여주었다. 해서 묻지도 않고 고경천은 그 서진을 들었다.

"……?"

노인은 그의 갑작스런 행동에 의아한 시선을 보였다.

고경천은 그런 노인에게 예쁘게 미소 지어준 후, 잡고 있는 서진에 힘을 가했다.

그그그긍.

별로 힘을 주지도 않았는데 서진은 쉽게 구부려져 여덟 팔자를 그렸다. 그리고 다시 힘을 가해 그걸 원래의 모습으로 돌리고, 아직 구부러진 흔적들은 손가락으로 어루만져 평평히 펴주었다.

"헉!"

"이제 들을 만하오?"

"으음……."

노인은 고경천의 반문에 묵직한 신음을 토했다. 그리고 서진에서 시선을 떼지 않고 생각에 잠긴 모습을 보였다.

고경천은 잠시 노인이 생각을 마치길 기다려 주었다.

정신을 차렸는지 굳은 얼굴로 노인이 물어왔다.

"정말 그곳에 가려고 하오?"

"그렇소. 그가 명의라면, 나는 꼭 만나볼 일이 있소."

"그가 의원들의 집단인 대라의곡(大羅醫谷) 출신이라도 갈 것이오? 그는 비단 의술도 뛰어나지만, 무공도 뛰어나 함부로 할 수 없는 사람이오."

"후후. 걱정도 팔자요. 대라신선이 나타나도 신경 쓰지 않는 나인데, 대라의곡 출신인가 하는 의원에 내가 눈이나 깜빡할 것 같소?"

대라의곡이 어딘 줄 모르는 고경천으로서는 별 신경 쓰지도 않았다. 거기다 노인이 보여주던 분위기라면, 차라리 만나 한바탕하는 것도 나쁘지 않단 생각마저 들었다.

노인은 그 모습에도 갈등하는 모습을 보이다 결정을 내렸
는지 입을 열었다.

"알겠소. 그런데 오해하지 마시오. 원래 대라의곡은 나쁜
곳이 아니오. 우리 약재상들에겐 오히려 너무 고마운 곳이오.
더욱이 대라의곡 출신들은 대부분 의술도 뛰어나고 마음씨가
고와 대체로 민초들에게 인기도 많소. 한데, 화양의원의 그
는……."

그러면서 노인은 아껴두었던 말을 꺼내기 시작했다.

"그는 십 년 전에 어린 딸아이와 기령촌을 찾았소. 그 당시
만 해도 기령촌은 그저 작은 마을에 불과해 변변찮은 의원 하
나 없었소. 해서 그의 등장은 오히려 우리에게 커다란 기쁨이
었소. 거기다 그로 인해 기령촌의 약재가 다른 곳에도 소문이
나, 많은 외지인들이 이곳을 찾아들어 마을은 점점 번창해 갔
소. 해서 짧지 않은 기간에 이런 규모로 변했다오. 한데, 일
년 전인가? 그렇게 사람 좋던 그가 갑자기 변해 버렸소. 무슨
일인지 신경질적으로 변하고, 갑자기 보음에 좋은 약재나 음
기가 강한 약재를 닥치는 대로 긁어모았소. 낭자가 아까 들은
사삼도 실상 보음에 좋은 것이오. 그런데 모든 것에는 한계가
있어 결국 마을 안의 그런 약재들은 바닥이 났소. 간간이 약
초꾼들을 통해 들어오지만, 그것으로는 그의 요구를 충족시
키지 못했소. 그 와중에 그 마음 좋던 사람이 사람을 시켜 약
재상을 때리는 일이 벌어졌소. 거기다 더 이상 다른 환자의

치료는 중단하고 오직 약재만 모으고, 내놓지 못한 마을 사람들에겐 무력을 행사했소. 그리고……."

　고경천은 월여를 몰며 노인에게 들었던 이야기를 되뇌어 보았다. 그 이야기를 통해 여러 가지를 알게 되었다.
　기령촌의 변화나 거기다 마을 밖에 심어진 벌거숭이 나무에 대한 일. 마을 밖에 심어진 황벽(黃蘗)이란 나무도 사화(瀉火：열을 빼낸다)에 대한 효능이 있다는 이유만으로 그런 꼴을 당해야 했다.
　'어딜 가나 괴상한 인간들 투성이군. 이거 출도하고 이런 인간만 계속 만나니, 정말 점쟁이 노인 말대로 정말 내 인생이 꼬인 건가?
　그러나 약재상 노인을 통해 한 가지는 확실히 확인했다. 화양의원에 있다는 괴팍한 의원, 그가 그렇게 변하기 전까지 보여준 의술은 인근 백 리 안에서 최고라 불렸다.
　'대라의곡인가 하는 곳이 의원들의 명문이라니 그거 하나 믿고 간다. 거기다… 괴팍하든 괴상하든 방법이 없는 것도 아니니까…….'
　고경천은 슬쩍 주먹을 쥐었다. 성월여를 통해 하나를 확실히 배운 마당이라 이제 고민하지 않기로 했다. 뭐 그가 정말 괴팍하면, 이번 기회에 버릇을 고쳐 주는 것도 나쁘지 않았다.

"자자! 조금만 더 걸음을 빨리 해봐. 무림 출도한 후 처음 하는 선행이다. 만약 능장 부리면, 다시 한 번 얼음 구덩이에 넣어버린다."

히이잉.

그 말을 알아듣기라도 했는지, 월여는 더욱 힘차게 땅을 박 찼다.

그리고 둘은 기령촌의 북쪽에 있는 화양림(樺洋林)을 향해 빠르게 달렸다.

＊　　　＊　　　＊

"후우… 도저히 방법이 없는 것인가?"

중년의 사내는 지친 음색으로 의자에 몸을 묻었다. 이리저 리 흐트러진 의복이나 땀과 먼지에 절어 봉두난발된 머리, 하 나 그런 것보다 그를 더욱 초라하게 보이게 하는 것은 넘지 못할 벽에 대한 절망이었다.

"사부님이 분명 세상에 못 고칠 병은 없다고 했는데, 정녕 이것만큼은 방법이 없는 것인가?"

사내는 실패와 피로에 점점 지쳐만 갔다. 그러다 오른편에 자리한 침상을 보며 두 눈에 깊은 슬픔을 담았다.

두터운 휘장으로 사방이 가려진 침상. 그 안에서 거대한 불 덩이라도 품고 있는 듯한 뜨거운 열기와 아지랑이를 사방으로 뿜어댔다.

하나 사내는 그런 열기에 오히려 뜨거움보다 가슴 아린 고통을 느끼고 있었다.

‘부인… 정말 이대로 저 아이를 데려갈 것이오? 세상에 태어나 제대로 하늘을 보지도 못한 아이를 정녕 당신 곁으로 데려갈 것이란 말이오? 크흑.’

결국 고통을 참지 못한 사내가 울음을 터뜨렸다. 금세 양 볼을 적신 눈물이 턱 밑으로 떨어졌다. 그러나 그 소리가 들릴까 두려워 사내는 최대한 소리를 죽여 오열했다.

그런데 소리가 새었는가?

펄럭.

휘장이 꿈틀거리며 여린 여자 아이의 목소리가 들렸다.

“아… 빠… 울… 지… 마……..”

말할 때마다 거칠게 움직이는 휘장이 왠지 공포스러움을 연출했다.

“아… 아니다. 주아야, 아니야. 아빠 안 울어. 잠시 목이 메어서 그랬어.”

사내는 들키지 않으려 최대한 슬픔을 억누르며 말을 했다.

“아… 빠… 아… 빠… 가… 울… 면… 주… 아… 도… 슬… 퍼……..”

“그래. 안 울어. 아빠가 왜 울겠느냐? 아빠는 세상 누구보다 뛰어난 의술을 갖고 있지 않느냐? 아빠가 반드시 주아의 병을 고쳐 줄 테니, 너는 열심히 치료받고 낫는 거다. 그것이 아빠의 제일 큰 기쁨이야. 주아도 그거 알지?"

"응… 주… 아… 도… 알… 아…….."

"그래. 그럼, 아빠 잠시 의서 좀 보러 갈 테니 쉬고 있거라."

"응……."

그걸 끝으로 휘장이 다시 잠잠해졌다.

사내는 그런 휘장을 바라보다 자리에서 일어났다. 한 손을 입에 넣어 꽉 깨문 상태로 그렇게 밖으로 나왔다.

달칵.

등 뒤로 문이 닫히며 그는 막았던 손을 빼냈다.

"크흑. 으흑."

잠시 격정에 잠겨들던 그는 서서히 정신을 차렸다. 그리고 슬픔 대신 두 눈에 진한 광기를 담았다.

"포기는 없다. 내 악마에게 영혼을 팔아서라도 반드시 고친다."

그는 정신병자처럼 이 말만 내뱉으며, 환자가 찾지 않는 진료실로 걸음을 옮겼다.

*　　　*　　　*

고경천은 별 어렵지 않게 화양의원을 찾을 수 있었다. 그런데 도착하고 나니 눈을 잡는 주변 풍경에 골이 지끈거렸다.

"뭔 놈의 벚꽃나무가 이리 많아?"

정말 화양(樺洋:벚꽃 바다)이라는 말에 어울릴 정도로 온통 세상이 벚꽃나무 천지였다. 그리고 그 사이로 보이는 한 채의 장원은 그런 바다 속에 떠 있는 작은 섬 같았다.

'왠지 벚꽃을 보고 있으니, 가슴에서 무언가가 부글거리네.'

딱히 무어라 이유가 떠오르지 않았지만, 많은 벚꽃을 보자 기분이 더러워졌다. 해서 좋지 않던 화양의원에 대한 인식이 점점 더 안 좋은 쪽으로 굳어갔다.

"이랴."

고경천은 멈춰 있던 월여를 이끌고 장원으로 다가갔다.

화양의원(樺洋醫院).

고경천은 네 자를 확인하자마자 대문에 걸린 둥근 쇠고리를 잡고 문을 두드렸다.

탕탕탕.

거칠게 두드려서인지 그 소리가 장원 너머까지 퍼져 나갔다.

그러자 안에서 투덜거리며 누군가 다가오는 기척이 느껴졌다. 그런데 그는 문을 열어 확인하는 것보다 툭하니 한마디만 던졌다.

“누구요?”

“환자요.”

“환자? 소문도 듣지 못했나? 화양의원은 당분간 환자를 받지 않소. 그러니 돌아가시오.”

상대는 짜증을 내며 그대로 돌아가는 듯했다.

탕탕탕.

오히려 그런 반응에 고경천은 문을 더욱 세게 두들겼다.

“도대체 어떤 미친 계집이야? 말귀 못 알아들어? 환자 안 받는다고 했잖아.”

끼이이익.

결국 참지 못하고 문을 열며 한 사내가 나타났다. 그는 등에 검을 차고 무복을 걸친 것이 화양의원의 호위무사인 듯했다.

“급한 환자요.”

상대의 말에 화기가 솟구쳤지만, 아직은 모든 것을 단정 지을 수 없어 한 번은 참았다.

그런데 호위무사는 고경천의 얼굴을 보자 넋 나간 모습을 보였다. 그러다 곧 정신을 차리고 누군가를 찾으려 주변을 둘러보았다.

“환자? 환자가 어딨소?”

그나마 상대가 예쁜 여자라 여겨선지 더 이상 투덜거리지는 않았다.

"안 보이오?"

"……?"

"바로 나요. 나."

고경천은 손가락으로 자신을 가리켰다.

그리고 그 모습에 잠시 얼떨떨함에 빠져 있던 호위무사는 곧 정신을 차리고 얼굴을 붉혔다.

"이거 어디서 이런 미친년이 나타난 거야? 멀쩡하게 생겨서 봐주려 했더니……. 컥."

어느새 아름다운 손이 호위무사의 목을 단단히 잡고 있었다.

고경천은 싸늘한 표정으로 자신이 왜 환자인지 똑똑하게 전해주었다.

"자, 봐. 내 손이 너무 차지? 나는 화가 나면 손발이 차갑게 변하는 희귀병에 걸렸거든. 자! 내 손이 지금 얼음덩이 같잖아. 그렇지 않아?"

고경천은 말을 하며 손에 독문내공인 현음빙기(玄陰氷氣)를 주입시켰다.

그러자 사내는 얼굴이 허옇게 질리며 입술까지 퍼렇게 변해갔다. 거기다 이빨까지 덜덜 떠는 것이 한기를 참기 힘든 것 같았다.

"그래서 가끔 손이 내 말을 듣지 않을 때도 있지."

꾸우욱.

고경천은 손아귀에 힘을 주었다.

"컥컥."

숨 쉬기 힘든지 호위무사가 앓는 소리를 했다.

"자, 이제 내가 얼마나 급환 환자인지 알겠지?"

끄덕. 끄덕.

"그리고 노파심에 한마디 하는데, 괜히 환자에게 얻어맞아 침상 신세 지고 싶지 않으면, 말썽을 피우지 않은 것이 좋아. 내 손이 지금 내 말을 잘 따르지 않거든. 앞장서!"

고경천은 잡고 있던 그를 밀쳐 버렸다.

"캑캑!"

호위무사는 목을 만지며 숨을 격하게 토해냈다.

"동작 봐라!"

"따… 따라오십시오."

고경천의 한소리에 호위무사가 목을 잡은 상태로 성급히 앞장섰다.

한참 호위무사의 뒤를 따르던 고경천은 흉가와 같은 장원 모습에 앞서 가는 무사를 불렀다.

"이봐."

"예."

"장원이 이렇게 된 지 얼마나 되었지?"

"저도 잘⋯ 예전에는 이곳에 호위무사를 두지 않았습니다. 그러던 것이 반년 전부터 대부분의 식솔들이 떠나고, 지금은 장주님과 시녀, 노파, 그리고 호위무사 넷만 살고 있습니다."

문 앞에서 얻은 교훈이 남았는지 호위무사는 고분고분했다.

"잠깐!"

"⋯⋯?"

"한 사람이 빠진 것 같은데, 내가 알기로 이곳 장주에게 딸이 하나 있다고 들었는데?"

"아⋯ 있습니다. 그런데 아가씨는 병이 깊어 문밖출입을 하지 않습니다. 그래서 저도 이곳에 온 이후로 한 번도 본 적이 없습니다. 오직 장주와 노파만이 만날 뿐, 그 외 사람들은 아무것도 모릅니다."

"그렇군. 그보다 아직 멀었나?"

"아닙니다. 다 와갑니다. 저기 보이는 전각이 장주님이 주로 기거하는 곳입니다."

호위무사는 전방에 모이는 한 건물을 가리켰다.

'병이 얼마나 중하기에 오랜 시간 문밖출입을 하지 않는가? 거기다 인근 백 리 안의 누구보다 용하다는 의원이 못 고칠 병이라면 도대체 무슨 희귀한 병이야?'

그렇게 생각에 잠긴 사이, 두 사람은 창이며 문이 검은 휘장으로 꼭꼭 가려진 한 건물 앞에 섰다.

호위무사는 밖에 서서 조용히 문을 두드렸다.

"장주님, 손님이 왔습니다."

"손님?"

안에서 심하게 잠겨 갈라진 목소리가 들렸다.

"예. 장주님을 뵙고 진료를 받으려는 환자입니다."

"환자? 무슨 소린가. 내 분명 환자를 안 받는다고 하지 않았나? 그래서 자네들을 고용한 거고. 지금 한창 바쁘니 돌려보내게."

안에서 들려온 목소리는 무척이나 신경질적이었다.

그래서 고경천을 안내해 온 호위무사는 어떻게 해야 될지 난감한 표정을 지었다. 괜히 불똥이 튈까 벌써부터 겁을 먹었다.

'쯧쯧.'

그 모습에 고경천은 내심 혀를 찼다. 보아하니 삼류무사 정도의 실력이라 기령촌의 촌민들에겐 험하게 굴었어도 그보다 고수에겐 고양이 앞의 쥐 꼴이었다.

휙휙.

말도 하기 귀찮아 고경천은 손을 흔들어 그를 내쫓았다.

호위무사는 기쁜 얼굴로 부리나케 도망갔다.

그에 고경천이 잠시 어떻게 할까 고민을 할 때였다.

"이봐! 사람은 내보냈나? 장원에 외인은 금물이라고 내가 경고한 거 절대 잊지 말게나!"

안에서 들리는 중년 사내의 음성은 짜증으로까지 변해 있었다.

해서 고경천은 더 이상 고민을 하지 않았다. 그저 간단하게 한 발을 들어 문을 걷어차 주었다.

쾅!

벌컥.

"어!"

그 소란에 안에서 놀라 탄성을 터뜨리는 목소리가 들렸다.

고경천은 일단 들어서지 않고, 밖에 서서 잠시 안을 들여다보았다.

"휴우… 이거 난리도 아니군."

대충 훑어봐도 어둠 속에서 하는 짓이 별로 좋아 보이지 않았다.

이리저리 배가 갈라진 짐승 새끼들의 사체와 짙게 들러붙은 선혈 냄새. 더욱이 그 안에는 인간인지 짐승인지 모를 한 사람이 빛에 적응이 안 돼 눈을 가리고 있었다.

"자, 밖에서 이야기할까? 아님 내가 들어가서 한바탕 내부 청소를 한 다음 이야기를 할까?"

"너는 누구냐!"

"나? 보다시피 환자."

“……. 여봐라! 아무도 없느냐?”

사내는 빛에 적응이 되었는지 손을 내리고 주변을 향해 크게 소리쳤다.

그러나 장원에 두 사람만 남겨진 것처럼 아무도 근처에 나타나지 않았다. 먼저 간 호위무사가 알아서 정리한 듯했다.

그래서 잠시 당황한 모습을 보이던 중년 사내는 손 안의 소도를 확인하자 갑자기 고경천에게로 달려들었다.

휙휙.

미친 사람처럼 막무가내로 휘두르는 칼질에 고경천은 기가 막혔다.

'이거 미친 사람 아니야? 사람을 보자마자 대뜸 칼질부터 하고. 그보다 이거 노인에게 들던 거랑 다르네. 분명 대라의곡 의원들은 무공을 알고 있다 하는데, 이건 마치…….'

눈 감고 한 다리로만 피해도 될 정도로 너무나 어설펐다. 기운은 어디다 다 팔아먹었는지 흐느적거리기 일쑤였고, 더욱이 눈에 어린 광기는 그저 휘두르는 데만 집착했다.

그래서 고경천은 소도를 피하고 그의 뒤로 돌아갔다. 그리고 한 손을 들어 그대로 뒷목을 후려쳤다.

팍.

“큭!”

비명과 함께 중년 사내는 그대로 앞으로 쓰러졌다. 별 힘을 기울이지도 않았는데, 효과는 충분하고도 남았다.

고경천은 그에게 다가가 소도를 들고 있는 손을 걷어챘다.

"윽."

사내가 손목을 잡고 고통을 터뜨렸다.

하나 고경천은 그런 것을 신경 쓰지 않고, 중년 사내의 앞에 쪼그리고 앉았다.

"자, 이제 정신이 좀 들어? 우리 이야기 좀 해볼까?"

"이… 이 미친 계집! 무단으로 남의 집에 들어와 무슨 이야기를 한다는 것이냐? 썩 꺼져라. 나는 절대 외인을 진료하지 않을 것… 컥!"

고경천은 그가 더 길게 이야기를 못하게 멱살을 틀어주었다. 그리고 으르렁거리는 음성으로 한자한자 힘을 주어 말했다.

"잘 들어. 우리 대화 중에 절대 하지 말아야 할 단어. 계집, 여자, 낭자, 소저 등등. 절대 명심해."

이 말을 끝으로 고경천은 중년 사내를 힘껏 밀쳤다.

퍽.

"크흑!"

중년 사내는 충격이 큰지 쉽게 눈을 뜨지 않았다. 그러나 다시 눈을 떴을 때는 분노는 있었지만, 미친 사람 같은 광기는 가셨다.

"아무리 나를 때리고, 협박해도 나는 절대 외인을 진료하지 않는다. 괜히 헛고생하지 말고, 나를 죽이든 살리든 맘대로 해라."

"허 참. 요즘 세상은 어떻게 변했기에 보는 사람마다 다 이렇게 극단적이야? 명색이 의원이란 사람의 입에서 죽는다는 말이 그렇게 쉽게 나오나? 그럴 거면 제일 먼저 장원 현판에 걸린 화양의원이라는 그 네 자부터 떼어버려!"

"쓸데없는 참견이다."

더 이상 말하기 싫다는 듯, 사내는 고개를 돌려 버렸다.

"쓸데없는 참견? 아니, 나에겐 쓸데가 있지. 나는 지금 꼭 의원에게 내 상태를 물어봐야 하거든. 도대체 이런 희귀한 현상은 듣도 보도 못했거든. 도대체 멀쩡한 남자가 하루아침에 그곳을 제외한 나머지가 여인처럼 될 수가 있나?"

"미친 소리! 어찌 멀쩡한 사람이 그렇게 될 수가 있단 말이냐? 본래 타고나기를 음양인으로 타고나지 않았으면, 하늘이 정해준 순리는 변할 수 없다. 하루아침에 여자라니……."

막 소리치던 중년인은 미소 짓고 있는 고경천과 눈이 마주치자 그대로 입을 다물었다.

고경천은 그를 향해 희고 고운 팔목을 내밀었다.

"한번 진맥해 보실라우?"

"흥! 씨알도 안 먹히는 소리."

호통과 함께 중년 사내는 고개를 돌려 버렸다.

하지만 고경천은 그의 행동에 오히려 다른 생각이 들었다.

'그래도 의원은 의원이군. 희귀 현상이라 그러니……'

해서 그냥 그 옆에 철푸덕 앉아버렸다. 들어올 때만 해도 단단히 손을 봐주려 했는데, 왠지 그를 보자 그런 마음이 사라졌다. 아무리 봐도 그렇게 악당 같지는 않아 보였다. 어딘가 광기는 서려 있어도 사악함이 느껴지지 않았다.

"듣자 하니 당신이 그렇게 된 게 하나뿐인 딸 때문이라 하던데, 혹시 딸아이도 희귀한 증상에 걸려서 그렇게 된 거 아니고? 그렇다면, 희귀한 증상 하나 더 진맥하다 보면 혹시 도움이 될지 아오?"

부르르.

고경천의 그 말에 중년 사내의 몸이 떨렸다.

일단 반응이 오자 고경천은 계속해서 혼자 떠들었다.

"원래 나는 멀쩡한 사내아이였소. 그러던 것이 십 년 전 하나의 무경과 한 뿌리의 인형설삼을 먹으면서 인생이 확 바뀌었소. 그런데 지금 생각해 보면 둘 다 웃긴 것이오. 무경은 이름조차 없고, 설삼은 사람을 닮긴 닮았는데, 그게 마치 미녀의 나체와 비슷하지 않겠소?"

"뭐?"

신경도 쓰지 않을 것 같던 중년 사내가 벌떡 일어났다.

"이제 좀 흥미가 생기오?"

"그보다 다시 한 번 말해봐라. 지금 무얼 먹었다고 했느냐? 어서 다시 말해봐라!"

중년 사내는 어디서 그런 힘이 났는지 고경천의 멱살을 잡고 미친 듯 흔들었다.

"이… 이것 좀 놓고 말합시다."

고경천은 그의 손을 잡아채 강하게 밀쳤다.

다시금 바닥에 쓰러진 그는 멍한 얼굴이 되어 하나의 단어를 중얼거렸다.

"천년미인삼(千年美人蔘)… 천년미인삼… 천년미인삼……."

"뭐? 내가 먹은 그게 천년미인삼이오?"

"그보다 맥, 맥을……."

다시 벌떡 일어난 그가 미친 듯 고경천의 팔목을 찾았다. 그리고 팔목을 잡자 맥을 살피려 두 눈을 감았다.

"아! 아! 아하하하. 찾았다. 찾았다. 드디어 찾았다. 으하하하하!"

중년 사내는 그 말만을 하며 미친 듯 웃음을 터뜨렸다.

오히려 그의 변화에 고경천이 어안이 벙벙해졌다.

중년 사내가 벌떡 일어나더니 대뜸 고경천의 손을 잡아끌었다.

"어? 이보시오. 이보시오. 도대체 왜 이러시오?"

"따라와 보면 안다. 잘하면 너도 좋고 나도 좋은 일이다. 가자!"

“엥? 잠깐만.”

하나 이미 힘이 장사가 된 중년 사내는 버티는 고경천을 질 질 끌고 장원의 후원으로 걸음을 옮겼다.

第三章

전부를 건 도박

고경천은 끌려오는 내내 마음만 먹으면 그의 손을 뿌리칠 수도 있었다. 하지만 중년 사내의 얼굴에 서린 환희에 차마 그렇게 할 수 없었다.

'설마 잡아먹진 않겠지? 그렇다고 나 잡아먹으쇼 할 나도 아니지만, 왠지…….'

가슴 깊숙한 곳에서 불안감이 스멀스멀 고개를 쳐들었다. 일찍이 그의 광기를 엿본 고경천으로서는 마지막에 던진 '너도 좋고 나도 좋은 일이다' 라는 말만 아니었으면, 벌써 뒤집어엎었을 것이다.

그렇게 한 사람은 불안감에 떨고, 한 사람은 기쁨에 떨면서 목적지에 도착했다. 그곳은 하나의 별당으로 문과 창이 모두 단단한 쇠로 막혀 있었다.

중년 사내는 도착하고도 아직 흥분이 가시지 않았는지, 몸 안에 둔 열쇠도 제대로 찾지 못하고 이리저리 더듬어대기만 했다.

결국 불안감을 이기지 못한 고경천이 한마디를 던졌다.

"후일을 위해 하나만 물읍시다. 이름이 뭐요? 그래야 내가 나중에 염라대왕을 만나서라도 할 말이 있을 것 아니오."

그 한마디에 잠시 고경천을 바라본 중년 사내는 의외로 순순히 답해주었다.

"양운천(梁雲天)."

"나는 고경천이오. 우리 같은 천 자 들어가는 사람끼리 먼저 죽는 사람을 위해 묘비라도 하나 세워줍시다."

"미친놈!"

싸늘한 한마디로 고경천의 말을 막은 양운천은 그제야 작은 열쇠를 찾아 철문에 걸려 있는 자물쇠에 밀어 넣었다.

"쩝. 뭔 사람이 농을 모르는군."

입맛을 다시며 고경천은 그가 하는 양을 바라보았다.

철컥.

열쇠가 경쾌하게 열리는 소리와 함께 제법 육중한 철문이 서서히 열렸다.

끼이이익.

귀를 자극하는 듣기 싫은 소리와 함께 안에서 후끈한 공기가 고경천을 덮었다.

'윽! 이게 뭐야?'

"가자."

양운천이 먼저 앞장서서 들어갔다.

'간다.'

고경천은 조금 께름칙했지만, 망설임없이 성큼성큼 큰 걸음으로 들어섰다. 그리고 들어서기 무섭게 내부부터 살폈다.

사방이 두터운 휘장에 가려진 거대한 침상 외에는 집기들이 별로 없는 썰렁한 공간이었다.

끼이익.

다시금 문을 닫은 양운천은 외부에서 누가 들어올 수 없게 고리까지 단단히 걸어 잠갔다.

'완전 열화지옥이군.'

문을 닫자 열기가 빠르게 증가해 고경천의 몸속에 자리한 현음빙기를 쉴 새 없이 자극했다. 덕분에 차츰 더위가 물러가 조금씩 열기에 적응할 수 있었다.

그러나 그와 달리 양운천은 땀을 뻘뻘 흘리면서 실내에 장식된 촛대에 불을 밝혔다. 그리고 어느 정도 내부에 빛이 들어서자 굳은 얼굴로 고경천 앞에 섰다.

"……?"

"네 말대로 사내라면, 지금부터 보여지는 것에 놀라지 않겠다고 맹세할 수 있겠느냐?"

"허 참. 도대체 무얼 보여주려고 초장부터 이리 엄포요?"

"맹세할 수 있겠느냐?!"

하나 별다른 설명 없이 양운천은 이 말만 강조했다.

그런데 그 얼굴이 너무나 진지하고 슬퍼 보여 고경천은 성의있게 고개를 끄덕여 주었다.

"알겠소. 약속하겠소."

"그럼 이리 오너라."

그제야 양운천은 실내에서 가장 의심스러운 거대한 침상으로 그를 이끌었다.

고경천은 그 뒤를 따르며 내심 그 안에 무엇이 있을까 여러 가지 생각을 해보았다. 하나 이 열기와 연관을 시키니 딱히 떠오르는 게 없었다.

양운천은 그 앞에 멈춰 서서 잠시 갈등하는 모습을 보이다 그대로 손을 들어 거대한 휘장을 걷어버렸다.

촤아아악.

그러자 숨겨져 있던 침상의 광경이 드러났다.

'헉!'

하마터면 고경천은 너무 놀라 비명을 토해낼 뻔했다. 재빨리 허리 살을 움켜쥐지 않았다면, 까딱없이 맹세를 어길 뻔했다. 슬쩍 양운천을 보니 그는 별말없이 슬픈 눈으로 침대만 바라보았다. 한데, 그가 입을 열었을 땐 그보다 더한 슬픔이 목소리에 묻어 있었다.

"이 아이가 내 딸이다."

'딸? 괴물이 아니고?'

고경천은 다시금 찬찬히 살폈다.

거대한 침상 위에 누워 있는 사람, 아니, 사람이라기보다는 마치 살로 만들어진 하나의 공을 보는 듯했다. 돼지를 누여놓고 꾸역꾸역 사육이라도 한 것처럼 얼굴의 윤곽은 단지 주름으로만 남고, 팔다리도 살 속에 묻혀 그 끝이 조금 나왔을 뿐이었다. 거기다 마치 자신이 열기의 주범이란 것처럼 더욱 견디기 힘든 열기를 뿜어냈다.

스스스스.

그러자 고경천의 몸에서 그 열기를 상대하느라 뿌연 수증기까지 피어올라 눈을 어지럽혔다. 그 덕분에 고경천은 놀란 가슴을 완전 추슬렀다.

"잠깐!"

"무어냐?"

"내가 잘못 들은 것이 아니오? 지금 여기에 있는 비만 돼… 아니, 여기 있는 사람이 정말 당신 딸이오?"

"그렇다."

왠지 그 물음에 양운천은 분노를 드러냈다.

"아니… 뭐, 그보다 내가 손을 한번 대봐도 되겠소?"

고경천은 진중한 얼굴이 되어 물었다.

그사이 양운천은 세상의 진귀한 보물을 도적에게 맡기는 표정으로 갈등에 빠졌다. 그러나 결정했는지 고개를 끄덕였다.

허락이 떨어지자 고경천은 눈앞의 살덩이를 처음보다 신경 써서 바라보았다.

'정말 이게 사람… 아니, 여자 아이란 말인가?'

아무리 봐도 사람의 형태는 물론, 성별을 확인할 길이 없었다. 도대체 어디에 눈을 두어야 될지 난감하기까지 했다. 하나, 나름 확인해 볼 게 있던 그는 조심스레 그 살덩이에 손을 대었다.

치이이익.

'윽.'

타는 듯한 소리에 고경천은 현음빙기를 손에 집중시켰다.

츠츠츠.

그러자 진하게 피어나는 수증기는 침실 전체를 감쌀 정도까지 뿜어졌다.

"음…….."

긴 신음과 함께 고경천은 살덩이에서 손을 뗐다. 그가 힘을 가할수록 열기도 점점 강해지는 느낌이었다. 해서 그는 침상에서 물러나 양운천에게 한마디 던졌다.

"이보시오. 일단 무얼 하기 앞서 우리 둘 사이에는 대화가 필요할 것 같은데, 당신 생각은 어떠시오?"

“…좋다.”

촤아악.

양운천이 휘장으로 가리자 그제야 실내에 열기가 조금 가셨다.

먼저 걸음을 옮긴 고경천은 의자에 엉덩이를 붙이고 그가 다가와 앉기를 기다렸다. 그가 자리에 앉는 것을 보자 고경천은 기다리지 않고 질문을 던졌다.

“어디 한번 이 기구한 사연 좀 들어봅시다.”

“그래. 어려울지도 모를 이번 일, 네 말대로 알아둬야 염라대왕을 만나더라도 할 말이 있지.”

“……”

그 한마디에 고경천의 눈썹이 꿈틀거렸다. 자신이 할 때는 농담 같았는데, 양운천이 하자 절대 농담으로 들리지 않았다.

“그럼 잘 들어라. 원래 나는 대라의곡 출신으로, 이십 년 전까지만 해도 그곳에서 아내와 평화롭게 살고 있었다. 그러던 어느 날, 나와 아내가 무림에 나가는 일이 생겼다. 그 당시엔 전 무림이 한 가지 무경으로 미쳐 돌아가고 있던 때라, 그녀와 난 의원으로서 환자들을 구하러 파견되었던 것이다.”

‘여기도 무경이 말썽이군.’

고경천은 문득 무경이란 자체가 마물이 아닐까란 생각이 들었다.

“거기까지는 문제가 될 것이 없었다. 한데, 왜 그 일로 아내가 상처를 입어야 된단 말이냐? 그저 의원의 천명을 지키려 한 아내가 그런 말도 안 되는 분쟁에 휩쓸려 왜! 험한 꼴을 당해야 한단 말이냐? 그렇지 않았으면 십오 년 전 주아를 낳다 죽지 않아도 되었을 것이고, 그렇다면 주아도 이렇게 되지 않았을 텐데. 크흑!"

쾅!

양운천은 옛일이 떠오르자 분노를 참지 못하고 탁자를 내려쳤다.

그래서 이야기가 잠시 끊어지자 고경천이 질문을 던졌다.

"그런데 그 무경이 무엇이오? 도대체 얼마나 대단하기에 전 무림이 미쳐 돌아갔다는 것이오?"

"대단? 대단하지. 그 무경이 있었으면, 진작에 나는 내 딸아이의 병도 고칠 수 있었을 것이다. 그랬으면, 열다섯 살밖에 되지 못한 아이가 십 년 동안 저렇게 살 필요도 없었고. 그 당시 아내의 죽음을 불러일으킨 마경(魔經)이 지금에 와서는 딸아이를 구하는 신경(神經)이 될 줄이야. 하나 그 마경은 나에게 없고, 나는 지난 십 년 동안 이런저런 방법을……."

"아… 답답하게 말 돌리지 말고, 무경의 정체나 속 시원히 이야기해 보시오."

신세 한탄이 길어질 것 같아 고경천이 끊어버렸다.

그러자 잠시 고경천을 노려보던 양운천은 도대체 무슨 이야기를 하려는지 표정을 바꿔 사람을 불안하게 만들었다.

"후후후. 무경의 정체?"

"그렇소. 도대체 그 대단한 무경이 무엇이오?"

"대단하지. 암, 대단해! 바로 그 무경이 '마공이라 불리나 그 어떤 신공보다 오묘한 혼돈의 무학'이라 일컬어지는 흡정마공(吸精魔功)이기 때문이다!"

'마공이라 불리나 그 어떤 신공보다 오묘한 혼돈의 무학. 흡정마공?!'

그 한마디를 듣는 순간, 고경천은 왠지 묘한 예감을 받았다.

'혼돈의 무학… 혼돈의… 혼돈……'

마법처럼 혼돈이라는 두 글자가 고경천의 머리 속을 헤집기까지 했다.

"이봐. 이봐. 이봐!"

"아!"

한참 생각에 잠겼던 고경천은 정신을 차렸다. 그의 신세가 마치 혼돈과 다를 바 없어 잠시 그 속에 빠져들었다.

"듣고 있는 건가?"

"아… 듣고 있소. 듣고 있소."

고경천은 빠르게 고개를 끄덕였다.

양운천은 그런 그를 잠시 의심스러운 눈으로 보다가 계속해서 이야기를 해나갔다. 아내가 죽자 무림에 환멸을 느껴 스스로 무공을 전폐하고 대라의곡을 떠나 비교적 멀리 떨어진

이곳 기령촌에 와 지내던 어느 날 일양(日陽)의 기운을 흡수
시키려 내놓은 가보, 천년화리(千年火鯉)를 그의 딸이 무심코
집어 먹었다는 등의 이야기를 꺼냈다.

"천년화리?"

잘 듣던 고경천은 무심코 한마디를 꺼냈다. 왠지 자신이 먹
었다던 천년미인삼과 무슨 연관이 있을 듯했다.

"그래, 천년화리. 그거야말로 자네가 먹은 천년미인삼과
가장 관계가 깊은 영물이지!"

그제야 양운천은 그가 고경천을 끌고 온 궁극적인 목적을
밝혔다.

"정말 관계가 있소? 내가 이렇게 된 것과 관계가 있단 말이
오?"

"있지. 그것도 아주 많이."

"아… 정말! 뜸 들이다 밥 태우겠소. 사람 애 그만 태우고,
빨리빨리 좀 갑시다."

"후후후."

하나 갑자기 사람이 변하기라도 한 듯, 광기를 보이던 그가
여유를 부렸다.

"이 사람이 정……."

참을 수 없어 고경천이 막 폭발하려고 할 때였다.

그걸 기다렸다는 듯, 지금까지 보지 못한 진지한 얼굴로 양
운천이 말을 꺼냈다.

“이제부터 내가 하는 말과 묻는 말에 똑똑히 대답해라. 이번 일은 전례가 없는 일인만큼 일을 행하기 앞서 확실히 해둘 것이 있다. 그러니 내가 진지해진 만큼 너도 진지해져라.”

“나는 처음부터 진지했소.”

“좋다. 그럼, 일단 네 증세를 말하려면 영물들에 대한 것부터 이야기해야 한다. 천년화리와 천년미인삼은 각각 일양(日陽)과 월음(月陰)을 대표하는 것들로, 복용자에게 천지간의 가장 순수하다는 순양지기(純陽之氣)와 순음지기(純陰之氣)를 제공한다. 거기다 이 두 영물의 공능은 이게 다가 아니다.”

“……?”

“이 두 영물은 각각 사내에겐 마르지 않는 정력을, 여인에겐 꽃 같은 아름다움을 선사한다. 하지만 불행히도 이 두 영물은 남녀가 바뀐 상태로 복용되었다. 그 결과로……”

양운천의 시선이 고경천의 얼굴에 머물렀다.

“내가 이렇게 되었단 것이오?”

고경천의 손가락이 자신을 가리켰다.

“그건 단정할 수 없다.”

“엥?”

“그건 아무도 모른다. 어떤 의서(醫書)에도 그 반대 경우는 써 있지 않고, 이 두 영물 자체가 쉽게 구할 수 없어 확인할 길도 없다. 원래 영물을 섭취할 때는 그와 반대되는 영물이나 약재들을 함께 복용하는 게 올바른 복용법이다. 한데, 너나

내 딸은 그냥 먹는 것도 모자라 거꾸로 먹기까지 했으
니……."

양운천의 시선이 두터운 휘장 너머로 향했다.

'이런 환장할!'

고경천은 갑자기 강력한 두통이 머리를 엄습함을 느꼈다.
결국 이 말은 그럴지도 아닐지도 모른다는 모호한 말이 아닌
가?

"그럼 어떻게 해야 된단 말이오? 의원이라면 방법을 알 거
아니오?"

"방법? 증상도 확실치 않은데 내가 어떻게 방법을 알겠느
냐?"

"그럼 지금까지 한 말은 다 무엇이오!"

고경천은 얼굴이 벌겋게 달아올라 양운천의 멱살을 틀어
쥐었다. 지금까지 잔뜩 기대하게 해놓고 모른다고만 연발하
니.

"하나 한 가지 가능성은 알고 있다."

양운천의 얼굴에 자신감이 흘렀다.

"가능성?"

고경천의 손에 스르르 힘이 풀렸다.

"그래. 세상에 흐르는 순리의 이치. 즉, 뜨거운 기운은 차
가운 곳으로 흐른다는 이 이치라면 너와 내 딸, 둘 다 구할 수
있다."

"정말이오? 그렇게 하면 둘 다 구할 수 있는 것이오?"

"하나 한 가지 중요한 문제가 있다."

"……?"

"만일 이 일이 잘못되면, 딸은 몰라도 너는 죽을 수도 있다."

지금까지 자신있게 떠들던 양운천의 얼굴에 처음으로 머뭇거림이 드러났다.

그 모습에 화까지 냈던 고경천이 오히려 맥 빠진 웃음을 흘렸다.

"훗. 당신, 얼마 전 내가 했던 말 기억하오?"

"……?"

"내가 죽거든 묘비를 세워달란 그 말. 그건 농담이지만, 실상 농담이 아니었소. 그만큼 이번 일이 나에게 중요하단 걸 반증한 것이오. 거기다 사람 살리다 죽었다면, 아마 지하에 계신 아버지도 약속 못 지킨 것에 대해 나무라지 않을 것이오. 그러니… 훗!"

고경천은 여기서 잠시 웃음으로 말을 끊었다. 그리고 장난기 어린 표정으로 한마디를 보탰다.

"만일 일이 잘못되면, '절세남아 고경천, 여기에 잠들다'란 묘비나 하나 세워주시오. 내 그 이상은 바라지 않으니. 어떻소?"

분노하기는커녕 오히려 농담하듯 던지는 한마디가 양운천

의 눈가에 잔경련을 일으켰다. 그저 무뢰배 정도로만 여기던 자가 이 순간은…….

"그러나! 그럴 일은 없을 것이오. 나란 놈은 그렇게 쉽게 죽을 놈도 아니고, 죽을 수도 없소. 나에겐 꼭 해내야 할 두 가지가 있소. 하지만 그전에 나는 원래 모습부터 찾아야 하오. 이 상태론 내가 아무리 천하무적이 된다 해도 어떻게 세상에 나서겠소? 내 말뜻 아시겠소?"

결국 양운천의 눈가에 물기가 맺혔다.

"알겠다. 내 반드시 이번 일을 무사히 성공시키겠다. 그리고 이번 일이 끝나면, 내 이 은혜 죽을 때까지 잊지 않으마."

"그 말은 이 일이 끝난 다음에나 하시오. 어차피 피차 필요해서 하는 일, 부담없이 합시다."

"좋다. 그럼 내 준비하마."

말을 마치고 양운천은 침상이 있는 곳으로 다가갔다. 그리고 사방을 가린 휘장을 다 걷어냈다. 그 뒤 움직임이 없는 살덩이에게 다정하게 말을 건넸다.

"주아야… 조금만 있으면 된다. 조금 있으면 너도 다른 아이들처럼 마음대로 뛰어놀 수 있을 것이다."

하지만 깊이 잠든 양주아(梁珠芽)는 깨어날 줄 몰랐다.

마지막으로 볼이라 생각되는 부분을 한번 쓰다듬은 후, 양운천은 품에서 침첩(針帖)을 꺼내 침상 한 귀퉁이에 펼쳐 놓았다.

"자넨 빨리 침상 아래 자리를 잡게."

어느샌가 고경천을 대하는 양운천의 말투도 바뀌어 있었다.

"알겠소."

그렇게 고경천이 자리를 잡자,

"내 말 꼭 명심하게. 나는 지금부터 딸아이의 몸에 있는 양기를 한곳으로 모을 걸세. 그리고 극에 달한 순간 그 양기를 다리의 용천혈로 보낼 것이네. 그때 자네는 음기를 용천혈에 몰아넣다 빠르게 거둬들이게. 그럼 분출하려는 힘과 빠져나가는 음기를 쫓아 양기는 자네 몸속으로 유입될 것이네. 만일 흡정마공이 있으면 이런 위험스런 모험을 할 필요 없지만, 그것이 없는 지금 이것만이 딸아이의 양기를 뽑아내는 유일한 방법이네."

"알겠소. 내 명심하리다. 얼른 시작합시다."

"그럼, 만일의 사태를 대비해 심맥 보호차 자네의 몸에 금침을 놓겠네."

고경천은 말없이 고개만 끄덕였다.

"후우……."

시작하기 앞서 호흡을 가다듬은 양운천이 금침을 뽑아 고경천의 몸에 꽂았다.

파바바박.

아무렇게나 시술하는 듯하지만, 금침들은 한 치의 오차도 없이 고경천의 몸에 박혔다. 얼마 전 소도를 휘두르던 때와는 너무나 다른 정교한 모습이었다.

그리고 그 일이 끝나자,

"시작하게. 음기를 주입시켜 어떻게든 양기를 배꼽 아래 중극혈(中極穴)까지 밀어 올리게."

말이 떨어지자 고경천은 양손에 한껏 모아뒀던 현음빙기를 매서운 기세로 용천혈로 주입시키기 시작했다.

치이이익. 치익.

주변으로 수증기가 뿜어지며 곧이어 반발하기 시작하는 양기가 거세게 항거해 왔다.

그러자 양주아의 아래쪽이 점점 두 패로 갈렸다. 위쪽은 열기를 발산하며 점점 붉게, 아래쪽은 한기를 뿜어내며 퍼렇게 질려갔다. 그리고 그 줄다리기는 조금씩 밀고 당기며 한 치의 틈도 보이지 않으려 했다.

'제… 젠장, 더럽게 거세군. 무슨 놈의 내공도 아닌 약력이 이리 센 거야!'

그러나 반발력이 강하면 강할수록 고경천의 내부에서 꿈틀거리는 현음빙기도 거세졌다. 그래서 고경천은 그 힘을 모아 한꺼번에 몰아붙였다.

"하압!"

기합성이 터지고, 좀체 움직이지 않던 현음빙기가 조금씩 양기를 밀어붙이기 시작했다.

그리고 어느 정도 양기가 주춤하는 순간,

파박.

기다렸다는 듯, 양운천이 두 기운의 경계선 근처 혈도를 봉쇄했다.

"그럼, 잠깐 숨 좀 돌리게."

"휴우… 알겠소."

고경천이 안도의 숨을 쉴 때,

양운천은 양주아의 손끝부터 빽빽이 금침을 꽂아나갔다. 도저히 혈을 찾기 힘든 고깃덩이의 육체건만, 그의 손길은 너무나 자연스러웠다. 한참 그렇게 심혈을 기울이던 양운천이 고경천을 불렀다.

"자! 잠시 후 시작할 거니 준비하게."

"나는 언제라도 가능하오."

두 사람은 긴장한 신색으로 양주아의 변화를 살폈다.

불룩. 불룩.

처음에는 약하게 반응하던 것이 시간이 지날수록 살을 찢고 나올 정도로 미친 듯이 난리를 피웠다. 더욱이 그 기운들은 박혀 있는 금침까지 뽑아낼 정도로 심하게 요동쳤다.

"으으……."

얼마나 강렬한 기세인지 시체 같던 양주아의 입에서 신음이 새어 나왔다.

"지금일세!"

그 한마디에 다시금 용천혈을 잡은 고경천이 현음빙기를 불어넣었다.

그리고 그 모습을 지켜보던 양운천은 양기를 막고 있던 금침을 뽑아버렸다.

'윽!'

고경천은 급속도로 부딪치는 양기에 내심 비명을 터뜨렸다. 그러나 그 고통을 느낄 새도 없이 빠르게 현음빙기를 단전으로 끌어당겼다.

그러자 공백을 따라 밀물처럼 밀려오는 양기의 파도가 거세게 고경천의 몸속으로 파고들어 왔다.

"커어어억!"

참으려 했건만, 참을 수 있는 수준이 아니었다. 막혀 있다 터지기 시작한 천년화리의 순양지기는 두 사람의 예상을 한참 뛰어넘었다.

피잉. 핑. 피비빙.

급기야 고경천의 혈맥을 보호하기 위해 꽂아뒀던 금침들이 저절로 뽑혀 나갔다.

"으아아악!"

혈맥을 태우며 밀려오는 기운은 고경천의 몸 곳곳을 지옥의 접화에 던져 넣었다. 더욱이 자석처럼 들러붙은 양손은 하나의 통로가 되어 더욱 밀착되었다.

"어찌 이런 일이!… 어찌 이런 일이……."

전혀 예상하지 못했던 일에 양운천은 얼이 나간 사람처럼 변했다. 해서 방법도 찾지 못하고, 안절부절못하다 무작정 손과 발이 붙어 있는 곳으로 몸을 날렸다.

펑!

"으악!"

그러나 손대기 무섭게 터져 나오는 강력한 반발력에 양운천은 그대로 허공을 날았다.

쿵!

"윽! 쿨럭!"

바닥에 내동댕이쳐진 그는 충격에 선혈까지 토해냈다.

"떼어놓아야 해. 떼어놓아야 해."

그는 그 상태 그대로 그 둘을 떼어놓고자 엉금엉금 기어갔다.

쿠류르르르.

"크아아아악!"

비명성과 바람 소리가 격하게 터지며, 실내는 모든 것이 엉망으로 뒤엉킨 아수라장으로 화했다.

그러나 문제는 그것만이 아닌 듯, 밖에서도 벌어졌다.

쾅쾅! 쾅쾅쾅!

"열어! 열어! 고경천, 이 안에 있는 거 다 알고 왔다! 어서 열어!"

쾅! 쾅쾅!

"낭자, 낭자, 이러시면……."

누군가 나서서 말리려 했지만,

"안 비켜?"

퍽.

"으악!"

타격음이 터지며 말리던 자가 비명을 터뜨렸다.

"네가 나에게 준 치욕! 같은 여자라도 용서할 수 없다. 감히 나에게 그런 짓을… 그러니 문 열어! 편하게 죽고 싶으면, 어서 빨리 문을 열어라!"

쾅! 쾅쾅!

더욱 강해지는 힘에 문이 곧이라도 열릴 기세였다.

하지만 점점 의식을 잃어가던 양운천으로선 아무것도 할 수 없었다. 그저 정신을 잃기 전, 하늘에 있는 부인에게 비는 것이 전부였다.

"제발… 제발 부인, 주아와 저 청년을… 저 청년을… 음."

그리고 그가 정신을 잃는 순간, 문을 두드리던 소리는 어느샌가 쇠가 부딪치는 소리로 바뀌어져 있었다.

깡. 까강. 까가강.

'크윽. 크아아악!'

이젠 머리끝까지 차오른 양기로 고경천은 비명 지를 목소리까지 빼앗겼다. 미칠 듯한 고통을 속으로만 터뜨릴 뿐, 소리조차 내지 못했다.

'으… 으으……'

거기다 정신도 조금씩 무너져 머리 속이 점점 하얘졌다. 혈맥은 물론, 세맥(細脈)까지 들쑤시는 고통은 제정신으로 버틸 수준이 아니었다.

주르르륵.

결국 견디지 못하고, 칠공이 피를 토해냈다. 심지어는 각 모공에서조차 피가 솟아났다.

'제… 제, 젠장. 혀라도 깨물어야……'

어떻게든 난국을 타개하려 혀라도 깨물려 했다. 몇 번이고, 혀를 깨물려 해도 덜덜거리는 몸은 그것조차 막았다.

그저 믿을 것은 양기를 달래줄 현음빙기!

그러나 단전까지 밀려들어 온 기운들은 양기들에 둘러싸여 좀처럼 빠져나가지 못했다. 하지만 그래도 포기할 수 없었다. 단전마저 빼앗기면, 그야말로 모든 것이 끝장이었다.

'빌어먹을! 아직 제대로 꿈을 펼쳐 보지도 못했는데, 더욱이 무당의 일은… 무당의 일은……'

무당의 일을 떠올리자 고경천은 머리끝까지 치솟는 분노를 느낄 수 있었다. 그러자 겨우 천년화리에 죽을지도 모른다는 현실이 너무나 우스웠다. 아니, 화가 나 미칠 것 같았다.

'내가 이런 결말을 위해 십 년 수련을 참은 것이 아니다. 아버지와 날 물먹인 무당에게 나 보란 듯 한 방을 먹여주기 위해 버틴 것이다. 그걸 네놈이 알겠느냐?

꽉.

분노가 끓어오르자 고경천은 혀를 깨물 수 있었다. 순식간에 입가에 새로운 피가 흐르며 정신이 조금이나마 돌아왔다.

'네놈이 지랄해도 어차피 천년화리다. 이 몸도 천년미인삼을 먹은 몸, 까짓것 좋다! 제대로 붙자.'

고경천은 단전을 지키던 힘을 풀었다. 그러자 그 열린 틈을 통해 양기가 맹렬히 단전으로 몰려들었다. 그리고 혈맥을 어지럽히던 나머지 기운들도 그 뒤를 쫓았다. 그곳이 현음빙기의 근원이며 천년화리와 상극인 천년미인삼의 정기가 있다는 것을 아는지 굶주린 듯 달려들었다.

씨익.

당장 고통에 피를 토할 것 같아도 고경천은 오히려 미소를 지었다.

단전을 제외한 나머지가 안정되자 그제야 사지에 흩어져 있던 현음빙기가 느껴졌다. 이러면 일단 반격의 실마리가 생긴 것이다.

'그럼 이번엔 내 차례다.'

고경천은 더욱 힘껏 혀를 깨물며 흩어졌던 현음빙기를 모아 단전을 공격했다. 포위 공격을 하듯, 계속해서 현음빙기를 단전으로 끌어들였다.

푸스스스.

고경천의 머리에서 수증기가 피어올랐다. 이건 패하면, 단전이 깨져 무공 전폐가 되어버리는 도박이었다. 그래서 더더욱 물러설 수 없어 이를 악물고 버텼다.

'아!'

다행히 내부에서도 고경천을 돕는 지원군이 등장했다.

그동안 무경을 익히면서 녹지 않던 천년미인삼!

그 천년미인삼이 화리의 기운에 깨어나 또 다른 원군으로 양기에 대항해 갔다. 이로써 안과 밖의 맹렬한 공세가 터지며 일순간에 전세가 역전되었다.

점차 안정감을 찾는 고경천의 표정은 이제 여유가 생겨 천년화리를 다스려 갔다. 거칠기만 하던 기운을 현음빙기로 감싸고, 그 기운을 무경상의 운기조식을 따라 기경팔맥으로 돌렸다.

그러자 천년화리의 기운은 선행하는 현음빙기를 쫓아 척추를 타고 위로 상승했다. 그렇게 앞장서던 현음빙기가 일차로 임독과 양맥이 만나는 은교혈을 자극했다. 원래는 이곳에서 뺨 뒤로 돌아 눈 아래 승읍혈을 지나 되돌아가야 하지만, 그걸 무시한 현음빙기는 그대로 은교혈을 강타했다.

쾅!

'컥!'

머리 속 깊은 곳까지 울리는 충격이었다.

그러나 충격은 그것만이 아니었다. 현음빙기가 은교혈에

서 승읍혈로 물러나자 그 뒤를 천년화리의 기운이 뒤쫓아 다시 한 번 그 자리를 때렸다.

쾅!

'크아악!'

이건 양기가 혈맥을 괴롭힐 때와 차원이 달랐다. 그때도 절대 은교혈은 어쩌지 못했는데, 뭉쳐진 힘은 은교혈을 미친 듯 물어뜯었다.

그러나 이번도 실패로 끝났는지 천년화리의 기운도 현음빙기를 쫓아 물러났다.

'아… 안 돼. 이 기운은… 이 기운은……'

두 번의 충격으로도 생의 길에서 다시 사의 길로 다가가는 느낌이었다. 한데, 이것도 모자란지 다시금 세 번째 기운이 은교혈로 향했다.

천년화리를 쫓아온 천년미인삼이 고경천의 의지를 무시하고, 그대로 은교혈로 밀고 들어갔다.

콰가가가강!

이미 너덜너덜해진 은교혈은 결국 천년미인삼에 굴복해 그 강대한 힘을 흘려보냈다.

"커어억!"

결국 고경천은 비명을 터뜨리며 지금까지 버텨온 정신을 잃고 앞으로 쓰러졌다. 그리고 시작되는 작은 소음들.

두둑. 우두둑.

침상을 가리는 수증기가 짙어지며 그 위에서 뼈와 근육이 뒤틀리는 소리가 퍼지기 시작했다.

"이번 한 번이면 된다. 이번 한 번이면……."
단단히 막힌 철문을 바라보며 성월여는 이를 갈았다. 원래 그녀가 갖고 있던 보검이라면 금방 끝났겠지만, 지금 손에 들린 검은 이곳에 오기 전에 산 청강검이라 충돌로 이빨이 군데군데 빠져 있었다.
그래도 노력이 헛되지 않았는지, 벌어진 철문 사이로 안에서 걸어 잠근 고리가 보였다.
성월여는 고리를 노려보며 검을 치켜들었다.
우우웅.
내공이라도 주입했는지 검 주위로 엷지만 뿌연 검기가 모여들었다.
멸마모니검(滅魔牟尼劍)이라고 불리는 이 검법은 무림명숙 청룡칠수(靑龍七宿) 중 일인인 멸악 사태(滅惡師太)의 성명절기였다.
"고경천! 이 한 방으로 너는 끝이다!"
휘익.
카강!
요란한 소리와 함께 불꽃이 사방으로 튀었다.
티캉!

쇠가 부러지는 것과 함께 성월여가 철문을 그대로 걷어찼
다.

쾅!

힘을 이기지 못한 철문이 활짝 열렸다.

성월여는 문이 열리자 씩씩거리는 얼굴로 주변을 살폈다.
그녀에게 잊지 못할 치욕을 준 한 사람을 찾고자 벌써부터 눈
이 벌겋게 달아올랐다.

하지만 아직 걷히지 않은 열기로 실내는 수증기에 가려져
모든 것이 뿌옇기만 했다. 대충 바닥에 쓰러져 있는 봉두난발
의 양운천만 보일 뿐, 더 안쪽은 확인할 수 없었다. 그나마 다
행이라면, 그 속에서 그녀의 애검을 발견한 것이다.

"내 검."

성월여는 달려들어 냉큼 자신의 검을 들었다. 그리고 들기
무섭게 검을 뽑고 다른 손으로 수증기를 흩뜨리며 바닥에 쓰
러져 있는 양운천에게 다가갔다.

툭툭.

일단 검으로 건드려 보았지만, 이미 정신을 잃은 양운천은
아무런 반응이 없었다.

'죽었나?'

양운천의 코밑에 손을 대보니 숨을 쉬는 게 죽은 것은 아니
었다.

성월여는 다시금 주변을 살폈다. 빠르게 새나가는 수증기

로 인해 살펴보는 데 무리는 없었다. 그런데 실내는 한바탕의 폭풍이라도 휩쓸어간 듯했다. 이미 사물은 제자리를 잊어버렸고, 더욱이 아직도 남아 있는 열기는 그녀에게 의문만 던졌다.

‘도대체 무슨 일이 일어난 거야?

당장이라도 폭발할 것 같던 그녀는 너무나 예상 밖의 현장에 분노조차 잊어버렸다.

그러나 자신의 검이 이곳에 있는 것으로 보아 그녀에게 치욕을 준 그 인간은 분명 있다고 생각했다. 다시 주변을 찬찬히 살피니 휘장에 가려진 거대한 침상이 보였다.

‘그곳이냐?

성월여의 입가에 싸늘한 미소가 맺혀졌다. 그리고 그녀는 검을 곧추세운 채 조심스레 다가갔다. 한번 당한 기억이 있어 온몸의 긴장을 풀지 않았다.

쉬익.

그대로 검을 휘둘러 시야를 가린 휘장부터 갈랐다.

스르륵.

“고경천, 각오해라!”

휘장이 떨어지는 것을 보고 그대로 사람의 그림자를 향해 검을 휘두르려 했다.

“……!”

하지만 검은 그대로 허공에 머물렀다.

분명 침상에 그가 찾고자 하는 인간이 있을 거라 여겼다. 한데, 찾는 인간은 없고 나신을 드러낸 비쩍 마른 소녀와 그 위에 몸을 포개고 있는 적발의 청년만 있었다.

그녀는 눈을 비비고 다시금 살폈지만, 어디에도 그녀가 찾는 인간 비슷한 자는 없었다. 그러나 그 모습은 그녀에게 다른 생각을 불러일으켰다.

'이건!'

그녀는 갑자기 머리 속이 서늘해졌다.

바닥에 쓰러져 침상에 한 손을 뻗고 기절한 중년인의 모습. 그리고 나체를 드러낸 채 핏자국이 묻어 있는 어린 소녀. 마지막으로 죽었는지 살았는지 알 수 없지만, 그런 소녀의 몸 위에 상체를 포개고 있는 청년의 존재. 대충 윤곽이 그려졌다.

결국 성월여의 얼굴이 놀람에서 분노로 바뀌는 것은 순식간이었다.

"감히 이런 천인공노할 짓을 저지르다니……."

색마에 대해서는 조금도 용서가 없는 그녀라 살기가 온몸을 뒤덮었다.

그리고 그 순간.

"으음."

적발의 청년이 깨어나는지 미약한 신음을 터뜨렸다.

성월여는 잠시 멈춰졌던 검을 다시금 꽉 움켜쥐었다. 이번에는 그냥 휘두르는 것이 아닌 기를 주입해 검에 뿌연 검기를 덧씌었다.

"저지른 만행이 만행이니만큼 죽는다 해도 나를 원망치 마라!"

"……?"

그녀의 커다란 호통에 청년이 고개를 돌려 그녀를 바라보았다.

그리고 두 사람의 시선이 마주치며,

"……."

"……."

누구 하나 입을 여는 사람이 없었다.

성월여는 상대의 얼굴에 놀랐고, 청년은 검을 들고 있는 그녀의 모습에 놀랐다.

그리고 먼저 정신을 차린 자는 청년인지 그가 곧 얼굴을 구기며 한마디를 던졌다.

"이 계집은 볼 때마다 검을 치켜들고 난리네."

쉬익.

그리고 조금도 망설임없이 손을 뻗어 성월여의 마혈을 짚었다.

"어? 윽!"

성월여는 놀라 비명을 터뜨리며 검을 든 채 그대로 굳어졌다.

적발의 청년은 자리에서 일어나 그녀의 검부터 빼앗았다. 그리고 마치 제 물건인 양 검집에 넣어 등에 메려 했다.

'갑자기 줄이 짧아졌나?'

결국 그는 검을 허리에 찼다. 그리고 굳어진 채 눈만 말똥거리는 성월여를 보며 한마디를 던졌다.

"아직도 나에게 검을 휘두르는 것을 보니, 가슴 가리개가 벗겨진 것으로는 성이 안 차나 보지? 아예 아랫도리도 같이 벗겨줄까?"

"……!"

그 한마디에 성월여는 더 이상 놀랄 수 없는 표정을 지었다.

"하나, 일단 네 처분은 조금 있다 하지. 각오하는 게 좋아!"

청년은 엄포를 끝으로 쓰러져 있는 양운천에게 다가갔다. 그리고 잠시 상태를 살피다 몇 군데 혈도를 두드렸다.

파박.

"으으음."

양운천은 그제야 신음을 흘리며 정신을 차렸다. 그는 흐릿한 눈을 들어 주변을 살피다 눈앞의 청년을 보고 놀라 눈을 크게 떴다.

"정신이 좀 드오? 후훗. 내 장담대로 죽지 않았으니, 어서 가서 딸의 상태나 살펴보시오."

"누구……?"

“허 참. 또 광기가 도진 것이오? 나요, 나! 고경천.”

“뭐?!”

그 한마디에 양운천이 자리에서 벌떡 일어났다. 그리고 그
는 믿을 수 없다는 눈으로 고경천의 위아래를 살폈다.

第四章

변해도 너무나 변했다.

너무 미려해 여인처럼 가녀린 선이 이제는 굵직굵직하게 바뀌어 버렸다. 거기다 양운천보다 아래 있던 시선은 비슷해져 그보다 조금 위에 있었다.

해서 양운천은 홀린 듯 고경천의 얼굴만 바라보았다.

"갑자기 키가 작아지기라도 했소? 아니면 다리를 다쳐 무릎을 구부리고 있다던가……?"

고경천의 시선이 아래로 내려왔다.

그런데 멀쩡했다. 양운천은 작아지기는커녕 무릎을 꼿꼿이 세운 게 오히려 경직되어 보였다.

고경천은 재빨리 자신의 몸을 훑었다. 그러고 보니 옷이 조금 꽉 끼는 듯도 하고, 팔다리도 조금 썰렁하다는 느낌이 들어 아래를 내려다보자 종아리는 드러났고, 소매도 팔뚝까지 올라와 있었다.

‘그래. 거울!’

허겁지겁 얼굴과 온몸을 만지던 고경천이 주변을 살폈다. 그러나 그가 몸을 비춰볼 마땅한 물건이 없었다.

“……!”

그는 그 순간 허리에 걸고 있는 검을 떠올렸다.

스르릉.

고경천은 검을 뽑은 후 그대로 자신의 얼굴 앞에 대었다.

“…….”

처음 보는 얼굴이었다. 아니, 어디선가 본 듯한 얼굴인데 분명 그가 알던 얼굴이 아니었다. 아름답기는 하나 계집처럼 곱상한 것이 아닌 타오를 듯한 적발에 적미가 인상적인 굉장한 미남이 그곳에 있었다.

챙그렁.

고경천은 손에 힘이 빠져 검을 놓치고 말았다. 도대체 일이 어떻게 된 것인지.

그 순간,

“휴우… 기사(奇事)군, 기사야…….”

이제야 정신을 차린 양운천이 고개를 흔들며 긴 한숨을 쉬었다.

“이보시오. 이게 어떻게 된 일이오? 내가 지금 꿈을 꾸고 있소? 아니, 혹시 내가 죽어 저승이라도 간 것이오?”

“저승을 가면 자네 혼자 가지, 나도 가겠는가? 여하튼 꿈을 꾸고 있는 것은 자네만이 아니니 너무 호들갑 떨지 말게. 거기다 외형은 물론, 목소리까지 남자로 돌아온 걸 보니 우리의 도박은 일단 성공한 것 같네.”

“아…….”

그제야 고경천은 목소리도 변했다는 것을 알았다. 계집처럼 앵앵거리던 목소리가 아니었다.

“으하하하!”

고경천은 참지 못하고 대소를 터뜨렸다. 어떤 말도 필요없었다. 지금 이 순간 죽지 않았다는 것보다 원래대로 돌아왔다는 게 중요했다.

양운천은 미친 듯 웃고 있는 그를 내버려 두고 침상으로 다가갔다. 그는 고경천의 상태에 자신의 딸도 분명 원래대로 돌아왔을 거란 생각이 들었다. 그래서 벌써부터 가슴이 미친 듯 뛰기 시작했다.

그래서 동상처럼 서 있는 성월여도 신경 쓰지 않고 침상부터 살폈다.

“아…….”

참으려 했건만 탄성이 터졌다.

곤히 잠든 한 여자 아이. 오랜 시간 병상 생활을 하고, 온몸의 기운을 모두 빼앗겨 삐쩍 마른 모습이지만, 그래도 살덩이가 아닌 사람의 형상을 하고 있었다.

"주아야……."

양운천의 눈에 금방 눈물이 솟아났다. 얼마 만에 보는 모습인가? 근 일 년을 미친 듯 살아왔던 그의 고생이 한순간에 눈 녹듯 사라졌다.

"이 모습이 원래 당신 딸의 모습이오?"

"……!"

"후후. 곤히 잠든 게 마치 아기 같소."

언제 다가왔는지 양운천의 곁에서 고경천이 한마디를 건넸다.

"눈 돌리게!"

"엥?"

"어서 눈 돌리게. 어디 여아의 벗은 몸을 함부로 보려 하는가?"

양운천은 딸아이의 몸을 가리며 버럭 소리를 질렀다.

"쩝! 그래 봐야 애 아닌가?"

그 한마디에 입맛을 다시며 고경천은 신형을 돌렸다. 그러다 그의 눈에 뻣뻣이 굳은 성월여의 모습이 잡혔다.

'그래. 저 계집이 있었지.'

그녀를 보자 다시금 얼마 전의 일이 떠올랐다.

“너!”

“…….”

“허… 갑자기 입이 무거워지기라도 했나? 아님 나의 엄포가 무서워 기절이라도 한 거냐?”

“…….”

하나 성월여는 눈을 감은 채 여전히 말이 없었다.

“이봐!”

툭툭.

성월여의 양 볼을 건드려도 그녀는 반응이 없었다.

‘정말 기절했나?’

고경천은 손을 내밀어 그녀의 감은 눈을 벌려보았다.

여전히 반응이 없는 모습. 제압된 것은 분명 마혈뿐인데, 그녀의 입은 아혈이 점혈당한 사람처럼 열릴 생각이 없었다.

“정말 아랫도리라도 벗겨야 입을 열 것이냐?”

“…….”

여전히 말이 없는 성월여와 실랑이를 벌일 때, 양운천이 딸아이의 상태를 다 확인했는지 이곳으로 다가왔다. 그리고 몇 가지 성월여의 상태를 살피더니 결론을 내려주었다.

“기절했네.”

“뭣이오? 기절?”

“그래. 기절했네. 무언가 굉장한 충격을 받고 기절한 상태네.”

"나는 아무 짓도 안 했는데……."

고경천은 고개를 갸웃거렸다. 그가 알기로 성월여는 점혈 당했다고 기절할 여인이 아니었다.

"것보다 몇 가지 살필 것이 있으니 장소를 옮기세. 이곳은 머무르기에 상태가 그렇네."

"그럽시다."

"그럼 따라오게."

양운천은 침상으로 가 이불보로 감싼 후 양주아를 안았다. 그리고 앞장서서 먼저 철문으로 향했다. 그러다 걸음을 멈추고, 한마디를 남겼다.

"그 여인도 데리고 오게. 그렇게 종일 세워둘 수만은 없지 않은가?"

"알겠소."

고경천은 대답 후 기절한 그녀의 혈도의 풀고 쌀자루 들쳐 메듯 어깨에 걸쳤다. 정말 양운천의 말대로 그녀는 혈도가 풀리고도 그저 늘어진 채 고경천의 어깨에 매달렸다.

'만날 때마다 골칫덩이군. 쩝.'

생각 같아서는 그냥 내버려 두고 싶지만, 차마 사내로서 그럴 순 없고 그대로 양운천의 뒤를 따랐다.

그런데 장원의 공기가 무척이나 적막했다. 원래 시끌벅적한 곳은 아니지만, 이렇게 무인도에 동떨어진 느낌은 아니었다.

양운천도 뭔가 느꼈는지 의아한 표정을 지었다.

“여봐라.”

“불러도 소용없을 것이오. 여기 이 계집, 나보다 더하면 더 했지 덜하지 않은 인간이니 사람들 대부분 저승으로 가지 않 았으면, 어디서 뼈마디 붙들고 신음을 흘리고 있을 것이오.”

“음…….”

그제야 얼마 전 철문 밖에서 벌어졌던 소란을 떠올린 양운 천은 고경천을 안내해 다른 곳으로 이동했다.

별당에서 떨어진 한 내실.

둘은 도착하자마자 누가 먼저랄 것도 없이 여인들을 양편 의 침대에 내려놓고, 각자 한편에 놓인 의자에 엉덩이를 붙였 다.

그런데 무슨 일인지 자리에서 벌떡 일어난 양운천이 고경 천에게 고개를 숙였다.

“정말 감사하네. 딸아이를 원래대로 돌려줘서 진심으로 감 사하네.”

격동을 참지 못하는 그의 목소리가 은연중 떨려 나왔다.

“훗. 똑같은 말 여러 번 하게 하지 마시오. 서로 필요해서 한 일, 덕분에 나는 원래 모습을 찾지 않았소? 그러니 그렇게 고마워할 필요 없소.”

“그리고… 정말 미안하네. 내 미처 자네에게 말을 하지 않은 것이 있네.”

“말하지 않은 것이라니… 무슨 말이오?”

고경천은 양운천의 행동이 이해가 가지 않았다.

“원래 이것은 성공해도 문제가 남네. 나는 그걸 숨기고 자네에게 이번 일을 시킨 걸세. 그것보다 나는 자네가 살아날 거란 생각을 하지 않았다고 보는 것이 맞네.”

“뭐……?! 음, 좋소. 일단 살아남았으니 그 일에 대해 더 이상 언급하지 않겠소. 그보다 문제라니… 당신이 보다시피 난 멀쩡하지 않소? 거기다 내가 대충 살펴본 것으로도 절대 이상함을 모르겠소.”

“일단 내 직접 한번 살펴보겠네.”

양운천은 대답도 듣지 않고 고경천의 맥문을 잡았다.

그리고 잠시 후.

“역시… 음.”

양운천은 손을 떼며 괴로운 신음을 터뜨렸다.

“왜 그러시오? 도대체 무엇이 잘못되었소? 속 시원히 말해 보시오?”

불안함에 고경천의 목소리는 자신도 모르게 떨려 나왔다.

“자네 상태는… 말보다 직접 느껴보는 것이 좋네. 한번 운기해 보게.”

“운기해 보라니… 분명 나는……?!”

고경천의 눈이 커졌다. 운기를 해보니 즉각 몸이 이상 상태를 나타냈다. 지금껏 운기하며 이런 증상이 없었는데, 기를 운행하니 온 혈맥이 고통의 비명성을 터뜨렸다.

"큭!"

결국 비명과 함께 운기를 중단했다.

"운기를 할 때 혈맥이 바늘로 찌르는 듯 따끔하지 않나? 더욱이 내공을 일으키면, 상당히 불안한 상태를 보일 걸세."

"당신!"

고경천은 고통 어린 눈으로 양운천을 바라보았다.

"미안하네. 정말 미안하네. 혹시나 그 사실을 알면, 딸아이를 돕지 않을까 말을 하지 않았네. 자네는 목숨까지 걸고 나에게 이런 커다란 은공을 주었는데, 나란 인간은……."

"이봐! 지금 그 한마디를 하는 것보다 해결책을 찾는 게 먼저 아니야?"

고경천은 분노에 말투까지 바꿨다. 육신이 돌아오니 이제 무공이 말썽을 일으켰다. 정말 일이 이렇게 재수없게 풀릴 수도 없을 것이다.

"미안하네."

하나 별다른 말이 없는 양운천은 고개만 더욱 밑으로 떨구었다.

"젠장!"

그 모습에 고경천은 그대로 탁자를 내려쳤다.

콰직.

탁자가 순식간에 박살이 나버렸다.

그러자 분노했던 고경천은 얼떨떨해진 표정으로 탁자와 자신의 손을 바라보았다.

"그나마 다행이라면 바로 그걸세. 원래 자네의 단전은 이미 음기에 적응되어 양기를 받아들이지 못하네. 결국 자리를 잡지 못한 양기들이 자네의 육신에 스며들어 버렸네. 해서 여성화되었던 몸이 원래대로 돌아오고 적발과 적미를 갖게 되었지만, 음기를 사용하는 자네의 몸은 오히려 양기와 충돌을 일으켜 그런 고통을 주는 것이네. 해서 육신은 천년화리의 힘으로 그 무엇보다 단단해졌지만, 내공은 오히려 제약을 받는 몸이 되었네."

"그럼 정말 이대로 평생 반불구의 몸으로 살아야 된단 말이오? 이런 망할 제약으로 무공도 제대로 펼치지 못한단 말이오?"

고경천의 괴로움에 양운천은 안쓰러운 표정을 지었다. 그래서 가능성이 얼마일지 모르지만 그가 알고 있는 유일한 방법을 끄집어냈다.

"방법은 있네. 하지만 그 방법을 자네가 찾을 수 있을지는 오직 하늘만 아네. 만일 그것만 얻으면 모든 것은 해결되네. 바로, 단전을 무엇도 담을 수 있는 혼돈으로 만들면 되네. 그러면, 양기, 음기, 독기, 사기, 마기, 정기 등등 세상천지에 흐르는 모든 기운을 한 몸에 갖게 될 수 있네."

“혼돈의 단전?”

“그렇네. 잊지 않았나 모르겠네. 인간의 몸을 그렇게 만들 수 있는 유일한 방법! ‘마공이라 불리나 그 어떤 신공보다 오묘한 혼돈의 무학’.”

“그렇다면… 흡정마공?”

고경천의 머리 속에 하나의 이름이 지나갔다.

“그렇네.”

양운천의 고개가 무겁게 끄덕여졌다.

고경천은 그 말에 더 이상 다른 생각을 할 수 없었다. 그저 묘한 예감으로만 다가왔던 흡정마공. 그것이 이제 그의 운명의 중심이 되는 순간이었다.

“그럼 그것이 어디 있소?”

“미안하네. 내가 아는 것이라곤… 그 무경으로 전 무림이 미쳐 돌아갔단 이야기 말곤 없네.”

양운천의 고개가 바닥으로 떨어졌다. 결국 그는 지금처럼 모른다란 말만 하나 더 추가했다.

왠지 고경천은 그의 말을 듣자 화를 낼 기운도 없었다. 해서 이젠 상대에 대한 존칭이고 뭐고 다 귀찮아졌다.

“좋아! ‘모른다. 미안하다’ 이번에도 역시 나를 실망시키지 않는군. 그러나 그건 한 번 더 넘어가 주지. 어차피 내가 선택한 길, 선택에 대해 후회를 하면 나만 더 괴로워질 테니까.”

“…….”

차라리 화라도 내면 좋으련만, 양운천의 고개는 바닥에라도 닿을 듯 숙여졌다.

“그러나 당신 나에게 큰 빚을 진 거야. 나는 다른 것은 몰라도 빚에 대해서는 절대 안 잊어. 지금 당장은 아니지만, 나중에 꼭 받아낼 테니 이젠 광의가 아닌 명의로 돌아가. 어차피 딸도 고쳐진 마당에 굳이 광의를 고집할 이유도 없잖아.”

양운천의 고개가 발딱 들렸다.

“그런 눈으로 볼 필요 없어. 일단 다시 태어난 딸아이를 돌보며 잘살아. 그래야 나에게 빚도 갚을 거 아니야. 그리고 당신에게 존칭하는 거 이제 귀찮아졌어. 당신도 내 입장이 되어 보면 알 테니 긴말은 않겠어.”

“알겠소. 오히려 내가 존대를 해야 할 입장이오. 은공은 모든 걸 가슴에 묻어두었건만, 비겁한 나는 숨기기까지 하고… 내 꼭 갚겠소. 내 못 갚으면, 딸아이라도 갚게 하겠소.”

그런데 마치 그 말을 기다렸단 것처럼 고경천이 입을 열었다.

“그럼, 전부는 아니고 일단 이자라도 내겠어?”

“……?”

양운천의 의문에 별말없이 고경천은 성월여를 보았다.

‘이제 이 계집과는 안녕해야겠군. 내 앞길도 알 수 없는 이 마당에 이런 혹은 오히려 골치만 아프지.’

앞으로 흡정마공을 찾으려면, 전 무림을 미친놈처럼 뒤지고 다녀야 될지도 몰랐다. 지금 몸으로 그 일을 제대로 해낼지도 알 수 없었다. 그런 마당에는 성월여는 골치 아픈 존재였다.

"한 한 달, 아니, 보름 정도만 이 여자를 잡아줘."

"이 여잘 잡아달라니……."

"아니, 그것도 필요없겠다. 이 여자 깨어나면 어디 사는지 묻고, 인편을 보내 사람을 오라 그래. 그때까지 약을 쓰든 침을 쓰든 절대 운신 못하게 하고. 괜히 동정심에 풀어주었다간 졸지에 화양의원이 상가집으로 변할지 모르니까 단단히 주의하고."

고경천은 겁이라도 주려는지 무시무시한 표정을 지었다.

"음……."

그 말에 조금 걱정이 들었는지 양운천이 무거운 신음을 흘렸다. 그도 철문을 부수고 들어오던 성월여의 능력을 보았다. 하지만 거절할 입장이 아니기에 일단 이름을 물었다.

"알겠소. 그런데 이 여인의 이름이 무엇이오? 보아하니 풍기는 외양이 꽤 괜찮은 집안의 여식 같은데, 왜 이 여인이 은공을 죽이려 하는지……."

비록 잠든 모습이라 해도 성월여에게서 느껴지는 기품이나 분위기는 절대 평범해 보이지 않았다.

"뭐 타고 다니던 말이나 검을 보면 꽤 있는 집안 같은데, 성격은 개차반이야. 거기다 지독한 벽창호이기까지 하고. 그러니 깨어나도 사는 곳 외에는 이야기를 하지 말아. 그러면 그럴수록 오히려 당신만 손해니까. 그리고 이름은 성월여. 내 어떤 사람으로 인해 잠시 연을 맺었지만 앞으론 절대 보고 싶지 않으니, 은혜의 백만분의 일이라도 갚는단 심정으로 확실히 처리해 주길 바라."

고경천은 내심 진절머리가 났다. 두 번이나 본의 아니게 칼을 맞을 뻔했던 아슬아슬한 순간이 지금도 머리를 스쳤다.

"성월여… 성월여."

그런데 그 이름을 들은 양운천이 무슨 일인지 고개를 갸웃거렸다.

"그럼 다음에 봅시다."

고경천은 생각에 빠지는 그를 놔두고 그대로 자리에서 일어났다.

'그래. 이도 저도 아닌 상태지만, 일단 나에겐 아직 '서(西)'란 단어가 하나 남아 있다. 비록 그게 무당파일진 모르겠지만, 일단 지금 상태에 대한 해답이 될지도 모르지.'

의란 단어가 그에게 길을 주었기에 나머지 하나도 믿어보기로 했다. 그래서 그는 한시라도 빨리 길을 나서고 싶었다.

그런데 무슨 생각이 그리도 오래 걸리는지 양운천은 고경천이 문을 열고 나갈 때까지 반응이 없었다.

해서 고경천은 살짝 문을 닫아준 후 홍마가 있는 곳으로 향

했다. 당분간은 무공을 자제해야 할 형편이니 먼 길을 가는
데 말은 필수였다.

'너도 난폭한 주인보단 내가 낫겠지.'

그리고 홍마도 그렇게 느꼈는지 그가 다가오자 반가운 말
울음소리를 내었다.

히이이잉.

고경천은 그 모습에 미소를 지었다. 홍마는 그의 겉모습이
변해도 그를 알아봤다. 짐승은 인간과 달리 발소리, 체취, 목
소리까지 상대의 여러 가지를 기억한다지 않은가?

그는 떠나기 전 잠시 하늘을 보았다. 길 떠나기 좋은 푸른
날씨였지만, 고경천은 왠지 그 모습이 자신을 비웃는단 생각
이 들었다.

'어디 끝까지 해보자. 네가 이기나 아님 내가 이기나.'

고경천은 하늘을 향해 도전장을 내고 말고삐를 쳤다.

"가자, 월여야. 앞으로 갈 길이 멀다."

히잉.

대답과 함께 월여가 발걸음을 옮겼다.

그런데 그렇게 얼마나 걸어갔을까?

"은공! 은공! 잠깐 멈추시오!"

멀리서 양운천이 헐레벌떡 고경천에게로 다가왔다. 그는
도대체 무슨 굉장한 사실이라도 알아냈는지 놀란 얼굴을 하
고 있었다.

해서 막 길을 떠나려던 고경천은 할 수 없이 그를 기다렸
다.

그렇게 정신없이 달려오던 양운천은 얼마나 서둘렀는지
흑마 근처에 와서 크게 숨을 헐떡였다.

"헉… 헉.헉헉!"

그렇게 대략 반 각을 보내고 나서야 양운천은 말을 할 수
있었다.

"이대로 가시면 안 되오. 은공은 저 여자를 꼭 데려가야 되
오. 그래야 하오. 반드시 그래야 하오."

하나 양운천의 그 한마디는 고경천의 얼굴에 짜증을 일으
켰다.

"이 사람이 겨우 그 정도도 못해서……."

"아니오. 내 받은 은혜가 산 같은데, 어찌 못한다 하겠소.
것보다 은공은 그 여자가 누군지 아시오?"

양운천은 답답하다는 듯 고경천을 바라보았다.

따가닥.

"휴우……."

따기닥. 따가닥.

"휴우. 휴우……."

박자를 맞추듯 말발굽 소리와 한숨 소리가 조화를 이루었
다.

해도 떨어져 온 세상이 어둠뿐인 시각. 별빛에 의존해 밤길을 걷는 인마는 마치 전쟁에 패한 패잔병처럼 기운이 다 사라져 버린 듯했다.

그리고 말을 몰던 사람은 하늘을 원망한다는 듯 긴 장탄성을 토해냈다.

"도대체 무슨 빌어먹을 운명이기에 이 계집과 또 같이 있느냐 말이다. 전에는 어쩔 수 없었지만, 지금은 버리려다 오히려 집까지 데려다 주는 신세가 되었으니……."

고경천은 얼마 전 선전포고를 한 하늘에 두 손 두 발 다 들 수밖에 없었다. 도대체 어찌 이리도 꼬일 수 있단 말인가?

'이 계집이 그리도 대단한 곳의 사람이라니… 것도 그곳 주인의 하나뿐인 외손녀? 하아! 차라리 몰랐으면 좋을걸. 이 애물단지를 어떻게 한단 말이냐?'

고경천으로선 답이 안 나왔다.

그런데 양운천의 말을 들으면 도저히 버릴 수만은 없었다.

"지금, 은공은 커다란 단서를 버리는 것이오. 그 당시 흡정마공에 가장 근접했던 두 문파가 바로 강남의 삼양궁(三陽宮)과 강북의 마염성(魔炎城)이었소. 비록 그중에 누가 주인이 되었는지 모르지만, 그 당시 끝까지 가장 치열하게 다퉜던 무리가 바로 그들이오. 어쩌면 지금까지 흡정마공에 대한 소문이 없는 것으로 보아 둘 다 주인이 아닐 수도 있소. 하지만 그에 대한 정보라면, 이 둘

중에 한곳이 가장 잘 알 것이라 생각하오. 그러니 어떻게든 은공은 이 여자와 함께 가야 하오. 둘 사이에 무슨 일이 있었는지 알 수 없지만, 이 여인의 마음을 사로잡아야 흡정마공에 한 걸음 다가갈 수 있을 것이오."

여기까지 듣고, 고경천은 두 눈 질끈 감고 성월여를 들쳐업었다.

'하지만 인연이 아니고, 악연이니…….'

이대로는 까딱했다가 삼양궁에 들어가는 순간, 색마로 난도질을 당해도 할 말이 없었다. 예전이라면 모를까? 지금은 어엿한 남자 모습인데.

'아!'

그런데 그 순간 고경천의 머리 속에 한 가지 생각이 떠올랐다.

'그래. 예전에는 여자, 지금은 남자. 그래, 그거야. 내가 왜 그걸 몰랐지. 좋아. 하하하.'

고경천은 머리 속이 환해지는 느낌이었다.

"월여야, 가자!"

그래서 힘차게 홍마의 옆구리를 두드렸다.

히이이잉.

홍마는 지금까지 걷던 것이 지겨웠는지, 명이 떨어지자 그대로 바람처럼 밤길을 달렸다.

초조암(初潮庵).

고경천은 생각이 떠오르자 적당한 장소를 물색했다. 그러다 발견한 곳이 바로 이 초조암.

그는 홍마에 내려 고삐를 잡고 안으로 들어섰다.

성월여는 화양의원에서 혼혈과 마혈이 동시에 점혈된 상태라 아직 정신을 차리지 않았다. 진즉 풀어줄 수도 있었지만, 고경천은 한숨만 쉬느라 그녀를 그대로 두었던 것이다.

'좋아. 그럼, 시작해야겠군.'

그는 일단 전방의 불당에 들어가 그 안을 정리했다. 대충 잎이 많은 나무로 안을 정리하고, 양운천에게 받은 장포도 벗어 바닥에 깔았다. 그리고 성월여를 안아다 그 위에 누였다. 거기다 작은 나뭇가지들을 구해다 작은 모닥불을 켜놓자, 비록 머리가 깨어져 볼품없는 불상이 두 사람을 지켜봤지만, 그런대로 아늑한 공간이 되었다.

"휴. 그럼 이제 얼굴 좀 풀어야겠군."

한참 얼굴을 풀던 고경천은 이제 속으로 하나를 외웠다.

'너는 이제부터 예와 협으로 무장된 정파무림인이다. 너는 이제부터……'

지겨워 혼란이 올 때까지 스스로에게 주문을 걸은 후,

'아깝지만, 효과를 위해……'

찌익. 찌이익.

이곳저곳 몇 군데에 칼에 베인 흔적을 남겼다. 거기다 조금 피로에 지친 표정으로 모닥불 앞에 자리를 잡았다. 그리고 잠을 자고 있는 성월여 근처에 검을 두고 그녀에게 지풍을 날렸다.

‘큭!’

잠깐 동안의 운기였지만, 금방 혈맥이 고통을 호소해 왔다. 그러나 이 정도는 참을 수 있기에 이를 악물었다.

얼마 후,

“으음…….”

정신을 차리는지 성월여의 신음이 들렸다.

그러나 등만 보이고 있는 고경천은 그 소리를 듣고도 모른 척 모닥불만 바라보았다.

성월여는 맨 처음 익숙하지 않은 대들보의 모습에 의문이 떠올랐다. 그러다 자리에서 벌떡 일어난 그녀는 매서운 눈으로 주변을 살폈다.

그리고 그 순간, 그제야 기척을 느꼈다는 듯 고경천이 그쪽으로 얼굴을 돌렸다.

“소저, 이제야 정신이 드오?”

고경천은 잠시 동안의 운기 후유증으로 음성에 기운이 좀 빠져 있었다.

성월여도 그 순간 이곳에 다른 사람이 있다는 걸 알고 경계하는 눈으로 그를 바라보았다.

“당신은?!”

그런데 고경천을 본 성월여의 반응이 그의 예상과는 너무나 달랐다.

‘어? 설마……?’

그러나 그의 놀란 심장이 터지기 일보 직전.

“아……!”

갑작스레 그녀가 머리를 쥐고 고통을 호소했다. 그리고 그녀는 반쯤 일으켰던 상체도 다시 장포 위에 뉘었다.

‘이건…….’

일단 고경천은 머리를 굴렸다. 무언가 이 순간이 굉장히 그에게 중요하게 다가올 것 같았다. 해서 근처에 두었던 물통을 들고, 그녀에게 슬며시 다가갔다. 물론 걱정스런 말도 아끼지 않았다.

“아직 고통이 있을 것이오. 꽤 충격이 컸을 테니 일단 물로 목이라도 축이시오.”

“그런데… 누구신가요? 낯이 익긴 한데, 혹시 우리 구면인가요?”

“그런 자잘한 이야기는 나중에 합시다. 지금 중요한 것은 커다란 충격을 입은 낭자의 안위요. 지금은 육신을 먼저 달래는 것이 순서라 생각하오.”

고경천은 교묘하게 대답을 회피하며 성월여를 걱정하는 기색만 역력히 뿜어댔다.

그러자 성월여는 고경천의 그런 모습에 감동이라도 받았는지 아무 말 없이 조용히 물통을 받아 들었다.

'휴우……'

고경천은 속으로 긴 한숨을 토해냈다. 뭐가 어떻든 일단 넘어갔다.

물을 다 마신 성월여가 눈을 감고 편안한 표정을 짓는 게 이대로 별다른 소란 없이 지나갈 것 같았다.

그런데 잠이 드는 줄 알았던 성월여가 강시처럼 벌떡 일어났다.

"앗! 생각났다!"

그리고 그녀는 일어나기 무섭게 고경천의 얼굴을 뚫어질 듯 살폈다.

"그래, 그 얼굴. 이제 생각났다. 다 생각났다."

"아… 아니, 소저. 생각이 나다니, 도대체 무엇이 생각났단 말이오?"

고경천은 일단 버텼다. 표정과 말투가 흐트러지지 않게 최선을 다하며 오히려 어리둥절한 표정까지 지었다.

하나 점점 싸늘해지는 성월여의 표정에 그의 노력은 점점 물거품이 되어갔다.

"그건 본인이 더 잘 알 듯, 네가 벌인 추잡하고 파렴치한 행동들! 내 어찌 일일이 그걸 입에 담을 수 있단 말이냐? 더욱이 내 눈을 속이려 이런 위장 따위를 한 그 용의주도함은 스스로 나쁜 놈이란 걸 밝히는 게 아니더냐? 자고로 손으로 가릴 수 있는 것은 두 눈뿐, 하늘이 아니다!"

'젠장. 역시 무리였던가?'

정말 행동 하나하나가 맘에 안 들었다. 모습이 바뀌었는데, 그걸 금방 알아보다니. 결국 고경천은 극단의 조치로 억지로라도 운기를 해 그녀와 한바탕 드잡이를 벌이려 마음을 먹었다.

그 순간도 끊어지지 않고 성월여의 말은 계속해서 불당을 울렸다.

"네놈은 어린 소녀를 겁탈한 것도 모자라 그 아비에게 상해를 가했다. 욕망에 눈이 멀어 짐승 같은 짓을 한 네놈은 이 세상에 살아 있을 가치가……."

그러나 이 한마디가 고경천의 운기를 풀어버렸다.

"잠깐!"

한참 이야기를 듣던 고경천이 한 손을 내밀어 그녀의 말을 막았다. 그런데 운기의 후유증인가? 얼굴이 좀 일그러져 있었다.

"왜 후회스런 것이냐? 하나 이제 와 후회한다 해도 나는 네놈을 살려줄 생각은 조금도 없다."

"……."

그러나 그녀의 말을 듣고 나서야 고경천은 잘못된 것이 아니고, 틀어졌다는 것을 깨달았다. 해서 그 순간 또 하나의 계획이 그의 머리 속에 떠올랐다.

"죽이시오. 내 스스로 부끄러운 것이 없는데, 무엇이 두렵겠소. 단지 나의 염려는 아직 정상을 찾지 않은 낭자의 몸이 흥분으로 더 악화될까 그것이 걱정이오. 그러니 한시라도 빨리 손을 써서 마음의 안정을 찾으시오. 난 아무런 반항도 하지 않겠소."

털썩.

고경천은 그 말을 끝으로 눈을 감고 바닥에 앉았다. 그리고 양손을 등 뒤로 돌려 조금도 반항하지 않는다는 자세를 보였다.

"……."

오히려 이런 식으로 나오니 성월여가 말문이 막혔다. 그러나 자신의 눈을 믿기에 한 손을 든 채 천천히 고경천에게 다가갔다.

그런데 눈을 감고 있던 고경천이 갑자기 눈을 떴다.

"이왕이면, 단칼로 깨끗이 목을 쳐주시오. 낭자의 검은 누워 있던 자리 옆에 있소. 자고로 굳은 신념은 어떤 방패보다 단단하다 했소. 내 거리낄 것이 없는 이상. 도검도 내 몸을 어쩌지 못할 것이오. 그럼, 그때가 되면 낭자도 나의 진심을 알거라 믿소."

"……."

눈빛을 받자 성월여는 멈칫거렸다. 정말 고경천의 눈에서는 조금도 흔들림이 없었다.

'흥. 연기가 뛰어나지만 속지 않는다. 내 이미 어떤 인간의 연기에 큰일을 당한 것을 모르는 네놈의 불찰이다.'

다시금 마음을 다잡은 성월여는 오랜 시간 이별했던 그녀의 애검을 집어 들었다. 그리고 검집에서 뽑아 차분히 옆으로 세웠다. 땅과 평행을 이루는 상태. 그대로 횡으로 휘둘러지면 고경천의 목을 떨어뜨릴 수 있었다.

'후회하지 않는다.'

성월여는 입술을 깨물며 검을 쥐고 있는 손에 힘을 주었다. 그리고 그걸 그대로 휘둘렀다.

휘이이이익.

그런데 그때,

"멈춰라!"

휘리리릭.

호통성과 함께 무언가 공기를 가르며 빠르게 회전하는 물체가 이곳으로 날아왔다.

팅.

"윽!"

그 힘은 그대로 검을 떨구어 버리고, 그것도 모자라 그녀도 몇 걸음 물러나게 만들었다.

그리고 다시 되돌아가는 물체를 잡으며 한 사람이 천천히 빛의 영역으로 걸어 들어왔다. 그는 다시 쥔 섭선을 활짝 편

채 버릇처럼 위아래로 흔들었다. 그러던 그가 섭선을 소리나게 접었다.

탁.

"가만히 있으려니 젊은 계집의 손속이 너무 매정하구나."

불당 입구에서 소리친 그의 덩치는 일단 컸다. 전체적으론 사십줄에 접어든 문사풍의 후덕한 인상이지만, 옷들이 낡아 좀 초라한 모습을 보였다. 그러나 그의 두 눈에 서린 정기만은 전혀 그런 생각이 들지 않게 만들었다. 그의 두 눈은 지금 고통에 손목을 잡고 있는 성월여를 매섭게 바라보았다.

그 순간, 그 모습을 보며 고경천은 속으로 울었다.

'아……! 망했다. 다 된 밥이었는데… 다 된 밥이었는데…….'

너무나 황당하고 어이가 없어서 멍한 표정까지 지었다.

불청객은 잠시 시선을 고경천에게 돌려 걱정스런 말을 건네왔다.

"젊은 친구, 조금만 늦었어도 큰일을 당했을 것이네. 보아하니 특별히 무슨 금제를 당한 것도 아닌데, 무엇 하러 스스로 목을 내미나?"

그의 말속에 어리석음에 대한 책망이 섞였다.

하나 정작 책망하고 난리를 피우고 싶은 자는 고경천이었다. 칼 한 방 맞고 성월여를 구워삶으려던 계획이 불청객에 의해 날아가 버렸다. 그깟 칼 한 방 맞는다고 죽을 몸뚱이도 아닌데.

'이런 망할…….'

하지만 여기서 발작했다간 모든 것이 끝이라 다른 행동을 취했다. 그는 재빠르게 성월여의 앞을 막아섰다.

"잠시만 멈추시오."

"……?"

불청객은 갑작스런 고경천의 행동에 의문을 나타냈다.

"귀하는 무언가 오해를 한 것이오."

"……."

성월여도 고경천의 한마디에 아픈 것도 잊고 그의 등을 바라보았다.

그리고 그 순간 고경천은 성월여가 잘 들을 수 있게 말 한마디 한마디에 혼을 담아갔다.

"그녀는 아무런 죄가 없소. 죄가 있다면, 오직 나에게 있을 뿐. 내가 그녀의 오해를 불러일으키게 한 것이오. 그녀도 협을 위해 검을 들었을 뿐, 귀하처럼 아무런 악의도 없소. 그러니 그녀를 나무라지 마시오."

"정말인가? 젊은 친구, 너무 미모에 얽매이면 안 되는 법이네."

하나 상대는 쉽게 믿으려는 눈치가 아니었다.

"정말이오. 그렇지 않으면, 내가 왜 가만히 있었겠소. 분명 그녀도 내 목 앞에서 검을 멈추려 했을 것이오. 당신도 보았는지 모르지만, 그녀의 검엔 검기는 물론 아무런 살기도 없었소."

"흠… 그렇다면 이 멍청한 서생이 오해한 것인가? 낭자, 미안하네."

불청객은 즉각 자신의 잘못을 시인했다.

"흥!"

하나 성월여는 코웃음을 끝으로 떨어진 검을 들고 모닥불 곁으로 가 이쪽을 쳐다보지도 않았다.

"귀하가 이해해 주시오."

"후후."

고경천의 말에 중년 문사는 씁쓸한 웃음을 흘렸다. 그러다 그도 더 문제를 일으킬 생각이 없는지 더 이상 입을 열지 않았다.

그런데 오늘 무슨 날인지 초조암으로 다가오는 또 다른 인기척들이 있었다.

"호호호."

바람에 웃음을 실은 여인과 땅 위가 아닌 땅을 뒤집으며 다가오는 자였다.

불쑥. 불쑥.

"푸하하하."

땅이 위로 솟구치며 그 속에서 검은 짐승 가죽을 뒤집어쓴 작달막한 체구의 사람이 솟아 나왔다.

“대형, 넷째가 제일착으로 도착했수다… 응?”

그는 신나 떠들다 다른 자들이 있는 것을 알고 인상을 썼다. 잠시 중년 문사와 불당 안의 인간들을 바라보다 그 사이에 흐르는 묘한 공기에 그는 금방 얼굴이 붉어졌다.

“이것들이 겁도 없이 이분이 누구인지 알고, 너희 둘 단체로 흙냄새 맡고 싶냐? 대형! 이 두 연놈들 그대로 묻어버릴까요?”

“끙.”

그러나 그의 도발적인 한마디에 중년 문사는 한 손으로 이마를 짚었다.

그리고.

“호호호. 오라버니들, 뭔가 재미있는 일이라도 있는 건가요?”

파라락.

옷자락 날리는 소리와 함께 웃음소리를 날린 여인도 중년 문사의 뒤에 떨어져 내렸다.

第五章

‘저들은……’

고경천은 더 이상 황당함에만 빠져 있을 수 없었다. 그들을 보는 순간 절대 평범한 자들이 아니란 것이 느껴졌다. 해서 움직이지 않고 일단 사태의 추이를 살폈다.

정면에 선 덩치 좋은 중년서생이나 그 바로 뒤에 서 있는 검은 가죽을 뒤집어쓴 작고 비쩍 마른 사내. 그리고 하늘하늘함을 자랑하는 능라의를 걸친 면사여인.

지금까지 그가 만나본 무림인들 중에 제일 강해 보였다.

“뻘건 대가리, 오늘 이곳은 우리 형제들이 이용하기로 이미 약속했다. 그러니 산 채로 파묻히기 싫으면 거기 있는 계집 데리고 냉큼 사라져!"

검은 가죽의 사내는 무엇이 그리 맘에 안 드는지 시종일관 잡아먹을 듯 흉포한 기세를 드러냈다.

"그만!"

그러자 중년 문사가 그를 말렸다.

"대형! 이곳은 우리가 먼저……."

"그만. 그만 되었다. 지금은 우리가 불청객이고, 저들이 먼저 선점한 자들이다. 이곳이 우리 소유도 아닌 이상 그 사실은 변하지 않는다."

"아니, 뭘 걱정하십니까? 어차피 비밀을 위해 저놈들을 없애야 하지 않습니까? 그래야 선하령(仙霞嶺)의 일이……."

"그만! 말이 많구나!"

골이 아픈지 중년 문사의 목소리가 올라갔다.

그러자 지금껏 별말없던 면사여인이 슬며시 가죽 옷 사내의 팔을 끌었다.

"오라버니, 그만 하세요. 이번 강남행의 목적을 잊은 거예요? 괜히 경솔하다 또 혼나지 말고, 일단 대형의 말을 들어요. 지금까지 잘 참아오다가 여기서 일이라도 벌이면 어떻게 하자는 거예요?"

"그럼? 저놈들을 살려두잔 것이냐? 만일 우리의 행적이 드러나면 둘째 형이 위험해……."

"넷째야!"

결국 중년 문사의 노성이 터졌다.

"알았수, 알았어! 내 입 다물고 있으리다."

중년 문사의 호통에 결국 가죽 옷의 사내가 뒤로 물러났다.

"휴우……."

면사여인은 그나마 다행이라는 듯 깊은 한숨을 쉬었다. 그러면서 소리를 내지 않는 한 줄기 전음을 남모르게 중년 문사에게 날렸다.

그리고 그걸 들은 중년 문사는 자연스레 고개를 끄덕이며 굳었던 표정을 풀었다.

"……."

그러나 돌아가는 사태를 알 수 없는 고경천으로선 그들의 그런 행동을 눈치 채지 못했다.

그런데 중년 문사는 이제 떠나려는지 작별 인사를 건넸다.

"이거 본의 아니게 소란을 피워 미안하네. 내가 동생들과 이곳에서 만나려던 것은 이미 예전의 약속이고, 우리의 행보가 남들에게 보여서 별로 좋을 것이 없어 그랬네. 그래서 하는 말인데, 이건 부탁이면서 경고일세. 오늘 이곳에서 우리를 본 것을 잊고, 절대 떠벌리지 말게. 만일 오늘의 일이 퍼져 나가면 분명! 크게 후회할 걸세. 자넨 신념을 위해 목숨까지 거는 자이니, 약속만 하면 내 그 정도로도 자넬 믿겠네."

정중히 예의를 갖추는 말이었지만, 그 말속에 담긴 뜻은 바보라도 알 수 있을 정도였다. 그리고 상대는 그 말을 지킬 능

력도 있어 보였고. 문제는 지금 사태가 고경천에게 너무 불리
했다. 해서 비록 거짓 협사 연기를 하고 있었지만, 이번만큼
은 진짜처럼 말을 했다.

"난 믿음에 대해선 배신하지 않소."

"내 그럼 그렇게 알고 물러나겠네. 다음에 인연이 닿으면,
그때 맘 편히 통성명이나 하세."

"멀리 가지 않겠소."

"물러간다."

휘잇.

중년 문사는 정말 자신의 말대로 약속을 받자마자 그대로
물러났다. 제일 먼저 허공으로 몸을 솟구쳐 초조암을 떠나갔
다. 그 뒤를 면사여인이 그보다 더 가벼운 동작으로 떠나갔
고, 마지막까지 남은 사람은 넷째라 불린 자로 그는 고경천을
노려보며 한마디를 더 보탰다.

"뻘건 대가리, 난 대형처럼 무르지 않지만 이미 해놓은 말
이 있기에 그냥 물러간다. 죽는 그날까지 지옥을 경험하고 싶
지 않거든 입단속 단단히 해라."

맹렬한 살기를 쏘아 보내던 그도 다른 자들을 따라 땅속으
로 몸을 날리려 했다.

"잠깐!"

"……?"

막 몸을 날리려던 그가 뒤를 돌아보았다.

고경천은 한 발 앞으로 나서며 그에게 한마디를 던졌다.

"당신도 하나만 기억하시오. 분노하지 않는 자가 약자가 아니란 말. 다음에 만날 때는 꼭 기억하길 바라오."

고경천의 두 눈에 뜨거운 기운이 솟구쳤다.

"그래. 언제든지 흙냄새 맡고 싶으면 그렇게 해라. 애송이! 크하하하."

그는 괴소를 끝으로 땅속으로 몸을 날려 나타날 때처럼 빠르게 장내에서 사라졌다.

고경천은 그들이 사라진 허공을 보며 속으로 쓴 물을 삼켰다.

'젠장. 무공만 멀쩡했어도 이렇듯 눈치를 보지 않아도 되었을 텐데. 그리고 저 두더지 면상에 얼음덩어릴 한 방 먹여 주는 건데.'

생각하면 할수록 자신의 상태가 너무 짜증났다. 그러나 지금은 일단 주변에 있는 사람에게 신경 써야 했다.

그런데 무슨 일인지 성월여는 멍한 시선으로 그들이 떠나간 자리만 바라보았다. 어떤 굉장한 것을 본 사람처럼 얼까지 빠져 있었다.

해서 그녀의 곁에 다가간 고경천은 그녀의 앞에 손을 흔들었다.

"뭐 하는 거예요?"

그제야 정신이 드는지 성월여가 그에게 쏘아댔다.

"낭자가 너무 넋 놓고 있기에 걱정이 되어서 그랬소."

"신경 쓰지 마요. 당신이 아까 내 앞을 막아줬다 해서 당신을 신용할 거란 생각은 버려요. 나는 당신을 보는 것만으로 화가 나요. 도대체 왜 당신만 보면 이리도 머리가 혼란스럽고 아픈지……."

'그건 나도 마찬가지야. 누군 좋아서 이 짓거리 하고 있는 줄 알아? 으이구! 이 까칠한 계집애. 그래, 니 잘났다. 나도 몰라!'

가뜩이나 얼마 전의 일로 짜증났던지라 고경천은 더 이상 신경을 쓰지 않기로 했다. 더 이야기했다간 괜히 본성이 튀어나올 것 같아 조용히 모닥불 한편으로 물러났다.

그래서 할 수 없이 둘 사이에 무거운 정적이 흘렀다.

그런데 이런 침묵을 깬 것은 의외로 성월이였다.

"당신 바보예요? 아니면 간이 큰 거예요?"

"……?"

"지금 우리가 만난 그 사람들, 도대체 누구인지 알고 그런 객기를 부렸어요?"

'그걸 내가 어떻게 알아?'

면전에 꽉 쏘아주고 싶었지만 고경천은 입을 다물었다.

"몰라서 그렇게 용감했군. 그러니 그들에게 그런 말도 할 수 있겠지. 무식하면 용감하다더니 그 말이 틀린 게 아니야."

듣든 말든 혼잣말을 하는 것이 고경천의 속을 긁었다.

‘이게 지금 누가 할 소리를 하고?!’

정말 더 이상 참으려 해도 참을 수 없을 정도로 끓어올랐다. 해서 귀라도 틀어막으려던 참이었는데,

“다행인줄 알아요. 굴지서(窟地鼠) 오염달(吳炎達)을 만나고도 어디 한군데 부러지지 않은 거 말이에요.”

“굴지서? 오염달? 그게 누구요?”

결국 고경천은 묻지 않을 수 없었다.

“마지막으로 떠나간 왜소한 자. 그리고 그를 보자 생각났는데, 처음에 온 사람은 대지서생 추일학(追一鶴), 면사를 쓰고 있는 여인은 천풍선자(天風仙子) 홍아연(洪娥燕). 아마 그들은 북쪽 하늘의 일곱 개의 별이라는 현무칠수(玄武七宿) 중 셋일 거예요!”

“현무칠수?”

고경천은 아직 무림에 대해 제대로 파악할 시간을 갖지 못했다.

그나마 양운천에게 몇 가지 주워들은 것이 있지만, 그건 거의 없는 거나 마찬가지였다. 그래서 그녀의 말에 귀를 기울였다. 그가 본 그들은 분명 기억해 둘 만한 자들이었다.

“그들은 분명 사부님이나 다른 이십팔수(二十八宿)들처럼 자신들의 활동 지역을 잘 벗어나지 않아 거의 강북을 내려오지 않는데. 더욱이 그들은 혼자가 아닌 같이 다니기로 유명하고… 설마 그들이 언급한 일이 그들을 움직일 정도

로……. 아!"

성월여는 무얼 깨달았는지 자리에서 벌떡 일어났다. 그리고 그대로 불당을 벗어나 밖으로 달려갔다.

"이봐요. 내가 급한 일이 떠올라 먼저 가니, 일단 오늘 그들에게서 나를 막아준 거에 대해서는 나중에 감사하도록 하죠."

성월여는 이 말을 끝으로 자신의 홍마에 올라탔다.

"이럇!"

그리고 뒤도 안 돌아보고 빠르게 말을 몰고 밤길을 달렸다.

'엥?

고경천은 너무나 일이 갑작스레 돌아가 미처 대응을 할 수 없었다. 그래서 뒤늦게나마 그녀를 쫓는데, 빠르기가 최고라 해도 이상하지 않은 홍마는 이미 어둠 속으로 사라져 버렸다.

"이보시오, 낭자. 낭자! 야! 이 벽창호! 이 망할 계집애야! 그냥 가면 어떡해!"

그리고 그 뒤를 따라 고래고래 소리치는 고경천의 목소리도 한동안 계속되었다.

'설마… 저 계집, 현무칠수란 작자들이 말한 선하령의 어쩌고저쩌고 그 일로 가는 거 아냐? 아님… 삼양궁에 이 일을 알리러 가는가? 젠장! 둘 중에 뭐가 되었든 저 계집이 난리치면 내 입장만 우습게 되잖아.'

고경천은 이제 완전 어둠으로 사라진 홍마를 노려보며 입술을 깨물었다.

"좋다. 까짓거 이따위 금제? 버티면 그만이다. 으아아아
악!"

그는 괴성을 지르며 운기를 일으켜 경신술을 시전했다. 비
록 내기가 혈맥을 지나칠 때마다 고통을 전해줬지만, 오직 성
월여를 잡아 가만 안 두겠다는 일념으로 그 모든 것을 초월해
버렸다.

쐐애애액.

매서운 바람 소리를 일으키며 고경천도 그녀의 뒤를 쫓아
밤길을 달렸다.

*   *   *

옥화산(玉化山).

호남성과 복건성, 광동성의 삼성(三省)에서 강서성의 성도
남창으로 이어지는 분수령으로 이곳을 지나지 않고는 남창에
다다를 수 없었다.

해가 가장 높게 뜬다는 오시(午時:정오).

데구루루.

쿠르르.

마차 바퀴가 요란하게 울려 퍼지며 옥화산을 넘어서는 자
들이 있었다. 그들은 모두 절제된 동작과 기도를 보이며 대열

을 유지해 갔다.

대략 십여 대의 마차와 그를 호위하는 수십 명의 무리로 이뤄진 그들의 가슴에는 삼양(三陽)이란 두 글자가 너무나 당당하게 수놓아져 있었다.

그리고 그들의 선두에 선 하나의 깃발에는 삼양궁의 표식인 세 개의 태양이 그려졌다. 특별할 것이 없는 태양과 안에 불꽃을 머금은 태양, 뇌전을 품은 태양이 한 기폭 위에 떠 있었다.

"모두들 대열을 흩뜨리지 마라."

선두에서 그들을 이끄는 한 사내는 백마를 앞뒤로 몰며 수레를 끄는 자들이나 그걸 호위하는 자 모두가 흐트러지지 않게 기강을 잡았다.

"옥화산만 지나면 삼양궁까지는 계속해서 평지다. 그럼 늦어도 삼 일이면 도착할 터, 조금 더 서두르면 내 너희에게 특별 수고비와 명주를 내리겠다. 그러니 그때까지만 조금 더 기운 내기 바란다."

그는 질책만이 아닌 이렇게 보상도 약속하며 수하들을 달랬다.

그래서인지 모두들 피곤함보단 더한 열정을 보이며 길을 재촉했다.

하나 그래도 그걸 바라보는 그는 마음이 편하지 않았다.

'지금까지 무사했지만, 이 불안감은 사라지지 않는구나.'

그는 주변을 둘러보며 경계심을 높였다. 청수한 얼굴에 어울리지 않게 거대한 언월도(偃月刀)를 든 그는 쉽게 얼굴을 풀지 못했다.

'그러나 감히 강서성에서 누가 삼양궁을 건들겠는가?

그는 내심 그 세 글자를 믿었으나 불안감은 쉽게 가시지 않았다.

그가 호송하는 그 물건. 궁주가 관여할 정도로 무척 중요하다고 했다. 그의 상관도 절대 실수가 없어야 한다고 신신당부까지 곁들였다. 하지만 도대체 그 정체가 무엇인지.

그래서 그는 이렇게 불안함을 느끼는지도 몰랐다. 버릇처럼 그 물건이 담겨 있는 검은 마차를 바라보고.

'내가 흔들리면 안 된다.'

그는 다시 한 번 다짐을 하며 선두에서 서서 뒤를 따르는 수하들을 이끌었다.

"서둘러라!"

그런데 아무 탈 없이 이어져 온 그들의 호송길에 난데없이 듣기 거북한 풀피리 소리가 들려왔다.

삐리리리.

'응?'

선두에 선 자는 그 소리에 긴장을 하며 주변을 살폈다.

그러다 길가 옆에 놓인 암석 위에서 장검을 품은 채 풀피리를 불고 있는 죽립인을 보게 되었다.

죽립인은 별다른 동작 없이 계속해서 풀피리만 불었다. 그런데 문제는 시간이 지나며 점점 고음으로 변하는 게, 듣는 자의 신경을 건드렸다.

'저자가!'

더 이상 가만히 있을 수 없기에 그는 백마를 몰고 죽립인에게 다가갔다.

그러자 앉아 있던 죽립인도 바위에서 일어나 말을 몰고 오는 그의 앞으로 천천히 걸음을 옮겼다.

백마를 탄 자와 죽립인은 일 장여 정도를 떨어진 채 서로를 바라보았다.

그리고 계속해서 울리던 풀피리 소리가 끊어지며 죽립 안에서 차고 무감동한 목소리가 울려 퍼졌다.

"화염신도(火炎神刀) 방웅풍(方雄風). 맞나?"

"네놈은 누구냐?"

백마 위에서 방웅풍은 언월도를 움켜쥐었다. 아무리 봐도 상대에게선 호의보다 적의가 느껴졌다.

"나?"

죽립인이 반문하자 그의 몸에서 조금씩 바람이 불기 시작했다.

웅웅. 우우웅.

그의 전신에 휘날리는 바람은 곧이라도 방웅풍을 덮쳐 올 듯 점점 거세게 일어났다.

그러나 이미 그 모습을 본 방웅풍은 말을 하지 않아도 상대의 정체를 알 수 있었다.

"다… 당신은?"

언월도를 잡은 손에 힘줄이 불거졌다. 죽립과 바람. 그리고 가슴에 검을 품은 자. 분명 이런 자는 흔치 않았다.

"알면 죽어서도 억울하지 않겠군. 풍령살(風靈煞)!"

죽립인이 언제 뽑아 들었는지 검을 방웅풍에게 휘둘렀다.

쉬아아악.

곧 칼날 같은 바람의 검기들이 매섭게 방웅풍의 전신을 덮었다.

"하앗!"

방웅풍은 일단 막는 쪽보다 피하는 쪽을 택했다. 백마 위에선 어쩔 수 없이 운신이 힘들어져 죽립인과 같은 고수를 상대할 수 없었다.

그리고 그 순간, 또 다른 자가 등장하며 주변에 도호성을 터뜨렸다.

"무량수불. 천지를 진 안에 가둔다. 팔문금쇄(八門禁鎖)!"

그 말이 떨어지자 나타난 자의 손을 떠난 소기(少旗)가 호송자들의 주변에 날아가 떨어졌다. 그건 일정한 방위에 박히며 일순 주변에 안개를 불러일으켰다.

"이… 이게 뭐야?"

"아… 앞이 캄캄해."

히이잉.

우어.

사람과 짐승들이 곧 혼란에 빠지며 갈팡질팡했다.

"아니?"

방웅풍은 그 소리에 자신도 모르게 뒤를 돌아보았다.

"이럴 수가!"

거짓말처럼 모든 것이 사라졌다. 분명 그 뒤에는 짐을 끄는 자신의 수하들과 짐들이 있어야 하는데, 보이는 것이라곤 뿌연 안개가 전부였다.

"크악!"

"컥!"

그 안에서 무슨 일이 벌어지는지 비명이 계속해서 터져 나왔다.

그러나 위험은 수하들에게만 다가오는 것이 아니었다.

"감히 내 앞에서 등을 보이다니."

푹.

"윽!"

방웅풍은 가슴을 내려다보았다. 심장을 뚫고 삐죽이 나온 검이 그의 눈을 어지럽혔다.

"뒤를 돌아보지만 않았어도 이렇게 허무하게… 그보다 빠르군. 역시… 풍령살검(風靈殺劍) 최(崔)… 컥!"

촤악.

그의 말은 잡아 뽑는 검에 의해 제대로 이어지지 않았다.

"뒷말은 저승에 가서 하도록."

죽립인은 방웅풍을 슬쩍 밀었다.

풀썩.

터엉.

방웅풍의 육신이 바닥을 때리며 적 앞에서 한시도 손을 떠나지 않던 언월도도 떨어져 나갔다.

"무량수불."

언제 왔는지 그 모습을 보며 팔괘도복을 걸친 도사가 도호를 읊었다.

"역시 여섯째의 수법은 깔끔하군."

그의 말에도 죽립인은 대답없이 피 묻은 검을 방웅풍의 육신에 닦았다.

"크억!"

마지막 비명인가? 안개 속에서도 더 이상 비명이 터지지 않았다.

그리고 그 속에서 천천히 한 사람이 걸어나왔다. 그는 안개 사이로 점점 몸이 드러날 때마다 조금씩 모습이 바뀌는데, 두 사람의 앞에 다다르자 어느새 방웅풍으로 바뀌어 있었다. 한데 그 모습이 전혀 죽어 있는 자와 분간이 가지 않았다.

"둘째 형, 안은?"

"깔끔히 끝났다."

그런데 말하는 그의 목소리도 방웅풍 그대로였다.

"이걸 대형에게 가지고 가거라. 놈들이 중요하게 운반하던 것이니 예사 물건이 아닐 것이다."

가짜 방웅풍은 품에서 흑옥마면상(黑玉魔面象)을 꺼냈다.

"으음……."

도사는 그걸 받으며 미간을 찌푸렸다. 굉장한 마기가 잡은 손을 통해서 전해졌다. 그는 진언주(眞言呪)를 외우며 부적을 붙였다.

"휴우."

그제야 마기가 좀 줄어 노도는 숨을 쉴 수 있었다.

가짜 방웅풍은 노도가 하는 모양을 보다 바닥에 떨어져 있는 방웅풍의 무기를 주우려 몸을 숙였다.

"웃기는 짓을 하는군."

그는 방웅풍이 죽기 전 피로 적은 두 자를 보았다.

현무(玄武).

그걸 발로 지워 버리고 언월도를 집어 들었다.

"지금 이대로 너희는 약속 장소로 가서 대형을 기다려라. 그럼 반드시 일을 성사시켜 좋은 소식을 갖고 합류하도록 하마."

"둘째 형, 조심하시오."

도사는 걱정 어린 표정을 지었다.

그러나 가짜 방웅풍은 미소를 끝으로 말이 없는 죽립인을 불렀다.

"여섯째, 시작하라."

그리고 그는 양팔을 벌린 채 가만히 서 있었다.

죽립인은 말없이 그의 모습을 보다가 검을 뽑았다.

스르릉.

검이 검집을 벗어나자 그는 검을 들어 그대로 가짜 방웅풍의 몸에 휘둘러 댔다.

휙휙.

*   *   *

"헉헉! 나 죽겠다."

고경천은 풀숲에 누워 노랗게 변해가는 하늘을 보았다. 지금 고경천의 상태는 곧이라도 숨이 끊어질 것처럼 몸이 말이 아니었다.

근 이틀을 미친 듯 달렸더니, 온몸 구석구석이 저리지 않는 곳이 없었다.

그러나 그 덕분인지 고경천은 고통의 나날 속에서 두 가지를 얻을 수 있었다.

바로 기를 정밀하게 운용하는 방법과 인내를 극복하며 얻어낸 고도의 집중력. 이런 소득들이 지금 당장 별 위력을 발휘하는 것은 아니었다.

그러나 금제가 풀리는 순간, 이런 것들은 그의 능력을 한층 크게 만들 것이다.

'자! 그럼 뿔난 망아지 사냥을 다시 시작해 볼까?'

고경천은 누워 있던 자리에서 벌떡 일어났다.

그의 눈에 절강, 강서, 복건의 경계에 있는 한 산이 잡혔다. 삼양궁이 있는 강서로 가려면 반드시 넘어야 할 선하령이었다.

'분명 선하령까지 그 계집의 행보는 이어졌다. 아무리 홍 마가 빠르다 해도 산길은 어쩔 수 없을 터, 내 선하령을 넘기 전에 반드시 잡아주지.'

고경천은 하늘 높이까지 치솟은 선하령을 보며 내심 뜨거운 다짐을 두었다. 게다가 반 시진 정도의 휴식을 취해선지 저린 느낌이 가신 건 물론 지친 육신에 어느 정도 생기도 돌아왔다.

"이제 슬슬 움직여 보도록 하지. 뿔난 망아지가 마구간에 돌아가기 전에 잡아야 하니까."

고경천은 일어서서 팔다리, 허리를 풀어주었다. 그리고 이제 나름대로 요령이 생긴 운기법을 시행해 보았다.

처음에는 약하게, 그리고 시간이 지날수록 강하게, 마치 음식을 볶기 전에 냄비를 달구듯 조금씩 그 기의 양을 늘렸다.

'으윽. 그래도 익숙해지지 않는군.'

견딜 만하다 해도 그건 어디까지나 견딜 만하다였다. 고경천의 얼굴이 곧 고통에 일그러지며 본래의 잘생긴 얼굴이 굉장히 험한 인상으로 바뀌었다. 그렇게 기가 순환하자 고경천은 기를 하체로 밀어 보냈다. 곧 몸이 붕 뜨는 느낌과 함께 땅을 박찼다.

파앗.

한줄기 바람이 되어 맹렬히 산을 오르기 시작했다. 그 와중에 고도로 달아오른 집중력은 땅을 훑었다. 혹시라도 홍마가 남긴 흔적이 사라질까 신경을 풀지 않았다. 덕분에 분산된 집중력으로 고통은 많이 가셨다.

그렇게 얼마를 갔을까?

고경천은 앞서 가는 한 무리의 뒤를 달리게 되었다.

속세인이 아닌 승포를 걸친 비구니 무리. 그들은 평범한 비구니들은 아닌 듯, 모든 한 자루씩 검을 들고 있었다.

일순 고경천은 어떻게 할까 고심을 했다.

'뭐, 굳이 무공을 숨길 필요도 없지.'

해서 속력을 배가시켜 그대로 그녀들의 곁을 지나쳤다.

선두에 선 중년 비구니가 고경천의 기척을 느껴서인지 그쪽을 바라보았다.

그런데 무슨 일인지 중년 비구니는 가던 길을 멈추고 고경천이 사라진 곳을 계속해서 바라보았다.

"정해(情海)야, 보았느냐?"

중년 비구니의 말투는 굉장히 무뚝뚝하고 냉랭했다.

"네. 보아하니 인상이 별로 좋지 않은 자이옵니다."

그녀의 물음에 사람 좋아 보이는 얼굴의 한 비구니가 대답을 했다.

"그래. 저런 자가 서두를 때는 분명 무슨 안 좋은 일을 꾸밀 때가 많다. 아무래도 뒤를 밟을 필요가 있겠다."

"예. 그럼 은밀히 추적하겠습니다. 사매들, 가자."

"네."

정해를 따라 몇몇 비구니가 땅을 박찼다. 그녀들은 승포를 바람에 날리며 이미 까마득히 멀어져 가는 고경천의 뒤를 쫓았다.

중년 비구니는 사라지는 그들을 보다 나머지 비구니들에게 명을 내렸다.

"일단 우리는 예정대로 관음암(觀音庵)에 가서 정해를 기다린다. 그 뒤 상황을 봐서 삼양궁으로 간다."

"네."

중년 비구니를 선두로 그녀들은 지금과 달리 경공을 이용해 관음암이 있는 곳으로 몸을 날렸다.

한편, 고경천은 비구니들이 자기를 쫓아오는 것도 모르고, 열심히 성월여의 흔적만 쫓았다.

'젠장. 잘 가던 계집이 왜 비탈로 들어선 거야? 혹시 내가 쫓는 것을 알기라도 했나?

고경천은 주변에 짓이겨진 풀잎들과 부러진 나뭇가지들. 간간이 맨땅에 박힌 말발굽을 보며 그나마 가는 방향이 틀리지 않았다는 것을 위안 삼았다. 말발굽이라도 여러 개 있으면 헷갈리겠지만, 홍마의 땅을 깊게 패며 나아가는 흔적들은 너무나 독특해 헷갈릴 수도 없었다.

그렇게 나무와 바위를 제치며 계속해서 들어가자 의외로 길은 조금씩 평탄해지며 경사도 완만해지는 느낌이 들었다.

"흐음."

보아하니 그 경사 끝은 나무에 가려져 잘 보이지 않았지만, 왠지 무언가 있어 보였다.

챙!

캉!

'응?'

은은히 바람을 타고 미약하게 들려오는 병장기 부딪치는 소리. 그 소리는 고경천이 가려는 방향에서 간간이 들려왔다.

고경천은 혹시나 잘못 들은 것 아닌가 기까지 끌어올려 귀를 기울였다. 그런데 역시 그가 잘못 들은 것이 아니었다.

'허, 또 이 계집, 엉뚱한 인간들과 한바탕하는 거 아니야?'

내심 어이없으면서도 신경이 쓰였다. 일단 잡아 혼쭐을 내주려 해도 그건 자신의 몫이지 남에게 주긴 아까웠다.

'여하튼 사람 귀찮게 하는 덴 타고났어.'

고경천은 결정을 내리자 그대로 몸을 날렸다. 혹시나 주변을 살펴가며 그는 나무숲으로 들어갔다. 일단 안으로 들어서니 수림에 가려졌던 소리가 제법 확실히 들렸다. 말 울음소리와 사람의 호통 소리, 그 속에서 여인의 음성도 분명 들리는 듯했다. 해서 고경천은 속도를 배가시켰다. 그리고 막 그 너머가 어렴풋이 보일 때,

파앗.

마지막 나무라 여겨지는 곳으로 몸을 솟구쳤다. 그리고 대충 몸을 가릴 수 있는 곳까지 솟구치자 전방을 살폈다.

수림 전방엔 일부러 만들어놓은 듯 꽤 넓은 공터가 펼쳐졌다. 암석들이 곳곳에 솟아나 있었지만, 비교적 많은 수의 사람이 모여 있을 만했다. 실지 꽤 많은 수의 사람들이 모여 있었다. 주로 이곳저곳에 자리를 잡고 있는 형세지만, 유독 고경천이 보고 있는 쪽에선 한 사람을 가운데 두고, 그 사람을 공격하는 자들로 시끄러웠다.

'저 계집!'

고경천의 느낌대로 중간에서 난리를 피우는 자는 성월여가 맞았다.

그녀는 간간이 홍마의 도움을 받으며 달려드는 무리들과 정신없이 싸우고 있었다. 다행히 그 수가 모여 있는 자들의 일 할도 되지 않는지라 위험 속에서도 잘 버텨냈다.

'아니… 바쁜 것처럼 내뺀 계집애가 여서 뭐 하는 거야? 거기다 이 인간들은……'

대략 오십은 넘어 보이는 인간들 외에 어쩌면 더 있을지도 몰랐다.

"자자! 싸워라! 싸워!"

그리고 그 싸움을 보며 한 사내가 소리를 쳤다.

그는 전망 좋은 한 암석 위에 모로 누워서 술병을 기울이며 흥을 돋우었다. 나이는 별로 많아 보이지 않는데, 짐승 가죽 복장에 단단해 보이는 육체를 자랑하는 그는 이 모든 것을 여흥으로 느끼고 있었다.

고경천이 그 광경을 확인하고 있을 때, 또 한 무리의 사람들이 그곳으로 달려들었다.

"사매!"

"사저!"

고경천이 있는 조금 떨어진 곳에서 숲을 헤치며 일련의 비구니들이 검을 세우고 성월여에게 달려들었다.

'저들은?'

그는 그녀들의 복장이 눈에 많이 익다는 느낌을 받았다. 해서 잠시 생각에 잠기는 사이, 이미 그녀들은 벌써부터 성월여를 막아서는 자들과 손을 섞었다.

채캉!

창!

그 비구니들은 제법 완숙된 검술로 성월여를 포위하던 자들을 매섭게 몰아붙였다. 그리고 그중 정해는 얼른 성월여에게 다가갔다.

"사매, 괜찮아?"

"정해 사저! 어떻게 된 거예요? 남해 오지암(五指庵)에서 벌써 돌아오신 거예요? 그런데 왜 보타암(寶唾庵)에 계시지 않고 이곳에……."

성월여는 정해의 등장에 얼떨떨한 표정이었다.

그러나 놀라기는 정해도 마찬가지였다.

그녀는 한참 쫓던 고경천의 흔적은 잃어버리고, 갑자기 수림 너머에서 무기 부딪치는 소리가 나자 이곳으로 왔다. 그러다 성월여가 곤경을 당하는 모습을 보자 한 사람을 단정에게 보내고, 나머지가 그녀를 구하려 달려들었던 것이다.

"일단 사정을 이야기하려면 길어지고, 근처에 사부님도 와 계셔. 그러니 일단 이 자리를 벗어나 사부님과 합류하자."

"사부님도요?"

성월여는 정해의 그 말에 반색을 했다.

그러나 그 순간 지금까지 즐겁게 싸움을 구경하던 자가 불만이 가득 찬 음성으로 소리쳤다. 그는 누워 있던 암석 위에서 일어나며 그녀들이 있는 곳을 향해 소리쳤다.

"이런 망할 비구니들을 봤나? 보기만 해도 삼 년 동안 재수 없다는 것들이 왜 하나도 아니고 단체로 와서 본인의 흥을 깨는 거야?"

그러자 대뜸 암석 주변에 있던 자들이 그의 말에 반응해 자리를 털고 일어났다. 그리고 흉흉한 얼굴로 그녀들을 노려보았다.

곧 분위기가 무섭게 돌아가며 몇몇 자들은 슬며시 그녀들이 빠져나갈 퇴로를 막아섰다.

그렇게 되니 졸지에 성월여를 구하러 온 비구니들도 몸을 뺄 구멍이 막혔다. 결국 다시 새로운 사람들에 둘러싸이며 서서히 성월여가 있는 곳으로 밀려났다.

그 순간 정해는 소리의 근원지를 찾다 암석 위의 사내를 알아보고 공손히 말을 꺼냈다.

"아미타불. 빈니의 눈이 잘못되지 않았다면, 혹시 녹림소채주인 용맹출호(勇猛黜號) 범산호(範山號) 범 시주가 아니신지요?"

"이런 빌어먹을 염불 소리. 귀가 썩는 것 같군."

상대의 공손한 말에도 사내는 귀를 후벼 파는 행동을 보였다. 그러나 그의 그런 행동이 그 스스로 정해의 말을 인정하는 꼴이 되어버렸다.

해서 정해는 상대의 빈정거림에도 공손함을 풀지 않고 계속 말을 이었다.

"빈니는 보타산(普陀山) 출신으로 단정(斷情)이라는 법명을 쓰는 분의 문하로 있습니다. 부디 오늘 일을 쌍방 간의 화기가 깨지지 않는 범위에서 완만하게 해결 짓는 것이 어떤지요?"

“단정?”

범산호는 그 말에 반문을 했다.

그러자 아래에 있던 한 자가 조용히 그에게 다른 이름을 들려주었다.

“아… 멸악 사태? 그 중 같지도 않은 망할 노물의 제자란 말이지?”

“말이 심하오!”

“닥쳐라!”

그 한마디에 사부의 이름을 대어 사태를 해결하려던 정해와 성월여를 비롯한 비구니들이 분노해 소리쳤다.

“뭣이?”

“저 버르장머리없는 것들이…….”

그리고 그녀들의 호통에 범산호 주위의 자들도 곧 분노를 터뜨렸다.

“자자…….”

범산호는 손을 들어 잠시 수하들을 달랬다. 그리고 암석 위에 가부좌를 튼 자세로 다시금 입을 열었다.

“이봐! 똑똑히 들어. 오늘 이 자린 내 허락없이 아무도 못 가. 그리고 거기 있는 삼양궁의 계집! 여기가 어떤 자리인지 알고 왔나?”

“…….”

“알 턱이 없으니 이렇게 겁도 없이 와서 소란까지 피웠겠지. 여하튼 비구니들은 재수 때문에 몰라도 너는 못 가. 정 가고 싶다면, 네 그 잘난 오라비라도 부르던가? 아님, 그 비구니 같지도 않은 네 사부가 올 때까지 여기 있는 거다. 알겠나?"

"웃기는 소리 하지 마라. 네놈이 아무리 소리쳐도, 가고 안 가고는 내 자유다. 네놈이 무슨 권리로 그딴 소리를 하느냐?"

그 한마디에 성월여가 발끈했다.

하지만 범산호는 오히려 기분이 좋은 듯 웃으며 한마디를 보냈다.

"좋아! 그렇게 내가 맘에 들면 안 가도 좋아. 그럼 내가 너를 특별히 내 첩으로라도 앉혀주지!"

"으하하하!"

"푸하하!"

그의 한마디에 주변에 있던 자들이 웃음을 터뜨렸다.

"이……."

그러자 성월여의 얼굴은 터질 듯 붉게 변해 당장이라도 뛰어나갈 것 같았다.

그러나 정해는 그녀의 옷깃을 잡으며 조용히 뇌까렸다.

"사매, 아무래도 사부가 올 때까지 기다려 보는 수밖에……."

한참을 웃던 범산호는 웃음을 그치며 굳은 표정으로 주변에 명을 내렸다.

“시간은 최대한 짧게, 재수없는 비구니들을 내쳐라. 알겠
나?”

“예!”

그의 명에 의해 사람들이 움직이려 할 때였다.

“잠깐!”

그들의 행동을 막는 소리가 숲 쪽에서 들려왔다.

지금까지 사태를 지켜보던 고경천은 더 이상 가만히 있을
수 없어 몸을 드러냈다. 그는 숲에서 걸어나오며 나무 아래
얼쩡거리던 자들을 기절시켜 양손에 들고 나타났다. 그는 붉
은 장발을 바람에 날리며 범산호를 똑바로 바라보며 입을 열
었다.

“이봐, 아무리 버릇없는 망아지라도 일단 손을 대려면 주
인에게 먼저 허락을 받아야 되는 거 아닌가? 그러니 저 여인
에게 손을 대려면, 일단 이 몸에게 허락을 받도록.”

第六章

진실인가? 거짓인가?

　고경천은 한마디를 내뱉고, 망설임없이 성월여가 있는 곳으로 걸어갔다. 그러면서 언제라도 출수할 수 있게 단전의 기를 몸으로 돌렸다. 그러자 그의 얼굴이 흉악하게 변하며 붉은 머리와 어우러져 주변으로 굉장한 기세를 풍겼다.

　그리고 그 효과는 금방 주변으로 전달되었다. 고경천과 제일 먼저 맞닥뜨리게 된 사내는 자신도 모르게 조금 주춤거렸다. 의도하지 않아도 점점 몸을 밀고 들어오는 기세에 슬쩍 한 발까지 뺐다.

　그래서 고경천은 편하게 성월여에게 다가갈 수 있었다.

　"이봐!"

한쪽에선 기가 막히다는 표정으로 범산호가 고경천을 바라보고 있었다.

"내 잠시 어이가 없어 말을 잃었지만, 네놈 미친놈 아니냐? 감히 이 범산호님을 앞에 두고 그따위 망언이라니."

"망언? 허!"

고경천은 그 한마디에 실소를 터뜨렸다. 그러다 상대의 얼굴을 똑바로 보며 귀가 뻥 뚫릴 말을 해주었다.

"똑똑히 들어. 수적 우위로 연약한 여자들을 핍박한 인간이 지껄이는 말이 망언인가? 아님 그런 인간에게 한소리한 내 말이 망언인가?"

고경천의 그 말에 범산호의 얼굴이 순간적으로 험하게 바뀌었다.

"그 말은 내가 힘이 없어 숫자로 저들을 핍박했다고 하는 것이냐? 내가… 이 범산호님이? 기껏 저런 비구니와 철부지 계집이 두려워서?"

범산호는 말이 길어질수록 표정이나 행동이 점점 거칠게 변해갔다.

"두렵지 않다면 왜 그곳에서 움직일 생각을 하지 않지?"

"그 말에 책임질 수 있느냐?"

범산호의 음성이 으르렁거림으로 바뀌었다.

"나는 말에 책임을 묻기보다 행동에서 답을 찾지."

고경천은 상대를 향해 싸늘한 한마디를 날려주었다.

그리고 그 한마디는 범산호의 기질을 완전히 바꾸어 버렸다. 지금까지 안으로 갈무리되어 있던 기를 밖으로 개방시키기까지 했다.

휘익. 탁.

그는 바위 위에서 뛰어내리며 마시던 술병을 어깨에 걸쳤다. 그리고 서두르지 않는 걸음으로 천천히 고경천에게로 다가왔다.

'음.'

고경천은 범산호가 다가오자 한 마리 범이 그에게 다가오는 듯한 환상을 보았다. 오만한 눈빛을 뿌리며 먹잇감을 희롱하는 그것처럼 전신에 여유가 넘쳤다.

하나 바로 덮칠 생각은 없는지 범산호는 적당한 거리를 유지하자 멈춰 섰다. 보기엔 고경천보다 주먹 한 개 정도 작은 키였지만, 단단한 차돌 같은 몸에서 뿜어지는 기세는 오히려 크게 느껴질 정도였다. 더욱이 그의 배경처럼 따라붙는 수하들이 범산호의 기세를 더욱 높였다.

"그래도 강단은 있군. 호랑이도 피해가는 이 몸의 기세를 받아내고."

"호랑이? 고양이도 호랑이라면, 내 못 받아낼 것도 없지."

"뭐?!"

범산호의 눈썹이 꿈틀거리자 기의 폭풍이 그대로 고경천의 몸을 덮었다.

‘젠장! 쪼그만 놈이 더럽게 사납군.’

일순 고경천은 그 기세에 어깨가 움찔거렸다.

그러나 이미 시작한 일. 여기서 밀리면 지금까지 행해놓은 모든 것이 끝이었다. 상대의 움직임을 막고자 더 큰 기세를 보이는 것은 자연의 이치였다.

고경천은 기를 더 끌어올려 상대의 그것에 맞서갔다. 그러자 조절되던 기가 거침없이 혈맥을 내달리며 고통에 의해 고경천의 얼굴은 더욱 흉포하게 변해 버렸다.

결국 둘의 싸움은 한 마리의 광포한 야수와 마귀 같은 얼굴을 가진 자의 싸움으로 변했다.

그리고 싸움을 지켜보는 자들은 숨을 죽이며 조용히 둘의 변화를 지켜보았다. 다른 자는 몰라도 범산호가 어떤 자인지 그들 대부분은 알고 있었다. 그런 범산호와 밀리지 않고 기세 대결을 하는 자, 직접적으로 초수를 겨뤄도 분명 밀리지 않을 것이다란 생각이 뇌리에 새겨져 갔다.

그렇게 고경천이 중인들의 뇌리에 기억되어 갈 때, 무슨 일인지 잡아먹을 듯 으르렁대던 범산호가 기를 거두며 웃음을 터뜨렸다.

“으하하하. 좋아, 좋아! 이거 또래 중 나와 겨룰 자는 여섯이 전부라 생각했는데, 오늘 하나 더 보태야겠군. 한데, 아쉽군. 이 자리만 아니라면 한번 신명나게 놀아보고 싶은데, 지금 이 자린 무슨 일이 터질지 알 수 없거든. 하니 만일의 경우를 위해 다음을 기약하지.”

의외로 무식하게 밀어붙일 것만 같던 범산호가 먼저 발을
뺐다.

‘윽!’

간신히 버텨내던 고경천은 물러나는 힘에 몸이 앞으로 쏠
릴 뻔한 걸 가까스로 바로잡았다. 그리고 땀을 훔치려 자연스
레 손을 들어 머리를 쓸어 올렸다.

그런데 그 모습에 범산호가 미소를 지으며 한마디를 건넸
다.

“술 한잔할 텐가?”

“술?”

“그래. 술. 영웅이 영웅을 만났는데, 그 자리에 술이 빠져
서야 말이 되겠나?”

“그렇다면 마다하지 않지.”

“자, 받게.”

고경천이 허락하자 범산호는 어깨에 걸쳤던 술병을 그대
로 그에게 던졌다.

‘끝까지 해보겠다 이건가?’

술이 날아오는 모양새를 보고 고경천은 속으로 이를 악물
었다. 누가 이끌 듯 천천히 날아오는 모습. 하지만 그런 것이
빠르게 날아오는 것보다 더 무섭다는 걸 잘 알고 있었다.

“감사히 받지.”

속마음이야 어떻든 고경천은 미소를 흘리며 한 손을 조심스레 앞으로 뻗었다. 그리고 그 순간 재빠르게 손에 하나의 무공을 둘러쳤다.

'묵강수(墨剛手)!'

그러자 고경천의 손이 손끝부터 새까맣게 변해갔다. 그리고 흑옥을 보는 듯 반들거리며 은은한 한기까지 뿌렸다. 바로 무경상의 절학 중 손을 금강석처럼 단단하게 만든다는 강수공(剛手功)을 펼친 것이다.

그리고 준비가 끝나자마자 술병은 그 손으로 그대로 빨려 들어갔다.

'큭!'

받은 손을 통해 내장을 흔드는 충격이 전해져 왔다. 그러나 다행히도 무공을 펼치느라 이미 일그러진 얼굴에 고통이 새어나가지 않았다.

꿀꺽. 꿀꺽.

고경천은 술을 받자마자 그대로 입에 물었다. 치솟아오르는 선혈을 그대로 술로 누르며 내심 이를 갈았다.

'젠장! 내공만 제대로 쓸 수 있었어도… 그런데 이놈! 정말 제대로 당해봐야 정신 차릴 놈이군.'

그는 이번에 범산호가 힘을 아꼈다는 것을 느꼈다. 기세 싸움도 그렇고, 지금도 그렇고 범산호에겐 아직 여유가 있었다. 해서 오히려 그걸 역이용하기로 마음먹었다.

‘그렇게 되도 않는 건방을 떤다면, 그에 합당한 대가를 치르게 해주지!’

고경천은 고통을 견뎌낼 수 있는 최대량의 내공을 끌어 모았다. 그러자 그의 뜻을 따라 현음빙기가 혈맥을 맹렬히 타고 달렸다.

“자, 내 잔도 받게.”

쐐애애액.

그의 손을 떠난 술병이 눈으로 잡기 힘들 정도로 빠르게 날아갔다. 범산호처럼 기교를 부리지 않은 순수한 내공만으로 펼친 일수였다.

범산호는 날아오는 술병을 보며 미간을 찌푸렸다. 그러나 그도 고경천처럼 아무렇지 않게 한 손을 내밀어 받아 들었다.

“억?”

하나 받는 순간 범산호의 눈이 크게 뜨여졌다.

“큭!”

주르르륵.

거기다 짧은 비명까지 토하며 힘에 못 이겨 뒤로 쭈욱 밀려나기까지 했다. 그래서 뒤에 있던 그의 수하들이 허겁지겁 그를 받아 세웠다.

“……”

보고 있던 다른 군웅은 입을 벌린 채 그대로 굳어졌다. 이 한 수로 모든 것이 결론 내어졌다. 속사정이야 어떻든 천하의 범산호가 이름도 모르는 붉은 장발의 청년에 밀렸다. 더욱이 내상까지 입었는지 입가에 피를 흘리는 범산호의 모습은 충격 그 자체였다.

하지만 이런 것보다 범산호를 더 비참하게 하는 것은 쐐기를 박는 고경천의 한마디였다.

"이런! 내가 술이 약해 힘이 조금 과했네."

하지만 그건 고경천의 속마음을 어느 정도 담고 있었다. 제대로 쓰진 못해도 천년미인삼이 녹아든 내공은 생각처럼 잘 조절되지 않았다.

"감히 저놈이!"

고경천의 한마디에 범산호를 받아 세운 수하들이 불같이 화를 냈다.

"후후. 되었다. 원숭이도 나무에서 떨어질 때가 있다고, 내 이미 꺼낸 말이 있으니 약속을 지켜야지. 덕분에 좋은 걸 하나 배웠고."

범산호는 스스로 오만에 대한 비싼 대가를 치렀다고 여겼다. 후기지수 중에 절대 누구에게도 지지 않는다 자부했는데. 하나 약속은 약속이라 수하들과 물러났다.

결국 범산호가 수하들을 물리자 더 이상 고경천을 막는 자는 없었다.

해서 고경천은 매서운 눈으로 주변을 훑으며 그를 막을 자가 있나 없나를 기다렸다. 그리고 아무도 나서는 자가 없자

멍하니 그를 바라보고 있는 성월여에게로 향했다.

'젠장! 당분간 팔을 사용하기 힘들겠군.'

돌아서기 무섭게 눈치 채지 않도록 한쪽 팔을 허리춤에 끼웠다. 마지막 공격이 그에게도 후유증을 남겨 지금 팔엔 아무런 감각도 없었다. 하나 전혀 흐트러짐 없이 당당히 성월여와 비구니들 앞에 다가갔다.

성월여와 비구니들도 꿀 먹은 벙어리가 되었다. 그녀들도 범산호가 어떤 자란 걸 잘 알기에 그녀들을 구해준 고경천이 얼마나 대단한지 확실히 알 수 있었다.

고경천은 그녀들의 뜨거운 시선을 받으면서도 오히려 표정을 딱딱하게 굳혀갔다. 그리고 그 상태로 고경천은 그녀의 앞에 섰다.

"……."

"……."

두 사람은 말없이 서로를 바라보았다.

그러다 갑자기 고경천이 손을 내밀어 성월여의 뺨을 후려쳤다.

짝!

"악!"

성월여는 뺨을 맞고 놀란 표정을 감추지 못했다.

"억!"

그건 옆에 있던 정해도 마찬가지로 그저 요상한 신음만 토해냈다.

결국 그 비명 소리는 정해는 물론, 두 사람을 바라보던 모두를 혼란스럽게 만들었다.

고경천은 성월여의 뺨을 때린 자신의 손을 내려다보았다. 그러나 그 손으로 주먹을 쥐며 고통스런 한마디를 토해냈다.

"다시는 경거망동하지 마시오. 이건 그런 행동으로 나를 걱정시킨 작은 벌이오. 그럼… 떠납시다. 안전한 곳으로 안내하겠소."

그는 성월여에게 등을 보이며 그 앞에 서서 길을 열었다. 그런데 돌아서는 고경천의 얼굴에 빠르게 미소가 지어졌다 사라졌다.

'계집! 다행인 줄 알아라. 생각 같아서는 거꾸로 세워놓고 엉덩이를 두들겨 패고 싶지만, 일단 그걸로 참아준다.'

그러나 고경천의 등만 바라보는 성월여는 얼이 빠진 사람처럼 아무런 행동도 하지 않았다. 꽤 아팠던지 벌겋게 달아오른 그녀의 볼 위에 작은 눈물 자국까지 남았다.

"사매, 가자."

정해는 어떻게 돌아가는지 알 수 없었지만, 일단은 이 자리를 벗어나는 게 먼저라 성월여의 팔을 끌었다.

성월여는 고경천의 등을 뚫어질 듯 쏘아보다 홍마의 고삐를 잡고 그 뒤를 따랐다.

그녀들이 움직이자 나머지 비구니들이 그런 두 사람을 감싸며 무사히 장내를 떠나갈 것 같았다.

그러나 아직 그들이 떠나는 것을 싫어하는 새로운 자가 그들의 앞을 막아섰다.

"멈춰라!"

휘리리릭.

허공을 날아 고경천 앞에 내려선 자는 두 눈만 내놓은 복면을 뒤집어쓴 덩치가 좋은 자였다. 그는 고경천 앞에 내려서자 더 이상 앞으로 나아갈 수 없게 살기를 뿌렸다.

"후후. 이제야 이 자리를 만든 자가 나타났는가?"

멀리서 복면인을 보며 범산호가 한마디를 꺼냈다.

그 한마디로 고경천은 눈앞의 자가 오늘의 집회를 계획한 자라는 것을 깨달았다.

"당신도 나랑 해보겠다는 것이오?"

"해봐? 아마 해보기 전에 끝날 걸세."

"후후. 그러다 당한 사람을 나는 방금 보았소. 당신도 그렇게 되고 싶으시오?"

고경천의 두 눈이 복면을 뚫어버릴 듯 강하게 바라보았다.

[자네, 한 팔을 못 쓰는 상태로 해볼 생각인가?]

어떻게 알았는지 복면인의 두 눈이 허리춤에 꽂은 고경천의 팔에 머물렀다.

"……"

고경천은 그 전음에 모든 기운이 풀어졌다. 숨긴다 했는데,

상대는 이미 한 팔의 상태를 알았다. 해서 잠시 갈등을 보이다 입술을 깨물고 돌아섰다.

'젠장!'

속으로 한소리를 내뱉고 고경천은 퉁명스런 한마디를 토해냈다.

"좋아. 그렇게 간곡히 남아 있어주길 부탁한다면 내 남아주겠소. 그러나 볼만한 구경이 없으면 그 분노는 고스란히 당신 몫이오."

"후후후. 젊은 사람이 호기는 칭찬할 만하군. 그리고 기대해도 될 것이네. 오늘 이 자리에 아직 오지 않은 사람까지 치면, 거의 전 무림이 모이게 될 것이니까. 그럼 한곳만 열어두고, 공터 주변에 진을 쳐라!"

복면인이 허공을 향해 크게 소리쳤다.

그러자 하나의 인영이 육안으로 잡을 수도 없는 빠르기로 공터 주변을 맴돌았다. 그리고 잠시 후, 진의 영향인지 한곳만 남겨두고 공터를 둘러싼 경계가 뿌연 안개로 사라졌다.

그러나 사람들 누구 하나 크게 동요하지 않았다. 모두들 앞으로 벌어질 일에 대한 기대로 복면인만 뚫어지게 바라보았다.

"자! 얼마나 대단한 일이 벌어지나 우리도 구경해 봅시다."

고경천은 성월여와 비구니들의 대답도 듣지 않고 그대로 바닥에 엉덩이를 깔고 앉았다.

“사매, 우리도 앉지.”

“…….”

정해가 이끄는 손에 의해 성월여는 억지로 앉았다. 아직 뺨을 얻어맞은 분이 풀리지 않았는지 고경천을 쏘아보는 눈이 매서웠다.

그러나 무슨 일인지 평상시처럼 발광하지 않고 얌전한 편이었다.

그런데 고경천은 그런 것도 모르는지 다른 생각에 빠져 있었다.

‘도대체 누구인가? 분명 귀에 익숙한 목소리인데 더욱이 저 커다란 덩치도 그렇고… 분위기는 다르지만 어디서 본 듯하다.’

그의 두 눈은 공터의 중앙으로 신형을 옮기는 덩치 큰 복면인에게 머물렀다.

복면인은 중앙에 다다르자 가장 커다란 바위 위에 올라가 주변에 자리 잡은 군웅을 향해 입을 열었다.

“여러분, 많이 궁금하고 답답할 것이오. 그러나 서찰에 알렸다시피 이번 일은 대단히 중대한 사안이라 할 수 있소. 그러니 모든 분들이 모여서 이 일에 대해 이야기 나눌 필요가 있소. 아직 중요한 인물이 한 사람 도착하지 않았으니 그가 오는 대로 시작하겠소. 그는 이곳에 있는 사람들 중 가장 멀리서 오는 사람이니 양해를 바라겠소.”

"도대체 누구기에 우리가 기다려야 하오?"

"우리가 오늘 이 자리에 참석한 것은 오직 그 물건의 행방을 듣기 위함이오."

"그렇소. 만일 그 물건이 아니라면, 누가 이 자리에 오겠소?"

"그런데 정말 그게 존재는 하오?"

복면인이 입을 열자 군웅이 저마다 웅성거렸다. 거기다 당장 말하는 물건을 내놓으라는 것처럼 분위기까지 뜨겁게 달아올랐다.

그건 오만을 떨던 범산호의 무리도 마찬가지였다. 지금 이 자리에 앉아 있는 모든 자들의 눈에 서서히 탐욕의 빛이 흘렀다.

그러나 그들과 상관없이 이 자리에 참석한 고경천은 도대체 무슨 말들을 하는지 하나도 이해가 가지 않았다.

'이자들이 단체로 미쳤나? 도대체 무슨 물건이기에 이 난리들이야?'

정해는 그들의 모습에 불호를 외며 안타까운 음성을 흘렸다.

"욕심은 늘 스스로를 망치는 지름길이거늘. 자기 것이 아닌 것에 왜 이리도 탐욕을 갖는단 말인가? 나무관세음보살."

"……?"

고경천은 그 한마디에 고개를 돌려 정해를 바라보았다. 그런데 그 시선이 너무나 뜨거워선지 정해는 조금 당황한 빛을 띠었다.

"신니께서는 무언가 물건에 대해 눈치를 챈 것 같소?"

"시주, 신니라니 과분합니다. 그냥 정해라 부르십시오."

"그럼. 정해 스님, 이 일에 대해 이야기를 좀 듣고 싶소. 도대체 무엇인지 알아야 대응을 해도 할 수 있지 않겠소?"

"시주는 저들과 같은 목적으로 이곳에 온 것이 아닌가요?"

정해는 내심 고경천을 흉한으로 알고 쫓아왔던지라 여기에 있는 무리들과 같은 부류라 생각했다.

그러나 고경천은 거기까진 알지 못해 그저 성월여를 바라보며 입을 열었다.

"난 성 낭자가 왔기에 온 것이오."

내심 '내가 저 계집이 아니면 미쳤다고 여기에 왔겠소?' 란 말이 튀어나왔지만, 일단 속으로 삼켰다.

한데 정해는 그 말에 무슨 의미를 두는지 잠시 성월여와 고경천을 바라보았다. 그러다 잠시 생각을 정리하는 듯하다 입을 열었다.

"오늘 이 일에 대해서 말을 하려면 먼저 한 장의 서찰에 대해 이야기를 해야 합니다. 대략 보름 전이던가? 저는 사부님과 해남의 오지산에 다녀오는 길에 하나의 서찰에 대해 알게 되었습니다. 그 서찰엔 간단하게 말해 '이십 년 전 비사와 그 당시 사라진 마경에 관한 이야기. 거기에 그 진실을 쥐고 있는 자에 대해 밝힌다' 가 주요 내용이었습니다."

"……?!"

고경천은 그 말에 두 눈이 크게 뜨였다.

이십 년 전의 비사와 그 당시 사라진 마경. 그 이야기는 언젠가 양운천에게도 들었던 그 이야기가 아닌가?

"저희가 이 서찰을 얻게 된 것은 우연한 기회였습니다. 오지산의 볼일을 보고 보타산으로 돌아가는 도중 우연찮게 악행을 저지르는 한 흉마를 만났는데, 그의 품에서 문제의 이 서찰이 들어 있었던 것이지요. 해서 사부님은 이 서찰의 내용을 보고, 사매가 걱정이 되어서 길을 재촉하셨지요. 해마다 이맘때면 보타산에서 겨울 동안 수련 중이던 사매가 집으로 돌아가는 지라 사부님은 보타산이 아닌, 삼양궁으로 방향을 잡았던 것입니다. 이 당시 사라진 무경에 대한 진실은 삼양궁과 마염성에 있다는 것이 무림에 팽배하는 소문이었고, 그렇다는 것은 이 서찰의 내용은 자칫 사매가 있는 삼양궁에 누가 될지 모른다 여겼던 것이지요. 그러나 오랜 시간 미수로 끝난 이야기라 한편으론 믿지 않으시기도 했습니다. 거짓말처럼 사라진 마경은 아직까지 그 모습을 드러내지 않았으니까요. 한데, 막상 이곳에 오니 서찰의 내용은 사실로 드러났습니다."

정해는 말끝에 성월여를 바라보았다.

그런데 성월여도 이 이야기는 처음 듣는지 놀란 표정을 지었다.

그녀도 이십 년 전 과거지사를 모르는 것은 아니지만, 그녀는 현무칠수를 찾아 우연히 온 곳에 이런 비밀이 숨겨졌을지는 꿈에도 알지 못했다.

"분위기를 보아하니 이 서찰은 아무래도 삼양궁과 사이가 좋지 않거나, 별 관계가 없는 곳에 주로 뿌려진 것 같습니다. 그걸 이곳에 오니 확연히 느낄 수 있고, 특히 녹림이 이 자리에 온 것을 보면 이 일의 무게가 생각보다 무겁다는 것을 뜻하는 것 같습니다. 그 당시는 녹림이 통합되기 전이라 별 영향력이 없었지만, 지금은 하나로 통합되어 아무도 무시할 수 없으니까요."

"으음……."

고경천도 그녀의 말이 맞을 것 같다는 생각이 들었다.

"아직 마염성의 사람이 오지 않았기에 단정 지을 수 없지만, 지금의 분위기는 마치 삼양궁이 그 이십년지사의 진실을 쥐고 있다는 것처럼 느껴지는군요. 나무관세음보살."

정해는 사실이 아니기를 바란다는 식으로 길게 불호를 외웠다.

이건 굳이 말하지 않아도 알 수 있는 문제였다. 거리상으로 가장 가까운 삼양궁이 아직까지 오지 않았다는 것은 애초부터 배제되었다는 것과 다름없었다.

'그렇다면, 이 자리에 있는 자들이 모두 흡정마공을 쫓기

위해서 왔단 말인가?'

고경천은 새삼스레 모여 있는 자들을 보았다. 정말 이 말이 사실이라면, 앞으로 그는 여기 있는 자들 모두와 경쟁을 해야 했다. 그렇다면 삼양궁 사람이라 여겨지는 이쪽은 굉장히 불리했다.

"실례가 되지 않는다면, 정해 스님의 사부님에 대해서 들어볼 수 있겠소? 만약 이번 일이 그 말대로라면, 방조자의 도움 없이 이 사태를 벗어나긴 힘들 것 같소."

고경천의 질문에 정해는 자부심이 서린 미소를 지었다.

"시주께서도 들어본 적이 있을 것입니다. 무림이십팔수라 불리는 스물여덟 명의 명숙. 북의 현무칠수, 남의 주작칠수, 서의 백호칠수, 동의 청룡칠수. 저의 사부님은 단정이란 법명을 쓰시며 청룡칠수의 일인으로 무림엔 멸악 사태(滅惡師太)란 별호로 더 알려져 있습니다."

'청룡칠수…….'

문득 고경천의 뇌리로 초조암에서 보았던 현무칠수란 인간들이 떠올랐다.

"정해 스님, 그렇다면 스님의 사부님과 현무칠수를 비교하면 어떠하오?"

"그건……."

그 질문에 정해는 잠시 고민하는 표정을 지었다.

"꼭 대답해 주시기 바라오. 그 문제는 중요하오."

고경천의 표정은 무척 진지했다.

"출가인으로서 호승심이란 다 부질없는 것이지만, 현무칠수 중 무공으로 가장 두각을 나타내는 분은 여섯째 풍령살검 최염(崔閣)과 넷째 굴지서 오염달 정도. 나머지 분들은 무보다는 다른 쪽에 더 두각을 나타냅니다."

"그 말은… 그 두 사람만 아니라면, 멸악 사태께서 더 위에 있다는 말이오?"

"출가인으로 더 이상의 추측은 죄악입니다. 나무관세음보살."

실상 정해가 말은 안 했지만, 멸악 사태의 무공은 청룡칠수 중에서 세 손가락에 꼽히고 있었다. 더욱이 출신인 보타암 자체가 불가에서 유일하게 검술을 자랑하는 곳으로 그녀의 멸마모니검은 강호일절로 꼽혔다.

'그녀가 이 자리에 참석할 수 있다면, 현무칠수라도 상대할 수 있단 말이지.'

고경천의 시선이 중앙에 고고하게 서 있는 복면인에게 향했다. 복면인을 바라보는 고경천의 눈에 어떤 결론이 담겨져 갔다.

그렇게 고경천이 생각에 빠질 때였다. 마경의 마력에 빠져 침묵을 유지했던 중인들이 놀람을 터뜨렸다.

"앗!"

"이럴 수가!"

“저들까지 이 자리에 오다니…….”

그들은 말조차 제대로 꺼내지 못하며 나타난 자들에 대해 강한 경계심을 드러냈다.

진의 유일한 통로로 걸어 들어오는 자들은 공터에 들어서자 몸을 감쌌던 두터운 피풍의(避風衣)를 벗어냈다. 그러자 자연스레 검은 무복의 가슴 부위에 새겨진 뜨겁게 타오르는 화염 무늬가 모든 사람들의 시선을 잡아끌었다. 마치 지옥의 겁화처럼 보는 사람의 정신을 태워 버릴 듯했다.

‘저들은…….’

새로운 인물들의 등장에 눈을 빛내던 고경천은 그 순간 정해의 놀란 탄성을 들을 수 있었다.

“마염성도 온 것 같습니다. 나무관세음보살.”

그녀의 음성에는 삼양궁이나 멸악 사태가 아닌 것에 대한 깊은 실망감이 담겨졌다.

고경천은 그녀의 설명에 마염성 무리를 이끄는 한 청년을 주목했다.

육 척의 커다란 키에 균형이 잡힌 탄탄한 몸매. 거대한 도를 등에 비껴 멘 자는 틈이 없어 보였다. 걸음도 그렇고, 표정도 오만함을 보여주던 범산호와 달리 허점이 없었다.

“호오. 이거 내 호적수 중 하나가 강북에서 어려운 걸음을 했군. 지옥겁화도(地獄劫火刀) 막교립(漠蛟立)이 이곳에 오다니 말이야.”

범산호도 그를 알아보고 입을 열었다.

'막교립이라……'

고경천은 일순 그 이름이 뇌리 깊숙이 새겨지는 느낌을 받았다.

"벌써 이곳에 무림 후기지수 중 최고라는 북두칠강(北斗七强) 중 둘이 왔으니 아무래도 오늘은 길보다 흉이 많겠구나. 나무관세음보살."

정해는 오늘 하루 불호를 다 토해내려는지 계속해서 관세음보살을 찾았다.

그 말에 고경천의 고개가 빠르게 정해 쪽으로 돌아갔다.

"북두칠강? 저자가 북두칠강이오? 그럼 나머지 한 사람은……?"

"시주는 무림에 대해서 전혀 모르는 것 같습니다. 북두칠강 하면 무림이십팔수와도 자웅을 결할 수 있다는 무림 최고의 후기지수. 저기 있는 녹림의 범산호와 지금 나타난 마염성의 막교립. 그리고 이곳에 오지 않은 무당의 광한, 삼양궁의 성철현, 단혼살막의 손옥강, 거기에 백호칠수의 제자라고 알려진 호군평과 신비인 단우헌을 합쳐서 무림인들이 부르는 호칭입니다."

정해는 고경천의 의문을 해소해 주려는지 친절하게 나머지 이름도 불러주었다.

"광한(廣漢)!"

이야기를 듣던 고경천이 갑자기 한 사람의 이름에 크게 반응했다.

"왜 그러십니까?"

정해가 이상하다는 듯 물었으나 고경천의 모든 생각은 이미 그 이름에 빠져 있었다.

'광한! 네 이름을 여기서 듣게 될 줄이야. 십 년 동안 내 뇌리를 떠나지 않던 그 이름이 이젠 다른 사람들의 기억에도 크게 자리 잡았구나. 광한, 역시 네놈은 십 년 전이나 지금이나 나를 실망시키지 않는다!'

고경천은 이 순간 뜨거운 것이 머리끝으로 치솟는 느낌을 받았다.

무당의 안 좋은 기억 중 한 가지가 바로 광한과 관련된 것이었다.

'그래. 벌써 무림을 떨어 울리는 북두칠강이 되었단 말인가? 그렇다면 나도 질 수는 없지. 우연찮게 이 자리에 왔지만, 오늘 이 자리가 흡정마공을 논하는 자리라면 절대! 다른 자에게 빼앗길 수 없다!'

이제 고경천의 머리 속은 하나로 정해졌다. 더 이상 고민하고 자시고 할 필요가 없었다. 현 상황이 어렵더라도 그는 기필코 이뤄내야 했다.

"올 사람은 다 온 것 같으니 이제 시작하겠소. 진을 닫아라."

그리고 지금까지 침묵을 유지하던 복면인이 바위 위에서 크게 소리쳤다.

그러자 얼마 전처럼 희끄무레한 한 인영이 움직이며 유일한 통로였던 그곳마저 가려 버렸다. 이제 공터 주변은 함부로 나가고 들어갈 수 없는 공간이 되어 이십 년 전의 진실을 밝히는 일만 남게 되었다.

"자! 오래 기다렸소. 이제 여러분이 궁금해하시는 흡정마공에 대해서 논해봅시다."

그의 한마디가 떨어지자 범산호, 막교립은 물론, 이곳에 있는 자들 모두의 눈에서는 강렬한 기운이 솟구쳤다.

그리고 그들과 더불어 고경천도 하나도 놓칠 수 없다는 듯 모든 정신을 복면인에게 쏟았다.

한편, 내부에서 벌어지는 일과 달리 뒤늦게 도착해 밖에서 진을 바라보는 자들은 난감한 현실에 빠졌다.

"나무관세음보살. 내가 너무 마음을 놓았구나."

멸악 사태 단정은 설마 별일이 있겠냐 생각하다 제자가 다급한 소식을 갖고 오자 정신없이 이곳으로 달려왔다.

그런데 이미 안은 들어갈 수 없을 정도로 외부와 완전히 격리가 되었다. 어떻게든 출구를 찾고자 제자들을 풀어 수림을 살폈지만, 도통 그 통로가 보이지 않아 발만 동동 구르고 있었다.

타다닥.

그때 수림으로 다가오는 새로운 자들이 있었다.

선두에는 백의에 영웅건을 두른 청년이 좌우에 짧은 머리를 자랑하는 청년과 긴 장발을 바람에 휘날리는 사람을 대동하고 그녀를 향해 다가왔다. 거기다 그들은 선두에서 절제된 기도를 자랑하는 검수들을 이끌고 있었다.

그 순간, 단정은 기척을 느껴 상대를 살피다 놀란 얼굴을 했다.

"삼양궁?"

그러자 선두에 선 삼 인이 그녀를 향해 인사를 건네왔다.

"삼양궁의 성철현(成哲現)이 단정 사태를 뵙습니다."

"염희강(炎熙强) 인사드립니다."

"소일성(蘇日星)이 사태께 문안드립니다."

어느 누구 하나 빠지지 않는 기도. 가운데 있는 청년이 제일 뛰어났지만, 그 좌우를 보필하는 자들도 빠지지 않았다.

"인사는 나중이네, 삼양궁의 세 시주. 그보다 어떻게 알고 왔나? 시주들도 그 괴서찰을 받았나?"

"사태께서도 괴서찰에 대해 알고 계시군요. 저희도 그걸 받자마자 이곳으로 달려오는 길이었습니다."

영웅건을 두른 성철현이 입을 열었다.

"아미타불. 어차피 삼양궁도 올 줄 알았다면, 차라리 정해를 따로 보내는 것이 아니라 내가 직접 이곳으로 오는 것이었

는데. 그보다 이미 한발 늦었네. 우리가 도착하니 벌써 입구
는 저렇게 진으로 막혀 버린 후였네.”

단정은 진한 후회를 토하다 안개에 둘러싸인 수림을 가리
켰다.

“음… 일성, 뚫을 수 있겠느냐?”

“소제가 한번 보지요.”

성철현의 말에 장발의 소일성이 앞으로 나섰다.

그는 장발에 가려진 유현한 눈을 들어 진을 바라보았다. 그
러자 그의 눈에서 갑자기 번갯불 같은 안광이 솟구쳤다.

잠시 후,

“못 뚫을 것은 아니지만 시간이 좀 걸리겠습니다. 진의 주
축이 되는 나무들을 베어버리면 길이 열릴 것입니다. 소제가
직접 들어가서 제거하지요.”

막 소일성이 앞으로 나서려 했다.

“혼자서는 안 되네!”

“……?”

그런 소일성을 단정이 막아섰다.

단정은 그들의 의문을 받으며 굳은 얼굴로 말했다.

“시급을 다투는 일이네. 오히려 괜히 자극을 주어 내부에
있는 자들을 격동시키는 것보다 빠른 일 처리가 필요하네.”

“그들의 반응이라면 걱정하지 않으셔도 됩니다. 이미 선하
령으로 오르는 길목은 삼양궁의 제자들이 막고 있습니다. 명

백히 삼양궁에 해가 되는 자들, 가만히 두고 볼 생각 없습니다."

성철현의 입가에 강한 자신감이 서렸다.

하지만 여전히 단정은 얼굴 표정을 풀지 않았다.

"그런 문제가 아니라네."

"사태께서 다른 고견이 있으시다면 말씀하십시오. 이 성모 경청하겠습니다."

"내 걱정은 그들이 빠져나가는 것이 아니라, 안에 있을 나의 제자와 월여 때문이라네!"

"예?!"

성철현의 얼굴에 빠르게 놀람이 나타났다 사라졌다.

"지금 저곳에 월여가 있다는 말입니까?"

"그렇네."

그는 새삼스레 진 너머를 바라보았다.

어찌 이곳에 성월여가 있단 말인가? 그녀는 지금쯤 마중을 보낸 자들과 함께 무사히 삼양궁으로 돌아와야 했다.

하지만 본래 호위가 들러붙는 것을 싫어하는 성월여는 하루 먼저 보타암을 떠나 따로 왔던 것이다. 그러다 고경천을 만나게 되고.

"희강."

"예, 대형."

"열화탄(熱火彈)을 가져와라!"

“예.”

대답과 동시에 염희강은 뒤에 서 있는 무리에게 다가가 빠르게 일을 진행시켰다.

“화탄도 가져왔는가?”

그 한마디에 단정이 감탄성을 터뜨렸다.

“예. 원래 만일의 사태를 준비해 가져왔지만, 혼전을 염려해 후방에 빼놓은 상태입니다. 그런데 아무래도 그걸 사용해야겠군요.”

“나무관세음보살. 역시 성 시주는 북두칠강의 한 사람답게 주도면밀하군.”

단정의 고개가 천천히 끄덕여졌다.

“일성, 진의 중심에 화탄을 사용하면 시간을 더 단축할 수 있느냐?”

“예. 네다섯 곳만 파괴하면 바로 진에 진입할 수 있습니다.”

“알겠다.”

성철현은 진을 노려보며 기세를 가다듬었다.

그리고 단정은 가만히 그들이 하는 모습을 지켜보았다.

삼양궁의 세 명의 대들보라 불리는 청년들.

천양신검(天陽神劍) 성철현.

열화권사(熱火拳士) 염희강.

벽뢰서생(碧雷書生) 소일성.

이들 중 비록 천양신검만 북두칠강의 일인에 들었지만, 나머지 둘도 충분히 그럴 만한 능력이 있는 자들이었다. 더욱이 이들이 더 무서운 것은 그들이 움직일 때는 늘 함께라는 점이었다.

성철현의 좌우를 보필하는 염희강과 소일성. 그들은 오직 대형인 성철현을 맹목적으로 따랐다. 그렇지 않았다면 이미 그들의 이름도 전 중원을 흔들었을지도 몰랐다.

그리고 그런 모습은 단정에게 든든한 지원군이 되어주었다.

'악적들, 감히 악을 용서하지 않는 이 단정의 제자들을 잡아가다니. 내 반드시 정의의 이름 아래 깨끗한 죽음을 내려주마.'

단정은 자신의 애검 의혼(義魂)을 꽉 쥐었다.

그렇게 그들은 열화탄이 도착하길 기다리며 앞으로 벌어질 싸움에 대해 전의를 불태워 갔다.

진 안쪽.

그곳에선 전의가 아닌 혼란이 찾아오려 하고 있었다.

"…지금까지 대략 여러분에게 이십 년 전 비사에 대해 다시 한 번 상기시켜 주었소. 그리고 거두절미하고 결론부터 말하면, 그건 누가 일부러 획책한 음모라는 것이오."

복면인의 목소리가 뜨겁게 타올랐다.

‘이제부터가 본론인가?

고경천은 복면인의 말에 눈을 빛냈다.

“그게 말이 되오? 어느 누가 전 무림은 물론, 삼양궁과 마염성까지 음모에 빠뜨릴 수 있겠소. 그들을 움직일 정도라면 엄청난 인맥과 자금이 드는데, 그런 일을 할 곳이 어디 있소?”

누군가 참지 못하고 질문을 던졌다.

“그건 잘 생각해 보면 충분히 짐작할 수 있는 일이오.”

복면인은 여운을 남기는 말을 남겼다.

그러자 지금까지 침묵을 유지하던 범산호가 입을 열었다.

“귀하의 말을 듣고 있으면, 삼양궁과 마염성을 제외하고 가장 거대한 세력을 구비하고 있는 녹림이 그 일의 주범이라 말하는 것 같소.”

“녹림? 물론 녹림이라면 그 정도의 일을 벌일 힘과 인원이 있소. 그러나 그 당시 녹림은 아직 모든 것이 정리되지 않은 순간이었소. 만약 당신들이 일부러 마경쟁탈전을 일으켰다면, 오늘 이 자리에 참석하지 않아야 되는 것 아니오?”

“그렇소. 내가 오늘 이 자리에 온 것은 그 잘난 흡정마공이란 놈이 도대체 무엇인가 보러 온 것이오. 과연 녹림의 녹의영련보(綠意永聯譜)와 비교해 얼마나 뛰어난가 확인해 보려 하는 것이오. 감히 육대절학을 칠대적학으로 바꾸는 보물이라면, 어느 누가 관심을 두지 않겠소?”

범산호는 흡정마공을 말하면서 녹림의 절학도 은근히 띄워 올렸다.

원래 육대절학은 녹림의 무경 대신 지금은 멸망한 삼음교의 삼음비전(三陰秘典)이 그 자리를 차지했었다. 그러다 삼음교의 멸망과 함께 오대절학으로 바뀌었다, 녹림으로 인해 다시 육대절학으로 바뀌게 된 것이다.

그래서 현재는 소림의 달마역근세수경(達摩易筋洗髓經), 무당의 태극혜검보(太極慧劍譜), 삼양궁의 삼양신경(三陽神經), 마염성의 지옥겁화결(地獄劫火訣), 보타암의 천년검학(千年劍學)과 더불어 당당히 어깨를 나란히 하게 되었다.

그러나 만일 이십 년 전에도 정체를 드러내지 않은 흡정마공의 존재가 확실시되면, 당장이라도 육대절학은 칠대절학으로 바뀔 것이다.

그런 이유를 알기에 이 자리에 참석한 자들이나 녹림의 범산호나 마염성의 막교립은 일부러 이 먼 선하령까지 찾아왔다. 이곳이 삼양궁과 멀지 않는다는 것은 여기에 있는 자들의 뇌리 속에는 없었다. 오직 흡정마공에 대한 탐욕만이 그들을 움직일 수 있었다.

"맞소. 천하의 흡정마공이라면, 무림인 누구라도 탐낼 것이오. 그러나 여기서 우린 한 가지 중요한 것을 생각해 볼 것이 있소."

복면인은 잠시 말을 끊고 주변을 돌아보았다.

그리고 그의 의도대로 돌아가는지 모든 이들은 복면인을 바라보았다.

"바로… 흡정마공의 등장에 대한 것이오. 잘 생각해 보시오. 여러분이 흡정마공에 대해 들어본 것이 얼마나 되오? 십 년? 이십 년? 삼십 년? 아니오. 기껏해야 흡정마공이 등장한 것은 올해로 육십 년 정도밖에 되지 않소. 백 년 전의 기록에도 그런 무공의 존재 여부는 나와 있지 않소."

그 말이 떨어지자 모든 사람들이 웅성거렸다. 마치 그 말을 확인하려는 듯, 모두는 근처에 있는 자들과 이야기를 나누었다.

이 순간 고경천도 곰곰이 생각에 잠겼다. 정말 그의 말대로라면 일 갑자는 그렇게 긴 시간은 아니었다. 그런 사이에 정체도 드러내지 않은 채 칠대절학에 들 정도의 무공이라면?

'설마 흡정마공 자체가 거짓이란 말인가?'

고경천은 미간을 심하게 찌푸려졌다.

그러나 다행히도 아직 복면인의 말은 끝나지 않았다.

"자자, 아직 본인의 말은 끝나지 않았소."

그러자 모든 이들이 시선이 처음처럼 복면인에게 향했다.

"그러나 내 여기서 한 가지를 장담하겠소. 바로! 흡정마공은 전설이 아니라 사실이란 것이오!"

'엥!'

고경천의 찌푸려졌던 미간이 쫙 퍼졌다. 그건 서서히 불안에 싸이던 다른 자들도 마찬가지였다.

그리고 점점 복면인의 목소리는 커져 갔다.

"그리고 또 한 가지. 원래 흡정마공은 삼음교의 물건이었다는 것이오. 삼음교는 오랜 세월 그 물건을 봉인해 오다가 육십 년 전 삼양궁의 습격을 받아 멸망했소. 그 와중에 흡정마공은 사라지고, 그게 이십 년 전에 다시금 나타났던 것이오."

"아……!"

"그런 일이……."

모든 사람은 기가 막히다는 표정을 지었다. 과거 삼양궁에 의해 멸망하게 된 삼음교에 그런 비밀이 있었다니.

"그럼 원래부터 흡정마공은 삼양궁에 있었다는 말이오? 그들이 일부러 그걸 흘린 척해서 마염성과 싸움을 했단 것이오?"

어느 누가 내뱉었는지 모를 질문이 터졌다.

"맞소. 삼양궁은 흡정마공을 뺏고자 삼음교를 멸망시키고, 그 후에 강북의 거대 문파 마염성을 칠 명분으로 흡정마공을 이용한 것이오."

복면인의 이 말 한마디는 이 순간 폭풍이 되어 주변을 뒤덮었다.

모든 사람들은 입이 벌어진 채 다른 말을 잇지 못하고 그 말의 의미만 되뇌고 있었다.

'정말인가?'

고경천은 뒤에 있는 성월여를 바라보았다.

그러나 성월여의 표정은 마치 혼이라도 나간 사람처럼 바뀌어 있었다.

"나무관세음보살."

정해도 고통에 눈을 감았다. 그녀도 믿기 싫었지만, 왠지 복면인의 그 말은 너무나 설득력이 있었다.

그런데,

"훗!"

짧은 냉소였다. 누가 터뜨린 건지 알 수 없었지만, 그 짧은 냉소는 모든 이들의 귀를 날카롭게 파고들었다. 그것은 혼란에 빠진 중인들에게 찬물을 끼얹은 것과 같은 효과를 보였다.

"어느 분께서 반대 의견이 있는 것이오?"

복면인은 정중하게 주변을 향해 물음을 던졌다.

"무언가 대단하다 해서 그 먼 길을 왔더니 말도 안 되는 궤변만 늘어놓고 있군. 당신은 천하인들이 모두 바보라고 생각하나?"

지금껏 한마디도 하지 않던 막교립이 복면인을 향해 입을 열었다.

"막 소성주는 다른 의견이라도 있소?"

"당신의 말은 전제부터 잘못되었다. 삼음교의 멸망 후 그 후예는 무림에서 사라졌지. 만일 그의 후예가 있었다면, 지금까지 입을 다물고 있을 필요가 있을까?"

“하하. 그 질문이라면 쉽게 답해줄 수 있소. 바로 이 말을 꺼낸 내가 삼음교의 후예라면 지금까지 한 말을 믿을 수 있겠소?”

“그건 더한 억지군. 여기 있는 누구라도 이 자리에선 삼음교의 후예가 될 수 있지.”

막교립은 차갑게 그 말을 끊어버렸다.

그러자 복면인은 잠시 할 말을 잃은 것처럼 행동을 하지 않다 손을 들어 지금까지 얼굴을 감싼 복면을 벗었다.

“내가 하는 말이면 또 어떻게 되나? 믿을 수 있겠나?”

“……!”

그리고 말투까지 바꾼 채 얼굴을 드러내는 그로 인해 지금까지 반론을 제기한 막교립도 입을 다물었다.

‘역시…….’

고경천은 그의 얼굴을 보며 갑자기 머리 속이 환하게 밝아지는 느낌을 받았다. 지금까지 오면서 한편으로 떨떠름한 것을 떨치지 못했는데, 그게 무슨 이유인지 이제야 확실히 깨달았다.

“아!”

그러나 성월여는 그자의 얼굴을 보고, 참지 못하고 자리에서 벌떡 일어났다. 그녀의 놀란 눈은 이 순간 찢어질 것처럼 부릅떠져 심하게 떨렸다.

第七章

다시 시작되는 흡정마공 쟁탈전!

　　바위 위에서 군웅을 오시하는 자는 후덕한 인상을 자랑했다. 거기다 복면을 버리고 자연스레 품속에서 꺼내 흔드는 한 자루 섭선.

　　"대지서생 추일학!"

　　"현무칠수의 첫째!"

　　누군가의 입에서 터졌는지 알 수 없었다. 모든 이들은 복면 뒤에 드러난 그자의 얼굴에 놀라고 말았다. 그리고 그 이름이 주는 무게에 지금까지 들었던 모든 이야기가 진실이란 확신마저 얻어갔다.

　　"나를 아는 자들이 있으니 말은 빠를 것이오. 이 추일학 지금까지 무림을 횡행해 가며 식언을 하지 않는 자란 것은 잘 알 것이오. 그 기나긴 시간을 침묵해 온 이유는 과연 삼양궁의 이 놀라운 음모를 어떻게 납득시킬 것이냐 하는 것이오. 과연 흡정마공이란 자체를 전설로 여기던 자들이 그게 나타나지 않았다면, 어느 누가 믿을 수 있겠소. 해서 이십 년 전 그 일이 있은 후, 나는 오랜 시간 기다려 왔소. 또 한 가지! 나는 그 이십 년의 세월 동안 한 가지를 찾기 위해……."

추일학의 목소리는 하나하나가 사람의 가슴을 흔들었다.

대지서생 추일학 하면 식견과 인덕에 사람들이 제일 먼저 탄복했다. 해서 청룡칠수 중 사해조수(四海釣收) 옥정곽(玉正廓)과 더불어 무림이현(武林二賢)이란 별칭으로까지 불렸다. 그런 그가 멸망당한 삼음교의 후예로 삼양궁의 비밀에 대해 폭로를 했으니.

그러나 아무리 그가 대지서생이라도 유일하게 그의 말을 절대 믿을 수 없는 자가 있었다.

"거짓말. 거짓말! 당신은 거짓말을 하고 있어! 어찌 삼양궁이 그런 추잡한 음모를 꾸몄다는 거야? 지금까지 우린 정도에 어긋나는 짓을 해오지 않았어. 그건 전 무림이 아는 이야기야. 그리고 삼음교의 멸망은 그들이 먼저 우리 삼양궁을 건드렸기 때문에 생긴 일이야. 게다가 여기 있는 사람 모두 알다시피 나는 이십 년 전의 그 일로 아버지까지 잃었다고!"

성월여는 정신을 차리자마자 악에 받쳐 추일학을 향해 따지듯 덤벼들었다.

하나 추일학은 눈 하나 깜짝하지 않았다. 대신 성월여를 지그시 보며 입을 열었다.

"내 그날은 미처 낭자가 삼양궁의 여식이란 것을 몰라 넘어갔지만, 이 자리는 낭자가 낄 자리가 아니네. 더구나 정도에서 어긋나지 않았다 하지만 삼양궁이 세를 넓히며 한 짓들을 다 알고 있네. 지금 낭자의 그런 행동은 오히려 그들의 화만 돋우는 것이니, 그나마 목숨을 부지하고 싶으면 가만히 있는 게 좋을 걸세. 그럼 내 여인에게까지 화가 미치게 하지 않겠다고 약속하지."

"흥! 그날 당신이 이런 음모를 꾸미는 줄 알았으면 그대로 돌려보내지도 않았을 거야. 감히 세 치 혀로 사람들을 우롱하려 하다니 지금까지 쌓아온 명성이 우습군."

"명성? 만약 무림인이 다 아는 나의 명성이 거짓이라면, 삼양궁이 쌓아온 명성도 전부 거짓이겠군."

"익! 당신……!"

그 한마디에 성월여는 말문이 막혔다.

그녀의 말발로 상대할 추일학이었으면, 그는 대지서생이란 별호도 얻지 못했을 것이다.

해서 고경천은 분노에 몸을 떠는 그녀를 향해 조용히 말했다.

"앉으시오."

"당신은 끼어들지 마. 이건 삼양궁의 명예가 걸린 일이니 가만히 있을 수 없는 일이야."

"두말하지 않겠소. 앉으시오!"

고경천의 목소리가 크게 올라갔다. 그의 두 눈은 성월여를 태울 듯 강하게 바라보았다.

"……."

성월여는 그 눈빛에 일순 꿀 먹은 벙어리가 되었다. 지금까지 그녀를 위한 것처럼 행동해 오던 그런 모습이 아니었다. 하나 바뀌었다 해서 그거에 대해 따질 수도 없었다.

"눈이 있으면 주변을 보시오."

"……."

성월여는 그 말에 이끌리듯 주변을 훑었다.

그녀를 향해 느껴지는 적의 어린 시선들. 비록 그들이 누군지 알 수 없지만, 그들의 눈에 담긴 적개심은 분명 삼양궁에 대한 그것일 것이다.

이십 년 전의 그 일로 많은 문파들이 사라지거나 몰락의 길을 걷고 있었다. 그리고 그 당시 죽어나간 자들도 부지기수였다. 이곳에 온 자들은 그들의 자식, 형제, 친구, 동문이었다.

"쓸데없는 일에 목청을 돋울 바엔 몸 성히 돌아갈 궁리나 하시오. 그리고 당신같이 무대포로 덤벼들기부터 하는 성격으론 절대 저자와의 대화에서 이득을 볼 수 없소. 그러니 두말하지 않겠소. 앉아서 조용히 입 다물고 있으시오."

“그래, 사매. 일단 오늘 일은 길보다 흉이 크니 저 소협의 말을 듣자. 아마 지금쯤 사부님도 밖에서 우리를 구할 방도를 찾고 있을 테니 조금만 참아보자.”

결국 성월여는 정해의 재촉에 제자리에 앉았다.

그런데 그런 그녀의 눈가로 눈물이 가득 차올랐다. 지금까지 별 어려움 없이 자라온 인생이 계속해서 벽에 부딪쳤다.

‘그래. 그 망할 고경천이란 인간을 만나고부터……. 아!’

문득 그 일이 떠오르자 성월여의 머리에 통증이 찾아들었다. 해서 더 이상 다른 것은 생각지 못하고, 그렇게 두통과 싸워야만 했다.

‘훗. 도대체 현무칠수가 무서운 자들이라 해서 얼마나 대단한 자들인가 했는데, 과연! 진실이야 어떻든 발언권을 갖지도 못한 삼양궁이 영락없이 뒤집어쓸 상황이군. 설사 아니라 해도 이런 일은 오히려 다른 자들이 더 환영하겠지.’

고경천은 이곳에서 가장 거대한 영향력을 발휘하는 두 사람을 보았다.

막교립과 범산호, 각각 마염성과 녹림의 대리로 온 그들은 더 이상 입을 열 것처럼 보이지 않았다. 그건 말도 안 되는 소리라 일축했던 막교립도 마찬가지였다. 서서히 그 둘에게선 무언가 계산이 잡혀가는 듯했다.

‘한데, 이것으로는 아직 많이 부족한데…….’

고경천은 추일학을 보며 내심 모자람을 느꼈다. 그가 비록 출도한 지 며칠 지나지 않아 정보가 없다 해도 이건 그것과는 상관없는 문제였다. 꽃이 필 수 없는 나무에 꽃이 피었다 믿게 하려면 결정적인 그 무엇이 있어야 했다.

"후후. 여인의 미모에만 빠진 것 같진 않군. 그래도 정황을 볼 수 있는 눈을 가졌으니 말일세."

추일학은 잠잠해지는 성월여를 보다 고경천에게 한마디를 던졌다.

"나도 그때는 경황이 없어 당신이 얼마나 대단한 사람인지 몰랐지만, 지금 보니 확실히 깨달았소. 여하튼 내가 느끼기로 아직 꺼내놓을 무언가가 더 있을 듯한데, 그렇지 않소?"

"호오. 이런, 내가 눈이 멀었었군. 그때는 그저 협의지심에만 불타는 청년인 줄만 알았는데, 지금 보니 발톱을 숨긴 용이었어."

"내가 아무리 용이라 해도 두 개의 얼굴을 가진 현무만 하겠소? 당신이 멸망당한 삼음교인가 뭔가 하는 후예의 신분을 감추며 무림을 횡행해 온 것은 바로 오늘을 위함이 아니었겠소?"

"이거 무림의 후기지수 중에는 북두칠강만 한 자들이 없다 여겼는데, 지금 보니 한 사람을 추가해야겠군. 내 그 당시에는 바빠 미처 통성명을 하지 않았네만, 오늘은 정식으로 인사하세나. 나는 대지서생이란 별호를 쓰는 추일학이란 사람일세."

두 사람은 이 순간 다른 사람들은 잊은 듯 서로 간의 대화에 빠져들었다.

그런 대화가 고경천의 존재를 점점 부각시켰다.

대지서생 추일학이 탄복하는 자. 특히 그는 범산호도 물러나게 할 정도의 능력을 가졌다. 해서 그 사실을 모르는 막교립도 고경천을 살피고, 범산호는 더욱 깊이 고경천이란 존재에 대해 각인시켜 갔다.

고경천도 은근히 그를 바라보는 자들의 시선을 느꼈다. 그러나 그를 바라보는 시선이 더욱 따가워져도 전혀 신경 쓰지 않았다.

"아직 이렇다 할 별호도 갖지 못한 초출이지만, 그래도 남의 말을 곧이곧대로 믿는 무른 놈은 아니오. 인사가 늦었소. 고경천이오."

"고경천이라… 경천… 하늘을 놀라게 한다인가? 후후. 쉽게 잊을 수 없는 이름이 될 것 같군."

추일학이 이렇게 반문할 때, 두통에 인상을 찌푸리던 성월여의 눈이 고경천의 등을 쫓았다.

'고경천?!'

그녀는 그 이름에 더한 두통을 느꼈다. 그녀에게 잊지 못할 치욕을 준 존재도 고경천, 그녀를 위험에서 구해준 자도 고경천. 그녀는 그 사실로 머리 속에서 치열한 갈등이 일어났다.

"아!"

결국 고통을 이기지 못한 그녀가 정해에게 기대어왔다.

"사매. 사매!"

정해가 놀라 그녀를 안아 들었으나 이유를 알 수 없는 그녀로서는 답답하기만 할 뿐이었다.

하나 그 소란에도 고경천은 시선을 거두지 않았다. 추일학의 두 눈을 지켜보며 그저 가볍게 한마디를 해주었다.

"고맙소."

이것으로 두 사람의 대화는 끝이 났다.

추일학은 고경천에게서 시선을 거둔 후, 다시금 군웅에게 시선을 돌려 말을 이어나갔다.

"본의 아니게 말이 끊어졌지만……."

고경천은 그제야 슬쩍 성월여를 보았지만 신경 쓰지 않았다.

'그래. 차라리 그렇게 가만히 있는 게 나를 도와주는 거다.'

그는 성월여에 대한 신경을 완전히 끊고, 오직 추일학에게만 모든 것을 집중했다.

"나를 비롯한 다른 형제들은 십 년 동안 한 가지를 찾기 위해 은밀히 무림을 동분서주했소. 그렇게 천하를 떠돌던 중, 둘째가 한 가지 물건을 찾아낼 수 있었소. 물건을 가져오라."

추일학이 소리쳤다.

휘리리릭.

그러자 명을 받은 누군가가 허공을 날아 그가 있는 곳으로 날아갔다. 분명 추일학이 있는 곳까지는 군웅의 머리를 밟지 않고는 힘든데, 그 존재는 바람을 타고 흘러가는 구름처럼 두둥실 떠다녔다. 그리고 가볍게 추일학 옆에 내려섰다.

"천풍선자 홍아연이다!"

"과연 경공술의 일인자다운 몸놀림이다."

"오오!"

모두들 그녀의 등장에 탄성을 터뜨렸다.

여인의 몸으로 경공의 대가라 불리는 그녀는 여전히 면사를 쓴 상태로 고개만 끄덕였다. 그리고 손에 들고 있던 붉은 상자를 추일학에게 건네주었다.

"수고했다. 가서 사제들에게 마지막 준비를 하라 일러라."

"네."

둘은 상자를 주고받으며 둘만 들을 수 있는 작은 대화를 나누었다.

휘익.

허공으로 몸을 날린 홍아연은 다시금 환상적인 경공술을 보여주며 중인들의 머리 위를 타고 넘어 그 너머에 깎아지른 절벽만이 있을 산 정상으로 사라졌다.

추일학은 손에 들고 있는 붉은 상자를 높이 들어올렸다.

그러자 자연스레 사람들의 시선이 그가 들고 있는 상자로 모여들었다. 그리고 사람들의 가슴속에는 점점 그것의 정체가 강하게 자리 잡았다.

"이미 여러분은 이 물건이 무엇인가 예상했을 것이오. 그리고 나는 여러분의 그 예상이 맞다 말해주겠소."

"오……!"

사람들은 참지 못하고 들뜬 음성을 쏟아냈다.

'그럼 저것이…….'

고경천의 두 눈도 붉은 상자에 머물렀다. 저것이 바로 오늘 집회의 화룡정점을 장식할 바로 그것일 것이다.

"이게 바로 이십 년 동안 전 무림을 뒤져 간신히 삼양궁에서 만천백변투(瞞天百變偸)라 불리는 둘째가 목숨을 걸고 훔쳐 온 흡정마공이오!"

추일학은 다시 한 번 강하게 소리쳤다.

"……."

그러나 무슨 일인지 열렬한 반응이 아닌 싸늘한 정적만이 그의 외침에 답해왔다. 모두들 갑자기 몸에 이상이라도 온 듯, 뻣뻣한 긴장감에 휩싸인 채 말을 잃었다. 대신 두 눈에서는 그와 다른 뜨거운 불길을 담으며 점점 호흡 소리가 높아갔다.

'저게 바로 흡정마공?'

참으려 해도 참을 수 없다. 고경천도 그 말 한마디에 전신의 피가 머리끝으로 치솟는 느낌이 들었다. 그저 양운천의 말대로 하늘의 연이 닿아야 얻을 수 있다던 바로 그것. 그런데 그게 거짓말처럼 눈앞에 있었다.

그리고 그 순간.

"흡정마공은 내 몫이다!"

휘익.

더 이상 탐욕을 억누르지 못한 자가 몸을 날렸다. 그는 그 도약력으로 추일학을 향해 쏘아져 갔다. 그리고 그의 신형이 한 사람의 머리를 타 넘으려 할 때였다.

슈악.

땅에서 갑자기 은빛 검광이 솟구쳤다. 그 검의 임자는 몸을 날린 자의 밑에 있던 자로 상대가 머리를 지나치는 순간 그대로 검을 뻗은 것이다.

푹.

"컥!"

먼저 몸을 날린 자는 그렇게 숨을 거두었다. 그러나 오히려 그 비명 소리가 무거웠던 주변 공기에 불을 당기는 역할을 했다.

"그걸 내놔라!"

"감히 어떤 놈이 내 물건에 손을 대느냐!"

"크헉! 비겁하게 암수를……."

몸을 날리는 자가 있는 반면, 갑자기 옆에 있는 자에게 검을 쑤셔 박는 자도 있었다.

챙챙!

카가강!

병장기를 꺼내 든 자들이 각각 짝을 찾아 무기를 휘둘러 댔다. 순식간에 벌어진 일은 일파만파로 주변에 퍼져 나가며 모든 것을 엉망으로 만들었다. 이건 누구도 예상하지도 못하고, 말릴 수도 없는 형편이었다. 더욱이 오히려 이런 혼전을 사람들은 원하고 있었을지도 몰랐다.

하나 고경천은 첫 비명 후 오히려 머리가 차게 식었다. 너무나 허무하게 사라진 한 사람의 목숨. 해서 그는 몸을 날리는 대신 추일학의 얼굴을 뚫어지게 바라보았다.

'표정의 변화가 없다?'

추일학은 그를 향해 살기를 드리우고 달려드는 자들을 보고도 전혀 미동도 없었다. 오히려 무방비를 드러내 상대가 달려오기 좋게 만들기까지 했다.

퍼어엉!

그런데 이번에는 안이 아닌 밖에서도 일이 벌어졌다.

안개에 가려진 수림 너머에서 동시다발적으로 터져 나오는 폭음 소리가 더 이상 진이 그들을 막아주는 방패가 될 수 없음을 알려왔다. 그리고 빠르게 안개를 거둬가는 폭발음은 점점 늘어만 갔다.

펑펑! 퍼버벙!

그러나 고경천은 고개를 돌리는 대신 추일학의 표정 변화를 기대했다.

'이젠 웃기까지……'

밖의 소란에 추일학은 한가닥 미소를 지었다. 그러나 그것은 나타난 것보다 빠르게 사라져 계속해서 주시한 고경천이 아니라면 보기 힘들었다.

"여러분, 흡정마공을 뺏으러 삼양궁이 쳐들어왔소. 오늘 그들은 아마 우리 모두를 살인멸구하기 위해 본모습을 드러낼 것이오. 그러니 우리도 절대 물러서서는 안 되오. 그리고 삼양궁을 제물 삼아 진정한 흡정마공의 주인을 선택해야 할 것이오!"

추일학의 그 한마디는 일시지간에 싸움을 멈추게 만들고, 모든 이들의 시선을 진이 깨어져 버린 수림을 바라보게 만들었다.

"이노오옴들!"

수림을 뚫고 불문의 사자후를 방불케 하는 여인의 목소리가 터졌다. 그 목소리는 일순 공터를 울리며 난장판이 되어버린 장내 모든 이들의 시선을 사로잡았다.

"……?"

고경천도 그 소리에 추일학을 바라보던 시선을 거두고 뒤를 돌아보았다.

수림을 벗어나자마자 일보에 일 장여씩 미끄러지는 보폭을 자랑하며, 우윳빛 검기가 일렁이는 검을 든 한 중년 비구니가 빠르게 다가오고 있었다.

"사부님!"

정해가 제일 먼저 그녀의 등장에 반가워했다.

그리고 그 소리는 지금껏 두통에 시달리던 성월여의 고통마저 날려 버렸다. 그녀는 정해의 품을 벗어나 달려오는 중년 비구니를 향해 눈물을 글썽거렸다.

'멸악 사태 단정?'

고경천은 그녀들의 상태를 보며 새롭게 등장한 자의 정체를 알 수 있었다. 거기다 단정이 향하는 방향도 그녀들이 자리한 곳이라 그의 생각은 틀리지 않았다.

"며… 멸악 사태?"

"저 살인에 미친 비구니가 나타나다니……."

"으으. 왜 보타암에 있을 인간이 여기에……."

몇몇 자는 벌써 오금이 저린지 뒷걸음질을 쳤다. 그걸로 그녀에 대한 판단은 확실해졌다.

범산호가 주절대던 몇 마디가 그냥 비꼬려는 것은 아닌 것 같았다.

'이거 영 분위기가…….'

고경천은 그녀의 등장 자체만으로 변하는 주변의 분위기에 왠지 께름칙했다. 도둑이 제 발 저린다는 식으로 성월여와 그의 관계는 언제 터질지 모르는 화약 아닌가?

'그래. 이제 저 계집의 안전이야 사부라는 인간이 잘 알아

서 하겠지. 그러니 이젠 내 몫을 챙길 때다.'

고경천은 높은 바위 위에서 오만하게 아래를 내려다보는 추일학을 바라보았다. 그는 붉은 상자를 가슴까지 끌어 올린 후 나머지 손으로 섭선을 부쳐 댔다. 도대체 칼부림이 벌어지는 살벌한 상황에도 전혀 감흥없어 보였다.

'확실히 저잔 여러모로 대단한 자야. 그러나 오늘 그 물건은 내가 가져가야겠어.'

고경천은 그를 목표 삼아 발길을 옮기려 했다. 한데,

"사부님! 흐윽!"

성월여의 목 놓아 울음을 터뜨리는 목소리가 들렸다. 어찌나 서럽게 울어대는지 세상이 무너진 것 같은 착각이 들 정도였다.

'쩝. 계집 아닌 것처럼 굴더니 사부 앞에서는 영락없는 계집이네.'

고경천은 그녀의 울음에 선뜻 추일학에게 향하려던 발을 떼지 못했다. 그래서 잠시지만 그녀에게 연민의 눈길을 보냈다.

"그래, 그래, 울지 마라. 이 사부가 오지 않았느냐?"

남들에게 어떻게 불리던 성월여를 보듬어주는 단정의 모습은 여느 사부와 다르지 않았다. 그리고 그 순간, 우연찮게 단정과 고경천의 시선이 겹쳤다.

'윽!'

왠지 단정의 두 눈에 흐르는 기운이 성월여의 기질보다 몇 배는 더 강력해 보였다. 그녀를 만나고, 수없이 경험했던 순간들. 고경천은 본능적으로 슬금슬금 그녀들과 거리를 넓혔다.

그런데 그 모습이 단정에게 안 좋게 보인 듯했다.

"저놈은?"

단정의 두 눈에 금방 뜨거운 것이 치솟았다. 적발에 단정치 못한 복장. 그녀의 머리 속에 왠지 한 사람이 떠올랐다. 해서 단정은 슬쩍 품 안의 성월여를 정해에게 넘겼다.

"사부님, 저 공자는……."

정해가 눈치를 채고 한마디를 하려는데 단정이 손을 들어 말을 막았다.

그런데 단정의 품에서 밀린 성월여의 흐느낌이 고조되었다.

"흐으으윽!"

그녀의 그런 울음이 단정에겐 다른 이유로 비춰지는 듯했다.

"저놈이 너에게 무슨 짓이라도 했느냐?"

단정이 검을 들어 고경천을 가리켰다.

'윽!'

고경천은 검이 자신을 가리키자 등골을 타고 흘러내리는 서늘한 기운을 느꼈다.

“아니에요. 흐흑. 그는 비록 제자를 때렸…….”

“때려?!”

단정의 두 눈이 크게 떠지며 귀를 막을 정도의 노성이 터졌다. 그 노성이 어찌나 큰지 일순 흐느낌을 토해낸 성월여의 입이 막힐 정도였다.

“정해야, 월여를 데리고 물러나라.”

“사부님, 사매의 말은 그게 아니고 저 공자는…….”

“물러나라 하지 않았느냐!”

이미 결정을 내렸는지 단정의 시선은 오직 고경천을 잡아먹을 듯 이글거리며 노려보았다.

“사… 사부님, 아니에요. 그가 제자를 때리고, 윽박지른 일은 있지만…….”

“아니, 감히 이 단정의 제자를 때린 것도 모자라 윽박지르기까지 했단 말이냐?!”

슈우우욱.

단정의 승포 자락이 갑자기 터질 듯 부풀어 올랐다.

“윽!”

“흑!”

정해와 성월여가 그 기운에 의해 한곳으로 밀려났다.

“그래! 이제야 생각이 났다. 저 붉은 장발. 내 애초부터 눈에 익다 했는데, 선하령에 오르는 도중 본 그놈이구나.”

“잠깐! 이보시오. 일단 제자들의 말을 제대로 듣고… 정해

스님, 성 낭자! 말 좀 해보시오.”

자꾸 그녀들의 말이 끊기며 이야기가 이상하게 돌아가자 고경천이 직접 나섰다.

“이놈! 지금 감히 내 제자들에게 협박까지 하는 것이냐?”

그러나 오히려 고경천의 그 행동이 단정에겐 협박으로 비쳐져 버렸다.

“사부님… 그는 저흴 구해준 은…….”

해서 정해는 그대로 둘 수 없어 다시 입을 떼었다.

“감히 너는 지금 이 사부가 듣고 본 것이 틀렸다는 것이냐?!”

그녀의 승포를 가득 채웠던 기세가 정해에게 쏘아졌다.

“큭!”

“사저!”

성월여가 얼른 정해를 받쳤다.

“나무관세음보살…….”

입가에 작은 선혈을 흘리며 정해는 불호를 읊었다.

이미 단정은 말을 들을 상태가 아니었다. 그녀가 이 정도로 분노했을 때는 보타암의 암주도 말릴 수 없었다.

“사저… 어… 어떻게 해요?”

성월여는 이제 눈물보다 놀람에 빠졌다.

“사매… 자고로 한마디의 말은 화도 복도 될 수 있다고 했어. 한데, 이미 말은 화가 되어 주워 담을 수 없는 지경에 빠졌으니… 음!"

정해는 말을 하다 가슴을 움켜쥐었다.

"아… 내가 말을……."

성월여는 자신이 무심코 내뱉은 말이 이런 결과가 될지 몰랐다. 책임을 피할 수 없기에 성월여는 사부를 막고자 단정에게 달려가려고 했다.

그러나 이미 차오를 때로 차오른 단정의 기운은 성월여의 그런 바람보다 빨랐다.

"살 수 있단 생각을 버려라!"

'아… 젠장. 성월여. 니가 나를 또 한 번 죽이는구나!'

고경천은 성난 멧돼지처럼 달려드는 단정을 보며 성월여를 향해 속으로 욕설을 퍼부었다. 그렇다고 가만히 있을 수 없어 그도 그녀를 상대하러 급하게 기를 끌어올렸다.

그리고 둘의 싸움이 시작됨과 동시에 또 다른 자들이 수림을 빠져나왔다.

"월여야!"

그리고 나타난 자는 성월여를 보고 그녀의 이름을 힘껏 불렀다.

그자는 성철현으로 좌우에 소일성과 염희강을 대동하고, 그 뒤로 수십 명의 백의검수들을 이끌고 나타났다.

"오라버니!"

성월여는 그 목소리에 달려들던 기세를 잃고 고개를 돌렸다. 그녀의 얼굴은 언제 울었냐는 듯, 그의 등장에 세상을 얻은 듯한 표정으로 바뀌었다.

"삼양궁이다!"

"삼양궁이 나타났다!"

사람들은 백의검수와 세 명의 청년의 등장에 멸악 사태의 등장으로 흐트려졌던 정신을 수습할 수 있었다.

성철현은 그런 그들의 반응에 수행하던 두 청년의 이름을 불렀다.

"일성! 희강!"

"예."

소일성과 염희강이 성철현의 말에 힘있게 대답했다.

"이곳에 있는 자, 모두 삼양궁에 불손한 뜻을 품고 있는 자들이다. 최대한 살생을 피하되, 필요하면 살생을 해서라도 삼양궁에게 적대하는 것이 어떤 것인지 확실하게 보여주어라. 또한 음모를 꾸민 주모자는 더한 대가를 치러야 하니 반드시 생포하라!"

"예. 화양검대(火陽劍隊)는 내 뒤를 따르라."

염희강이 삼양이란 두 글자 외에 불꽃이 그려진 검수들을 이끌고 웅성거리는 군웅을 향해 달려들었다. 이미 전의에 불타오른 그의 양손에는 불꽃이라도 일어난 것처럼 뜨거운 기가 넘실거렸다.

"천양검대(天陽劍隊)는 소궁주의 곁에 남고, 뇌양검대(雷陽

劍隊)는 나를 따라 이곳에 모인 자들을 제압한다.”

소일성마저 한 무리의 뇌전이 그려진 백의검수들을 이끌고 장내에 뛰어들었다. 그는 품에서 한 자루의 벽옥척(碧玉尺)을 꺼냈는데, 그가 손에 쥐자 푸른 뇌전이 꿈틀거렸다.

“마… 막아라!”

“그래. 이대로 당할 수 없다. 일단 삼양궁을 물리치고 마경을 차지한다.”

“절대 마경을 삼양궁에 빼앗길 수 없다.”

챙.

카강.

이곳저곳에서 무기가 토해내는 소리가 터지며, 사람들은 금방 목숨을 걸었던 주변 사람과 힘을 합쳐 폭풍우처럼 덮쳐오는 삼양궁에 맹렬하게 맞서갔다.

“너희도 이곳에 대기할 필요 없이 일성과 희강을 도와 반도들을 제압해라.”

“예.”

천양검대를 이끄는 자가 명을 받고 곧 소일성과 염희강을 도우러 사라졌다.

“오라버니!”

명이 끝나자 기다렸다는 듯이 성월여가 성철현의 가슴 깊이 안겨들었다.

“그래. 다치지는 않았느냐?”

성철현은 안긴 성월여의 머리를 부드럽게 쓰다듬어 주었
다.

"오라버니… 흑흑. 죄송해요. 죄송해요."

그의 부드러운 한마디에 성월여는 일순 고경천이란 존재
를 잊어버렸다.

대신 잊혀진 자는 지금 단정과 치열하게 싸움을 벌여야 했
다.

파박. 파바박.

뒤늦게 움직였다 하나 고경천은 묵강수를 펼칠 수 있어 그
녀의 광풍처럼 몰아치는 검세를 받아낼 수 있었다. 그러나 무
슨 일인지 단정이 먼저 물러나며 두 사람은 거리를 두고 상대
를 노려보았다.

"그래도 한 수는 있구나."

단정이 검을 들어 비스듬히 가슴 앞에 세웠다. 그녀의 검에
서는 이제 아지랑이처럼 펼쳐지는 검기가 아닌 점점 하나의
형체를 이루는 우윳빛 기운이 뭉쳐져 갔다.

'윽!'

기를 끌어올리느라 무섭게 변한 고경천의 얼굴에 진한 고
통이 흘렀다. 그는 빠르게 시선을 내려 팔뚝을 훑었다.

이미 소매라는 존재는 사라져 버렸다. 거의 반소매 옷이 되
어버린 그의 팔뚝에 붉은 줄이 가 있었다. 단정과 몇 차례 초

수를 나눈 결과 묵강수가 펼쳐진 그의 몸에 이런 자국을 만들었다.

'제길! 망할 비구니. 치사하게 급습을 해 미처 기를 끌어올릴 틈을 주지 않다니.'

애초부터 싸울 맘이 없던 그로선 이번 충돌은 너무나 손해였다. 제대로 기를 유통시키지 않아 근육은 물론 뼈까지 가는 충격이 전해졌다. 지금도 후끈거리는 것이 저릴 때와는 또 다른 고통을 가져왔다.

"어디 이번에도 막아내는지 보겠다. 대신 지금까지 이 초식을 받은 악도치고 살아난 놈이 없다는 걸 명심해라."

단정은 은광을 뿌려대던 검을 완전히 우웃빛 검으로 바꾸어 버렸다. 더욱이 일반 검보다 한 자는 길어진 검에선 굉장한 기세가 뻗어 나왔다.

'가… 강기? 저 비구니 지금 제정신이야?'

고경천은 입이 벌어졌다.

"당신… 지금 하는 일이 무슨 짓인지 아는 거요?"

"갑자기 죽음에 대한 공포라도 느껴졌느냐? 걱정 마라. 네 놈 말고 다른 악도들도 처리해야 하니 단칼에 끝내주겠다."

"……."

고경천은 그 한마디에 아랫입술을 깨물었다. 그리고 지금까지 참아오던 무언가가 터지는 소리를 들어야 했다.

"당신! 지금 벌인 일 정말 후회하지 않아? 빌어먹을 벽창호

짓도 정도껏 하란 말이야!"

이제 성월여가 보든 말든 그런 것은 신경 쓸 거리도 아니었
다. 지금 이런 일로 눈앞의 흡정마공을 다른 인간에게 뺏기기
라도 하면.

"으하하하. 그 한마디로 네놈은 곱게 죽을 기회까지 사라
졌다. 내 잠시 편한 죽음을 생각했는데, 역시 악인에겐 그에
걸맞은 처절한 최후가 어울린다!"

지이이잉.

단정의 의혼이 조금씩 좌우로 흔들렸다.

"아… 안 돼! 사부님! 사부님!"

그녀의 대소에 잠시 행복에 빠졌던 성월여의 정신이 현실
로 돌아왔다. 그녀는 정신을 차리자 성철현의 품에서 벗어나
단정에게 달려들려 했다.

꽉.

"오라버니!"

하지만 성월여의 팔을 단단히 잡은 성철현의 손은 그녀를
놔줄 생각이 없었다. 대신 고개를 좌우로 흔들었다.

해서 끝내 벗어나지 못한 성월여는 그저 애타게 소리쳤
다.

"사부님, 안 돼요오!"

"나… 나무관세음보살."

정해도 더 이상 방법이 없다 여겨선지 불호만 읊조리며 눈

을 감았다.

그리고 끝내 단정의 기합성이 터졌다.

"보리수의 불력이 마를 가른다. 보리적엽강(菩提摘葉罡)!"

슈수수숙.

보리수 나무가 잎새를 떨구듯, 그 잎을 닮은 수십 개의 검강 조각들이 검에서 고경천에게로 뿜어졌다.

'헉! 진짜 날리다니… 저 미친 비구니가……'

고경천은 전방을 덮치며 날아오는 강기 조각들에 얼굴이 빠르게 일그러졌다. 그리고 어쩔 수 없이 강한 내공이 필요한 강기공을 억지로 펼쳐야 했다.

"현월강(玄月罡)!"

슈아아앙.

그러자 그의 팔뚝을 검게 물들였던 기운이 손끝을 통해 빠져나가며 세로로 만들어진 두 개의 흑색 초승달이 그대로 정면으로 날아갔다.

'큭! 묵강수.'

고경천은 입가에 피를 토해내며 재빠르게 양팔을 앞쪽으로 교차시켜 묵강수를 둘렀다. 그리고 엄청난 고통에 머리라도 돌았는지 현월강기를 쫓아 보리적엽강의 바다에 스스로 몸을 내던졌다.

펑! 퍼버버벙!

강기와 강기의 충돌이 계속해서 일어났다.

공간을 가르는 현월강과 공간을 뒤덮는 보리적엽강의 대결!

퍼벙.

일단은 거의 동수로 작용했다. 고경천의 강기는 밀집된 상태였고, 단정의 강기는 분산이 되어 열세에서도 고경천이 막아낼 수 있었다. 거기다 단정은 어느 정도 고경천을 경시하느라 이런 결과를 만들었다.

만약 그대로 힘과 힘의 맞대결이라면, 이 싸움은 절대 고경천에게 불리한 싸움이 되었을 것이다.

퍼어엉!

그러나 그렇다 해도 밀집된 힘도 숫자 앞에서는 무너졌다. 결국 방패막이 되어주던 현월강이 보리적엽강에게 난도질을 당해 깨어졌다.

슈우욱.

그리고 그 사이를 통과한 보리적엽강이 고경천의 정면을 가린 묵강수에 작렬했다.

퍽!

'큭!'

고경천은 묵강수를 뚫고 들어오는 충격에 뼛속이 울렸다. 천년화리에 보호되고, 다시 묵강수에 보호되는 두 팔이라 해도, 보리적엽강이 갖고 있는 거대한 힘까지 없애주지는 못했다.

'그러나 이것으로 고지는 가까워졌다.'

이 장여의 거리가 이런 미친 짓으로 이제 반 장으로 줄어들었다. 이제 한 번의 도약이면 바로 단정의 코앞이었다.

팟.

고경천은 놀란 표정을 감추지 못하는 단정을 향해 그대로 쇄도해 들어갔다.

그리고 그 잠시의 머뭇거림이 보리적엽강의 숫자를 줄여 주었다. 해서 고경천은 한 손으로 그것들을 막아내고, 남아 있는 한 손은 그대로 어깨까지 끌어 올렸다.

"각오해라, 이 미친 비구니!"

우둑.

꽉 쥔 고경천의 주먹에서 강렬한 소리가 터졌다. 이제 남은 일은 저 건방진 면상에 차가운 일권을 날리는 것뿐이었다.

그러나 단정이 놀라는 것도 잠시,

"떠… 떨어져라!"

그녀는 갑작스레 검을 아래로 떨어뜨렸다. 대신 검을 쥐지 않은 오른손을 그대로 고경천의 날아오는 주먹에 던져 주었다.

펙. 우두두둑.

주먹과 팔이 부딪치며 뼈가 부러지는 음향을 토해냈다.

"으윽!"

입에서 고통 서린 비명이 터졌지만, 그녀는 그사이 떨어뜨렸던 검을 들어 그대로 횡으로 그었다.

'이런!'

이젠 졸지에 고경천이 단정의 사정권에 들어간 꼴이 되었다.

휘이이익.

검에서 발생된 검풍이 그대로 가슴으로 파고들었다.

스파아앗.

고경천도 재빠르게 막는다 했지만, 결국 가슴에 하나의 검상이 길게 그려졌다.

"커억!"

그리고 그 여파는 애써 거리를 좁힌 고경천을 원래의 자리로 날렸다.

하나 단정도 충격을 받긴 마찬가지였다.

치지지지직.

단정은 힘에 밀려 바닥에 기다란 선을 만들며 뒤로 밀려났다. 부러진 오른손으로 인해 자세가 흐트러졌지만, 쓰러지지 않고 간신히 본자세를 잡아갔다.

그런데 뒤로 날아가는 고경천의 품에서 무언가 하나가 튀어나왔다.

파라라락.

하지만 그걸 깨닫지 못한 고경천은 바닥에 발이 닿기 무섭게 걸음을 조절해 간신히 바닥을 구르는 것을 모면했다. 그는 자세를 잡자마자 자신이 당한 부위를 살폈다.

‘역시 청룡칠수라 이건가?

기습은 성공했지만, 그도 하마터면 황천 구경을 할 뻔했다. 만일 검에 조금 더 진한 검기가 맺혔거나 아님 천년화리가 피부를 단단하게 만들어주지 않았으면, 고경천의 심장은 반으로 갈렸을 것이다.

‘이 미친 비구니! 가만 안 둔… 웅?’

믹 단정에게 달려들려고 하는데, 무슨 일인지 사람들이 그가 아닌 허공만 바라보고 있었다.

“아앗!”

그리고 그걸 제일 먼저 알아본 성월여가 놀란 탄성을 터뜨렸다. 그녀는 그걸 확인하자 성철현에게 잡힌 손을 뿌리치고, 그것을 향해 몸을 날렸다. 곧 그 물체는 성월여의 손에 빨려 들어갔고 그걸 확인한 그녀는 폭풍을 맞은 듯 몸을 떨어댔다.

‘무슨 일이야?’

고경천은 달려들려던 기세를 지우고, 뭔 일인가 싶어 성월여의 손에 들린 물건을 살펴보았다.

네 귀퉁이에 가는 끈을 달고, 안쪽에는 부드러운 면이 대어져 있었다. 그리고 그 밖은 아름다운 문양이 새겨진 비단이 감싸고.

‘어라! 저건 내 품속에 있던……’

그렇게 고경천이 당황함에 빠질 때, 날카로운 한줄기 화살 같은 성월여의 눈빛이 그에게 쏘아져 왔다.

“이거 어디서 났죠?”

“그게… 하하하.”

고경천은 가슴이 갈린 고통에도 웃었다. 그리고 그사이에 어떻게든 답을 찾고자 빠르게 머리를 굴렸다.

그러나 답이 필요없는지 성월여는 혼자서 답을 내리고 있었다.

“당신의 이름은 고경천… 나에게 치욕을 준 그 인간도 고경천… 그런데 분명 당신은 초조암에서부터 나를 쭉 돌봐주고… 하지만 예전에는…….”

“이 미친 계집아!”

“껍데기를 홀라당…….”

“이 계집은 볼 때마다 검을 치켜들고 난리네.”

“아!”

성월여의 머리 속에 모든 것들이 점점 하나로 이어져 갔다. 고경천을 보며 본능적으로 치솟던 그 나쁜 감정들. 그것의 정체가 지금 이 순간 밝혀졌다.

“그래. 고경천! 네놈이 바로 그 자객이지!”

“아니오!”

하지만 바로 튀어나오는 고경천의 한마디는 냉정하게 그녀의 말을 끊어버렸다.

“음.”

그 호통에 잠시 움찔하던 성월여의 얼굴은 금방 일그러졌다.

단호하게 소리치던 것과 달리 고경천의 몸은 그녀에게서 멀어지고 있었다.

“이… 이 색마! 지금까지 나를 속이다니… 거기다 그 주제에 나를 때리고, 구박까지 한 것이냐? 이! 이! 고경천 이 자식! 거기서엇!”

채앵.

성월여는 검을 뽑아 들기 무섭게 그대로 고경천의 뒤를 쫓았다.

“월여야!”

그 뒤를 성철현이 놀라서 따라붙었다. 하지만 지금 그의 머리 속에는 다른 생각뿐이었다.

‘분명 저 적발청년의 무공은……’

‘그래. 바로 그 무공이다. 그 무공!’

그리고 성철현처럼 또 다른 자도 고경천의 무공에 놀란 얼굴을 했다.

고경천의 싸움을 본 추일학은 그 이후로 지금까지 눈을 떼지 못하고 있었다. 바로 고경천의 손을 통해 벌어지는 몇 가지 무학들. 천하에 빙한지기를 사용하는 무공이 하나겠느냐

마는 흑색의 빙기를 사용하는 무공은 오직 한 가지였다.

'바로 멸망과 함께 사라진 삼음비전 여의수학(如意水學) 상권 현음진결(玄陰眞訣)에 실려 있는 바로 그 현음빙기다!'

추일학은 그 사실을 알게 되자 몸을 부들부들 떨었다. 그의 손에 삼음비전에 버금가는 흡정마공이 있었지만, 그에겐 그런 것이 중요하지 않은 듯했다. 그의 정신은 온통 고경천에게 쏠려 떨어질 기미가 보이지 않았다.

그리고 그때, 그의 변화를 지켜보던 두 군데의 무리가 슬며시 움직였다. 지금까지 난전 속에서도 수수방관을 취한 자들이 드디어 움직이기 시작한 것이다. 그들은 추일학이 눈치 채지 않게 바위로 서서히 다가들고 있었다.

두 무리 중 한 곳,

"큭!"

막교립의 대도가 앞을 막아서는 자가 비명 지를 틈도 없이 반으로 갈라 버렸다. 그의 두 눈은 온통 붉은 상자에 머무른 채, 행여나 추일학이 그의 접근을 알아챌까 봐 온 신경을 그에게 쏟았다. 이제 바위와의 거리는 이 장여. 한 번의 도약으로 충분히 상대를 가를 위치였다.

[너희는 내가 움직임과 동시에 접근하는 자를 최대한 막아라.]

막교립의 명이 지옥도객의 귓속으로 파고들었다.

[예. 소성주.]

지옥도객의 대답이 들리자마자 막교립은 땅을 박차고 추일학의 등 뒤를 향해 쏘아져 나갔다.

쉬아아악.

번개처럼 공간을 가르는 막교립의 일식이 곧바로 추일학의 등으로 쇄도했다.

‘응?’

추일학은 한줄기 기운이 느껴지자 본능적으로 몸을 틀며 앞으로 쏘아져 나갔다. 아무리 방심을 했다 해도 그는 현 무림에 명성을 날리는 현무칠수의 맏이였다.

찌이이익.

“큭!”

그러나 목표를 놓치지 않은 막교립의 대도는 추일학의 의복과 살을 갈랐다.

“이런.”

그런데도 막교립은 안타까운 소리를 내었다.

허공에 뿌려지는 붉은 선혈은 진짜였다. 그러나 그건 추일학의 옆구리가 갈리며 터져 나왔는지라 그의 목표와는 달랐다.

“쫓아라!”

막교립의 명이 떨어지자 지옥도객들이 그대로 추일학을 쫓았다. 상처 입은 먹잇감을 쫓는 이리 떼처럼 그들은 진득한 살기를 뿌리며 추일학에게 다가들었다. 그리고 명을 내린 막교립도 그들을 쫓아 추일학에게 달라붙었다.

'이런. 방심했다. 큭!'

추일학은 상자를 들지 않은 손으로 옆구리를 감쌌다. 그러나 깊게 베인 상처는 손으로 가릴 수준이 아니었다. 지금도 빠르게 흘러내리는 선혈은 허공으로 몸을 날린 그가 지나간 자리에 기다란 선을 만들었다.

"흐흐. 어딜 가시나."

"……!"

추일학은 앞으로 몸을 날리다 왼편에서 들려온 웃음소리에 빠르게 고개를 돌렸다.

부우우웅.

그쪽에서는 강한 풍압을 토해내는 일권이 그를 기다리고 있었다.

퍽.

"큭!"

추일학의 입에서 높은 비명이 터졌다. 그는 앞으로 나아가는 것이 아닌 권풍에 의해 오른편으로 날아갔다. 그리고 그사이 손을 떠난 붉은 상자는 그대로 허공으로 솟구쳤다.

휘익.

그리고 그 상자를 작은 체구의 사내가 쫓았다.

탁.

막교립과 더불어 조용히 움직이던 사내, 범산호는 붉은 상

자를 손에 쥐고 기쁨을 감추지 못한 표정으로 바닥에 내려섰
다.

"녹림호걸들은 길을 열어라. 이대로 탈출한다!"

명이 떨어지자 범산호를 호위하는 무리들이 좌, 우, 앞을
정리해 나갔다.

"범산호!"

뒤에서 그걸 본 막교립이 분노성을 터뜨렸다.

"흐흐흐. 언제나 승자는 마지막에 웃는 자지. 수고했다, 막
교립!"

범산호는 그를 향해 진득한 조소를 날리고 유일한 탈출구
인 그들이 들어왔던 수림으로 몸을 날렸다. 사람의 숫자는 산
정상으로 향하는 쪽이 적었지만, 그곳으로 갔다간 까딱없이
독 안에 든 쥐 꼴이라 정면 돌파를 선택했다.

"감히······."

냉철해 보이던 막교립의 얼굴이 분노에 부들부들 떨렸다.
그리고 그는 범산호를 매섭게 쩨려보다 크게 소리쳤다.

"범산호가 흡정마공을 가지고 탈출한다!"

그의 한소리는 커다란 메아리가 되어 공터 전역을 울렸다.

"흡정마공?"

"아니··· 녹림이······."

"젠장. 빼앗길 수 없다."

그러자 한참 싸움에 임하던 자들이 눈이 벌게져 칼자루를

돌렸다. 그들은 삼양궁과 접전을 벌이던 것을 멈추고 빠르게 수림으로 달려가는 범산호 일행을 막거나 쫓았다.

"흡정마공?"

성철현은 고경천을 쫓다 그 말 한마디에 신형을 굳혔다. 그리고 새삼스레 주변을 다시 둘러보았다. 그때까지는 미처 공터 중심까지 주지 않았던 시선을 깊숙한 곳까지 던졌다. 한데 그런 그의 두 눈에 새롭게 잡히는 인물이 있었다.

'녹림과 마염성. 그렇다면 저들은…….'

거대한 대도를 휘두르는 자와 어머어마한 권력(拳力)을 자랑하는 자. 그보다 중요한 것은 막교립의 입을 통해 또렷이 들려온 네 글자였다.

"삼양궁도는 들어라! 빠른 시간 안에 혼란을 종결시켜라! 지금 싸울 때가 아니다!"

"존명!"

공터 곳곳에서 복명하는 소리가 터졌다. 그리고 백색의 물결은 그대로 녹림의 무리들에게 빠르게 몰아쳐 갔다. 거기다 성철현도 혼란을 잠재우러 범산호들이 있는 곳으로 몸을 날렸다.

第八章
뛰는 놈 위에 나는 놈

　‘흡정마공?’

　한참 도망치던 고경천의 고개도 뒤로 향했다. 그런 그의 눈으로 한곳에 버려져 피를 토해내는 추일학과 범산호를 쫓아 몸을 날리는 군웅의 모습이 보였다.

　‘제길, 어떻게 된 거야?’

　잠깐 단정과 싸운 사이 상황이 엉망이 되어버렸다. 거기다 성월여를 피해 몸을 날린 것이 흡정마공과는 반대 방향으로 몸을 날리게 만들었다. 결국 극도의 짜증에 고경천의 얼굴이 무섭게 일그러졌다.

　그리고 그 순간,

“고경천 이 자식, 죽여 버리겠다!”

거리를 좁힌 성월여의 검이 그대로 휘둘러졌다.

휘익.

“멈춰! 이 계집애야!”

그와 동시에 고경천의 고함이 성월여에게로 파고들었다.

뚝.

그리고 거짓말처럼 성월여의 행동이 멈춰졌다. 그녀는 놀란 얼굴이 되어 자신의 검과 고경천을 바라보았다. 아무런 제재도 당하지 않았는데 이상하게 몸이 굳어버렸다.

“이제 더 이상 너와 놀아줄 시간 따윈 없다. 그러니 한 번 더 나를 쫓아오면… 이번엔 죽는다!”

그 한마디를 끝으로 고경천은 온 것보다 빠르게 사람들이 모여드는 중심지로 빠르게 다가갔다.

“……”

텅.

성월여는 마지막 말에 담긴 살기에 자신도 모르게 검을 놓쳤다. 그리고 멍한 시선이 되어 점점 거리가 멀어지는 고경천의 등만 하염없이 바라보았다.

‘완전 개판이잖아!’

혼전을 보며 달리는 고경천은 눈이 튀어나올 것 같았다. 엉뚱한 데다 시간을 빼앗겨 난전 속에 흡정마공이 묻혀 버렸다.

"비켜, 이 자식들아!"

고경천은 인파의 밖에 다다르자 그게 누구던 상관을 하지 않고 그대로 쌍수부터 휘둘렀다.

퍽.

"컥!"

"켁!"

일수를 당한 자들은 충격을 이기지 못하고 그대로 바닥에 엎어졌다.

그러나 아직 혼전의 중앙까지는 소원한 일. 전방에는 남들보다 뛰어난 능력을 자랑하는 자들이 기다리고 있었다. 그들은 이미 난전에 뒤섞여 중앙에 있는 범산호에게 달려들려고 했다.

"저… 적발마귀다."

"흐윽! 멸악 사태와 싸우던 그자다."

그나마 몇몇 자는 고경천을 알아보고 슬금슬금 몸을 피했다.

그런데 그들의 입에서 튀어나오는 그에 대한 별명들이 가관이었다. 인상 더러운 놈, 적발마귀, 멸악 사태보다 더 흉악한 놈 등등. 짧은 시간 사이에 얻은 별호치곤 좋은 것들은 하나도 없었다.

"닥쳐!"

고경천은 점점 높아져 가는 그들의 반응에 머리끝까지 열기가 확 솟구쳤다. 그래서 병장기면 병장기, 육신이면 육신.
묵강수에 걸린 모든 것들을 작살내 버렸다. 그리고 점점 발휘
되는 그의 능력에 물러나는 사람들이 늘어갈 때였다.

[자… 잠깐.]

고경천의 귀에 힘 빠진 한줄기 전음이 파고들었다.

'응?'

고경천은 사람들과 다투던 것을 잠시 멈추고 주변을 살펴
보았다. 그러나 아무리 주변을 둘러봐도 그에게 전음을 보낼
자가 보이지 않았다.

[시선을 좀 더 뒤쪽으로 보내게.]

고경천의 시선이 바위에 등을 기댄 추일학과 마주쳤다.

[자넨 그쪽으로 가서는 안 되네. 이리로 오게. 내 그럼 중요
한 이야기를 들려주겠네.]

[일없소.]

고경천은 그의 말을 매정하게 끊어버렸다. 이미 이번 일의
주동자인 추일학에 대해 별로 좋은 감정이 없는지라 흡정마
공이나 찾으러 가려 했다.

[자네가 사용한 그 무공, 그건 삼음교가 잃어버린 현음진결
일세!]

"……!"

달려가던 고경천의 몸이 그대로 멈춰 섰다.

[자, 이제 알았나? 자네와 나는 이렇게 운명의 끈이 닿아 있

네. 더욱이 내가 자네에게 들려줄 이야기는 그보다 더 중요한 이야기고, 나의 이야기를 듣냐 안 듣냐에 따라 자네의 운명은 백팔십도 달라질 것이네.]

[운명?]

고경천의 두 눈이 추일학을 뚫어질 듯 바라보았다.

[자네가 선택하면, 자넨 엄청난 힘을 얻을 수도 있네. 어때, 무척 매력적이지 않은가? 거기다 이 모든 것이 마치 하늘이 정해놓은 것처럼 이곳에서 나와 자네를 만나게 하고……]

추일학의 전음은 마치 빠져나갈 수 없는 유혹 같았다.

그러나 추일학의 전음은 고경천의 전음에 끝까지 이어지지 않았다.

[당신 나를 잘 모르는가 본데, 내가 제일 싫어하는 것이 바로 그 운명 타령이오. 해서 망할 하늘이 정했다면, 엄청난 힘 할아비라도 내 쪽에서 사양하겠소.]

그 한마디에 어렵게 기운을 짜낸 추일학은 기운이 풀어지는 것을 느꼈다. 간신히 짜내 펼친 전음인데, 그의 제안을 거절하는 고경천의 이유란.

그러나 허탈해져만 있기엔 둘에게 당한 상처가 너무 컸다.

[조… 좋네. 그럼 내 진실 한 가지를 들려주지. 자네가 얻으려는 물건, 사실 그것은 가짜네!]

"……!"

고경천의 고개가 바람 소리가 날 정도로 빠르게 돌아섰다.

그의 두 눈에는 믿을 수 없다는 기색이 강렬히 뿜어졌다.

[이유야 생각하면 간단할 걸세. 욕심에 눈이 멀지 않으면, 저 물건이 진짜일 거란 생각을 하지 않지.]

다시 이어지는 전음에 고경천은 싸움을 벌이는 자들을 보았다.

모두 무엇에 홀린 사람들처럼 미친 듯이 흡정마공을 들고 있는 범산호에게 달려들었다. 개중에 뛰어남을 자랑하는 막교립이나, 성철현, 염희강과 소일성도 의심하는 빛은 없었다.

[당신! 그 말 다시 한 번 해봐. 뭐, 가짜?]

고경천은 아직도 그 사실을 믿고 싶지 않았다.

[그래. 가짜. 저들이 차지하려는 흡정마공은 가짜일세.]

"거짓말!"

이번에 튀어나온 고경천의 말은 전음이 아닌 육성이었다. 그는 지금 분노와 허탈함에 온몸이 미친 듯 떨렸다.

[과연 거짓일까? 저 물건은 내 손에서 나왔다는 것을 명심하게.]

'가… 가짜라니… 저기 있는 흡정마공이 가짜라니!'

고경천의 얼굴이 점점 흉악하게 일그러졌다. 온몸에서 뿜어지는 기세는 점점 거세지고, 분노에 빠진 고경천의 몸은 더이상 기를 통제할 이성을 남겨두지 않았다. 적발이 치솟고, 얼굴은 두 번 다시 보기 힘들게 일그러졌다. 정말 남들이 부른 호칭대로 적발마귀가 되어버렸다.

"으아아아악!"

파앗.

고경천이 땅을 박차자 그의 신형이 허공을 날았다. 그는 순식간에 추일학과의 거리를 좁히며, 중한 상처에 점점 기운이 소진해 가는 추일학에게 맹렬한 살기를 쏘아 보냈다.

'죽인다!'

모든 꿈이 한순간에 무너져 버렸다. 해서 미친 듯, 소용돌이치는 광기 어린 살기는 시간이 지날수록 고경천의 전신을 뒤덮어갔다. 고경천은 묵강수를 그 어느 때보다 극성으로 끌어올렸다.

쏴아아아앙!

허공에서 떨어져 내리는 고경천의 수도에서 매서운 바람 소리가 일었다.

추일학은 붉게 물든 고경천의 두 눈을 바라보다 눈을 감았다. 그리고 죽기 직전의 유언처럼 마지막 전음을 날렸다.

[나를 죽이면, 영원히 흡정마공의 행방은 알 수 없네.]

우뚝.

정확히 고경천의 손끝이 추일학 목 바로 앞에서 멈춰 섰다. 아니, 완전히 멈추지 않았는지 고경천의 손톱이 추일학의 목에 박혀 있었다.

"거짓말이면……."

고경천의 두 눈이 이글이글 불타올랐다.

"내 스스로 목을 잘라 자네에게 바치지. 큭! 쿨럭!"

그 눈빛에도 기가 죽지 않던 추일학이 피를 토해냈다.

그리고 그 피는 그대로 고경천의 가슴을 적셨다. 진한 비린 내를 풍기며 가슴을 흘러내리는 피에 고경천은 점점 제정신으로 돌아왔다.

스윽.

추일학의 목에서 수도를 거둬들이며 고경천은 한 발 뒤로 물러났다.

"크윽!"

그러나 제정신이 돌아오자 대신 온 전신을 감싸는 고통도 함께 돌아왔다. 방금 전의 난리로 혈맥들이 미친 듯 고통을 호소해 왔다. 하나 고경천은 아랫입술을 깨물며 고통을 참아냈다. 여기서 쓰러졌다간 죽도 밥도 되지 않아 손을 들어올렸다.

파박. 파바바박.

억지로 고통을 참으며 손을 놀려 추일학의 혈도부터 점했다.

그러자 처음에는 놀란 눈으로 고경천을 바라보던 추일학의 입가에 미미하게나마 미소가 지어졌다.

고경천의 행동은 거기서 끝나지 않고, 해진 품속을 뒤져 몇 가지 병과 함을 꺼냈다. 그리고 그걸 필요에 따라 추일학의 상처에 뿌리거나 입에 넣어주었다.

“윽!”

추일학이 고통에 신음을 토해냈다.

그러나 고경천은 신경 쓰지 않고 천 조각으로 추일학의 상처까지 동여매 주었다. 그리고 또 다른 병을 꺼내 검붉은 환약을 꺼냈다.

‘어쩔 수 없지.’

고경천은 그 환약을 그대로 삼켰다. 지금까지는 기령촌에서 구입한 후 극한의 고통에도 사용하지 않았는데, 앞으로는 이것이 꼭 필요할 것 같았다.

잠시 후, 몸에 묘한 기운이 흐르며 고통이 사라지는 대신 몽롱한 기운이 머리 속을 차지했다. 양귀비꽃으로 만든 환몽환(幻夢丸)이 효력을 나타낸다는 신호였다.

그리고 추일학에게도 몇 알 먹였다.

“으음…….”

그는 묘한 신음을 토해내며 점점 편한 얼굴로 바뀌었다.

“신기한 약이군.”

“자, 다시 한 번 말해보실까? 거짓이란 말을 꺼냈으면, 진짜 행방을 알아야 하는 것 아닌가?”

“물론 알고 있네. 그리고 흡정마공의 위치는 오직 천하에 나와 삼양궁주만이 알고 있네.”

“그 말은?”

“일단 장소를 옮기세. 여기는 안전한 곳이 아니네. 그러니 일단 산 정상에 기다리고 있을 동생들과 합류하세. 그래야 오늘 일의 마지막을 장식할 수 있고, 그러면 육십 년 만에 멋들어지게 삼양궁에게 복수해 줄 수 있네. 그 후, 내 모든 걸 말해주지."

"좋아! 그럼 마지막으로 한 번만 더 속아주지."

고경천은 그 말을 끝으로 추일학을 안고 산 정상으로 몸을 날렸다. 달리는 도중 슬쩍 군웅을 바라보니 여전히 그들은 흡정마공을 얻으려 난리도 아니었다.

그런데 저기에서 벌어지는 일이 사기란 걸 알게 된 지금, 그 모든 행동들이 너무나 추잡하게 느껴졌다.

'무림이란 것이 이리도 거짓과 추잡함으로 점철된 공간이었던가?

고경천이 생각한 무림은 무와 협이 공존하는 세상에 강자가 대접받는 곳이었다.

'하지만 무림엔 강함보다 음모가 더 빛을 발한다? 이런 무림이 과연 내가 그동안 꿈꿔왔던 무림인가? 만약 이런 게 무림이라면, 난……'

쐐애애액.

고경천은 더 이상 뒷생각을 하지 않고 정신없이 산 정상으로 달렸다.

*　　　*　　　*

백여 명은 거뜬히 수용할 수 있을 것 같은 너른 대전.

눈에 띄는 장식물이라곤 바닥보다 조금 높은 단상에 놓인 태사의가 전부였다. 등받이 부분이 일반 것보다 두세 배는 높은 태사의엔, 그로 인해 더욱 왜소해 보이는 노인이 잠이 든 것처럼 눈을 감고 있었다. 한데 잠든 줄 알았던 노인의 입에서 한마디가 흘렀다.

"따분하군."

세월의 지겨움에 지친 것인지 아님 봄날의 훈훈한 바람에 나른해진 것인지 노인의 얼굴엔 권태로움만 가득했다.

일순,

사락.

대전의 공기가 잠시 흔들리는가 싶더니 노인의 앞에 차분한 신색의 중년인이 공손히 고개를 숙이고 있었다.

"무슨 일인가, 총승령(總承令)?"

"보고드릴 일이 있습니다."

총승령이라 불린 중년인은 잠시 노인의 대답을 기다렸다.

그러나 여전히 눈을 뜨지 않은 노인은 그 짧은 순간 잠에라도 빠진 듯했다.

"내 사소한 일은 총승령이 알아서 하라 했거늘. 굳이 나의 오수(午睡)를 방해할 정도로 중한 일인가?"

"궁… 도가 당했습니다."

보고하는 중년인의 한마디가 조금 힘겨워 보였다.

"……?"

처음으로 노인의 두 눈이 뜨였다. 노인은 시선을 돌려 중년인의 얼굴을 빤히 바라보았다.

"그런 사소한 일로 나를 방해했는가?"

노인의 목소리가 조금 낮아졌다.

그 한마디에 중년인의 혈색이 조금 엷게 변해갔다. 그렇지만 중요한 것은 보고를 꼭 해야 한다는 것이었다.

"그 궁도가 바로 궁주님이 명하신 물건을 가져오던 호송대입니다. 방금 전 그를 호송한 사람 말로는 옥화산을 넘다 습격을 받은 것 같다 합니다."

"호송대의 책임자가 누구였지?"

"화염신도 방웅풍. 금기당(金騎堂)의 부당주입니다. 전신이 난도질당해 목숨은 경각에 다다른 상태로 옥화산 근처의 용호문에 구함을 받았다고 합니다. 그 뒤 용호문 사람들이 그를 삼양궁으로 데려와 현재 그는 의약당(醫藥堂)에서 혼신을 기울여 치료 중에 있습니다. 해서 일단은 승령원(承令院) 소속의 감혼귀대(監魂鬼隊)를 파견하고, 자세한 사항은 그가 정신을 차리면 확인에 들어갈 것입니다."

"음……."

노인은 눈을 감으며 작은 소리를 내었다.

톡톡.

그는 앉아 있는 태사의의 손잡이를 두드리며 무언가 생각
에 잠겼다.

"총승령."

"하명하십시오, 궁주님."

"내 일부러 너무 뛰어나지도 않은 적당한 고수를 파견하란
것은 일의 은밀함을 위해서였다. 그러니 크게 소문이 나지 않
게 은밀하게 일을 처리해라."

"존명!"

명이 떨어지자 중년인은 나타날 때처럼 한줄기 미풍만 남
기고 사라졌다.

"습격이라……."

노인의 두 눈에 한줄기 의문이 떠올랐다.

'그런데 그 물건의 정체를 알고 호송대를 습격한 것인가?
그 물건의 정체는 천하에 오직 삼양궁주와 삼음교주밖에 알
수 없거늘. 일단 모르고 저질렀길 바라야겠군. 만일 알고 그
랬다면…….'

나른한 노인의 눈에서 강렬한 안광이 뿜어졌다.

하지만 곧 그 안광은 처음처럼 사그라졌다.

태미천상(太微天上) 성효명(成梟明).

현 삼양궁의 궁주임과 동시에 역대 어느 궁주보다 강한 능
력을 보이는 자. 오랜 세월 맞수로 여겨지던 삼음교를 멸망시
키고, 천궁, 화궁, 뇌궁의 연합체적인 성격이 강한 삼양궁의

진정한 통합을 이뤄냈다.

그 후 주로 이렇게 태사의에 앉아 시간을 보내지만, 만일 이십 년 전의 마경쟁탈전도 그가 직접 나섰다면 그의 아들이 죽지도 않고, 결과도 완전 다른 국면으로 치달았을지도 몰랐다.

그러나 그 당시도 움직이지 않던 그를 자극하는 일이 벌어졌다.

바로 옥화산에서 사라진 하나의 물건.

그 물건으로 인해 한 마리의 거대한 사자가 오랜 잠을 깨려 하고 있었다.

*　　　*　　　*

고경천과 추일학은 선하령 정상을 눈앞에 두고 있었다.

"자네 얼굴을 보니 아직 납득하지 않은 모습이군."

추일학은 오랜 침묵을 깨려는지 이런 말을 던졌다.

"……."

"아무래도 진실을 하나 더 이야기해 주어야 자네가 납득할 것 같군. 실상 무림인들은 흡정마공을 대하는 데 있어 가장 커다란 오류를 범하고 있네."

"……?"

흡정마공이란 이름이 나오자 어쩔 수 없이 고경천의 시선이 안고 있는 추일학에게 머물렀다.

그리고 고경천의 그런 관심이 좋은지 추일학은 미소를 지었다.

"바로 흡정마공은 눈으로 보고 익히는 것이 아닌 직접 몸으로 흡수하는 것이네. 삼음교에 비밀리 전해져 내려오기론, 모든 것이 나뉘기 이전의 태초의 혼돈지기가 담겨 있다고도 하고, 우주 삼라만상의 이치를 깨달은 한 신선이 세상을 혼란에 빠뜨릴 한 마귀를 그 안에 봉인해 놓았다고도 하네."

'흡수? 그리고 혼돈지기? 마귀? 귀만 버렸군.'

혹시나 해서 관심을 가졌던 고경천은 신경을 끊어버렸다.

하지만 추일학의 옛날이야기는 여기서 끝나지 않았다.

"확실히 이런 부분은 흡정마공을 더욱 거짓으로 만들었네. 해서 사람들은 처음에 그 물건에 관심을 두다 점차 기억에서 지워 버렸네. 너무 허황된 이야기는 오히려 흥미를 떨어뜨리지. 하지만 흡정마공은 진짜로 존재하네. 그건 그 위치를 나타낸 지도를 삼음교가 보관해 오고 있었기 때문이네."

"진짜요?"

결국 고경천은 입을 떼지 않을 수 없었다.

"자넨 선하령의 일이 그걸 되찾기 위한 나의 계략이었다면 내 말을 믿겠나? 그리고 지금쯤 그걸 되찾기 위해 둘째가 삼양궁에 잠입했을 걸세."

"당신이란 자는 정말……."

고경천은 할 말이 없었다. 선하령의 일도 작지 않은데, 추일학은 이게 또 다른 한 가지를 위한 포석이라 말하고 있었다.

"그럼 이야기를 계속 들어보게. 삼음교엔 지도와 함께 이런 말도 전해져 오네. '혼돈은 때에 따라 궁극의 균형과 초유의 파괴를 불러온다' 하니 삼음교의 제자는 절대 이것을 찾지 마라."

"궁극의 균형?"

"후후. 자네도 놀라는군. 자네도 혼돈의 반대를 질서라 보기에 그런 반응을 보이는 것이네. 하지만 질서는 혼돈이 깨지며 나왔기에 반대라 부르기는 좀 어렵다고 보네. 하나 그 역을 살펴보면, 혼돈이야말로 진정한 궁극의 질서라 할 수 있네."

"말이 안 되는군."

고경천은 그의 말에 고개를 저었다. 점점 추일학의 말은 괴상하게 변해갔다.

"그럼 예를 하나 들지. 일단 혼돈이 깨어져 땅, 물, 하늘, 불 등등이 나왔다는 것을 보면, 결국 그 안에 모든 기운들이 하나로 섞여 있었다고 볼 수 있지 않은가? 그 후, 혼돈이 깨어져 그 모든 것이 원래의 자리를 차지했다고 하지만, 실상 그로 인해 모든 것에 반대란 개념이 생겼네. 혼돈이 나타났을 때는 오직 혼돈만이 있었네. 한데 혼돈이 깨지며 그 반대가 생겼네. 그렇다면 혼돈이야말로 궁극적인 균형이 아닐까 하네.”

“훗. 궤변을 잘도 늘어놓는군.”

고경천은 피식 웃고 말았다. 말은 그럴듯하지만 이건 어디까지나 그럴듯하단 것이다.

“궤변. 그래, 궤변일 수도 있네. 하나 잘 생각해 보면, 자네도 그 속뜻을 이해할 수 있을 것이네.”

말을 하는 추일학의 얼굴엔 자신의 의견에 대한 확신이 서려 있었다.

‘하긴. 그러니 흡정마공에 ‘어떤 신공보다 오묘한 혼돈의 무학’ 그런 이름이 붙었을지도.’

고경천은 내심 솔깃해져 계속 그의 말을 받아주었다.

“그렇다면 초유의 파괴는 무엇이오?”

“그건 나도 모르겠네. 혼돈이란 자체가 부정적인 의미가 강하고, 흡정이란 의미 자체도 무엇을 흡수한다니 파괴가 아니겠나? 아니면 앞에 언급한 대로 세상을 혼란에 빠뜨릴 한 마귀가 그 안에 있을지도 모르기 때문이겠지.”

“훗.”

마지막 말엔 고경천은 그냥 웃고 말았다.

그리고 두 사람이 그 이야기를 끝으로 산 정상에 다다랐을 때,

“오라버니!”

그 둘을 발견한 홍아연이 허공을 가르며 곁에 떨어져 내렸

다. 그녀는 고경천의 품에 안긴 추일학의 모습에 곧 울음이라
도 터뜨릴 것 같은 분위기였다.

"하하. 너무 걱정하지 말거라. 아직 죽을 정도는 아니니.
그래, 일의 진척은?"

추일학은 오히려 더 크게 웃으며 슬며시 고경천의 팔에서
내려왔다.

고경천은 잠시 그들이 이야기를 나누도록 그곳에서 벗어
났다. 그리고 잠시 신경을 끊었던 공터를 바라보았다.

'어?'

그런데 지금 보니 공터에 무언가 변화가 생겼다.

산 아래엔 한 사람의 노력으로 혼란으로 치달았던 싸움이
잠시 소강상태에 빠졌다.

성철현이 한 발 앞으로 나서자 소일성과 염희강이 자연스
레 그의 좌우에 섰다.

해서 막교립은 범산호를 노려보다 슬쩍 삼양궁과는 거리
를 두고, 범산호 쪽에 가까운 곳으로 몸을 움직였다.

"먼 곳에서 왔는데, 미처 인사를 못한 것 같소. 성철현이
오."

그의 인사에도 다른 이들은 입을 열지 않았다. 이런 상황에
도 태연히 인사를 하는 모습이 나름 강한 모습으로 다가왔다.

"녹림의 범산호요."

범산호는 주먹을 내리며 고개를 살짝 끄덕였다.

"막교립."

막교립도 대도를 거둬 등에 메었다.

성철현은 둘이 대화할 의사가 있어 보이자 흡정마공이란 소리에 들기 시작한 생각을 꺼냈다.

"듣자 하니 오늘 이 자리가 흡정마공을 논하기 위한 자리가 맞소?"

"왜? 삼양궁은 한자리 주지 않아 열이라도 났소? 으하하하."

범산호는 상대의 담담한 신색이 맘에 안 들어 이죽거렸다. 그러나 그런 말에도 성철현은 표정 하나 변하지 않았다. 대신 염희강의 얼굴이 달아올랐지만 소일성이 손으로 그를 저지했다.

성철현은 잠시 범산호를 보다가 힘있게 고개를 가로저었다.

"나는 이 자리가 흡정마공을 위한 자리라면 오지도 않았소."

"뭐?"

"그게 무슨 소리지?"

놀라는 범산호와 달리 막교립은 흥분이 많이 가신 상태였다.

성철현은 그런 두 사람을 보며 품에서 한 장의 서찰을 꺼내

둘 앞에 내밀었다.

"자. 읽어보시오. 귀하의 서찰과 내가 받은 서찰이 같은 것
인지."

삼양궁에 해가 될 무리들이 선하령에서 집회를 한다 하오. 그
러니 한시 빨리 움직이도록 하시오. 그렇지 않으면……

"이건……."

막교립의 눈이 커졌다. 이건 그가 받은 서찰과 전혀 다른
내용이었다.

"젠장! 삼양궁이 어떻게 알고 왔나 했더니……."

범산호는 막교립과 달리 툴툴거릴 뿐이었다.

"나는 처음에 단정 사태께서 괴서찰을 이야기하기에 바보
같이 이거라 생각했소. 그 당시 이 안에 동생이 있단 조바심
이 내 이지를 막아버렸소. 그런데 안에 들어오니 흡정마공이
란 소리와 함께 범 형과 막 형의 모습을 볼 수 있었소. 더욱이
삼양궁만 배척되었단 생각에 한 가지밖에 떠올릴 수 없었
소."

"그 말은?"

막교립이 성철현의 말을 받았다.

"그건 흡정마공에 대한 욕심을 버리고 잠시 생각해 보면
답을 알 수 있을 것이오."

“…….”

범산호가 생각에 잠길 때, 잠시 미간을 모으던 막교립이 탄성을 터뜨렸다.

“아!”

“이제 눈이 뜨여졌소? 만약 나라면, 흡정마공이 생기면 산에 들어가 수련을 하겠소. 도대체 무얼 얻고자 이런 자리를 만들겠소?”

“빌어먹을!”

그제야 범산호도 깨우쳤는지 욕설을 퍼부었다. 그리고 정신없이 품을 뒤져 붉은 상자를 꺼냈다. 그 후, 기다리지 않고 권에 기를 불어넣어 그대로 내려쳤다.

퍼석.

상자는 쉽게 깨어지고 그 안에서 한 권의 책이 나왔다.

겉장엔 단탐경(斷貪經)이란 세 글자가 적혀 있었다.

파락. 파락.

범산호는 미친 듯 책장을 넘기다 그걸 바닥에 집어 던졌다. 그리고 그 여파로 책이 펼쳐진 채 사람들 앞에 모습을 드러냈다.

물을 일이 있는데 말씀해 주시겠습니까.

물음에 따라 아는 것이면 대답하리라.

존자 아난다님은 무엇 때문에 사문 고오타마에게 출가하여

범행을 닦습니까.

끊기 위해서이니라.

무엇을 끊습니까.

탐욕을 끊고 성냄과 어리석음을 끊는다.

다름 아닌 한 바라문과 아난다 존자가 나눈 대화를 실은 불경이었다.

그리고 그걸 한참 바라보던 막교립은 미친 듯한 대소를 터뜨렸다.

"으하. 으하하하. 흡정마공이 가짜라니… 가짜라니… 으하하하!"

그는 참을 수 없어 대소를 터뜨렸다. 그러다 살기가 이글거리는 눈으로 주변을 살폈다.

"젠장. 추일학이 도망쳤다!"

범산호의 호통도 터졌다.

"어라? 적발마귀도 사라졌다."

"그럼 추일학과 적발마귀가 짜고?"

사람들은 싸움을 멈추고 미친 듯 주변을 훑었다.

"악적이라면 산 정상으로 갔다."

언제 나타났는지 오른팔에 부목을 댄 멸악 사태가 그들이 있는 곳으로 다가왔다. 그녀는 얼마 전의 충격에서 벗어났는지 차분한 표정을 지었다. 하지만 두 눈에 이글거리는 살기는 그 어떤 때보다 더 컸다.

"비켜! 녹림도들은 추일학을 쫓는다."

범산호가 몸을 날리고,

"지옥도객은 나를 따라라."

막교립도 떠나갔다.

그리고 그들의 뒤를 따라 나머지 군웅도 미친 듯 산 정상을 향해 달려갔다.

"가자!"

단정도 비구니들을 이끌고 의혼을 빼 든 상태로 비탈을 탔다.

마지막으로 남겨진 자들은 삼양궁의 인물들로 성철현은 떠나기 전 명을 내렸다.

"희강은 이곳을 떠나 삼양궁도들을 지휘해 포위망을 선하령 전체로 넓혀라. 그리고 오늘 일의 주모자가 현무칠수라는 것을 궁에 보고하고 답변을 받는다."

"대……."

염희강은 이대로 물러날 수 없었지만, 소일성이 내젓는 고개에 이를 악물고 그대로 물러났다.

"그럼 우리도 그들을 쫓는다. 가자!"

성철현은 명을 내린 후 빠르게 산 정상을 향해 내달렸다.

그의 오른편에 소일성이 따르고, 그들의 뒤로 병풍처럼 삼양궁의 검수들이 넓게 펼쳐진 채 산을 거슬러 올라갔다.

고경천은 고함을 지르며 정상을 향해 다가오는 자들을 보며 내심 일이 어렵게 되었음을 느꼈다. 적게 잡아도 백오십은 훌쩍 넘어 보이는 군웅은 일종의 인간 파도와 같았다. 그런데 지금 그들이 온통 분노에 휩싸인 채 이곳으로 달려왔다.

"생각보다 빨리 알아차렸군."

추일학도 함성을 들었는지 그들이 올라오는 모습에 한마디를 건넸다. 그리고 그를 부축하고 있는 홍아연에게 물었다.

"일은 얼마나 진척이 되었느냐?"

"지금 넷째 오라버니와 다섯째 오라버니가 최선을 다해 일을 마무리하는 중이에요. 그리고 우리가 탈출용으로 사용할 물건은 이미 완성을 한 상태고요."

"그래? 동생들과 합류한다."

"네."

홍아연이 추일학을 부축해 그들은 더 높은 정상으로 달렸다.

"탈출용 물건이라니? 그런 게 있소?"

고경천은 산 정상에서 어떻게 도망칠까 고민하던 중이었는데, 그들의 한마디에 무언가 방법이 있다는 것을 느꼈다.

"후후후. 있지. 이 대지서생, 그렇게 허투루 일을 꾸미지 않네. 조금만 더 가면 내가 한 말의 의미를 알 수 있을 걸세."

추일학은 운신이 힘든 상황에서도 얼굴에 강한 자신감을

나타내었다.

'도대체 저 사람의 머리 속은……'

고경천은 더 물으려다가 보면 된단 생각에 조용히 그들과 어깨를 나란히 했다.

한편, 지금 고경천들이 향하는 그곳에는 두 사람의 대화로 한창 시끄러웠다.

한 사람은 흙이 쌓여 있는 구덩이 밖에서 그 안을 들여다보고, 한 사람은 그 안에서 연신 흙을 밖으로 퍼 날랐다.

"넷째 형님, 날 샙니까? 뭐 자신있다고 하더니… 아직도 그 모양입니까?"

밖에 있는 사내는 비쩍 말라 훌쩍 큰 키를 자랑하는데, 지금 한창 구덩이를 향해 열을 올리고 있었다.

그러자 안에서 영락없이 불만이 터졌다.

"이런… 우라질. 안 닥쳐? 위에서 주둥이만 놀려대는 놈이. 뭐 땅 파는 게 쉬운 줄 알아?"

"잔소리 듣기 싫으면 서두르십시오. 우리가 뭐 보물이라도 찾으려고 땅 파는 줄 압니까? 얼른 파고 튀어야지, 인간들 다 온 다음에 팠다가 그 구덩이에 매장되어 흙냄새 맡을 일 있소?"

"……"

흙냄새라는 말이 유효했는지 잠시 구덩이에서 아무런 말

이 튀어나오지 않았다. 그러다 이상한 점이 있는지 불만이 아닌 의문이 전해졌다.

"그보다 네놈의 눈이 잘못된 거 아니냐? 대충 이쯤 파고나면 물이 튀어나와야 하는데, 파면 팔수록 단단한 돌덩이만 나오니 잘못 찍은 거 아냐?"

"허 참, 제가 누구인데 실수를 합니까? 형님, 저 홍해구입니다. 현무칠수 중 물에서는 제일이란 홍해구! 하지만 그런 저라도 수맥의 뚜껑이 돌인지 흙인지 그것까지 어떻게 압니까? 그건 파는 형님이 더 잘 알지요. 그리고 분명 이곳은 산 끝 적하지(積霞池)의 물이 선하령을 둘러싼 세 개의 강으로 흘러가는 길목입니다. 괜히 핑계 대지 말고 파십시오. 그럼 굉장한 물이 튀어나와 산 아래까지 뒤덮을 겁니다."

홍해구는 사내의 말에 자신감을 토해냈다.

"좋아! 네가 물에 제일인 홍해구면, 나는 땅에 제일인 오염달이다. 그럼 물러나라! 이제부터 본격적으로 땅에 구멍을 내주지! 퉤퉤!"

그러며 오염달은 돌덩이와 씨름하는지 단단한 물건을 두드리는 소리가 들렸다.

깡깡.

그 말에 홍해구는 구덩이에서 멀어졌다. 그러다 빠르게 이곳을 다가오는 인기척에 그곳으로 시선을 돌렸다.

"어이구, 대형!"

그는 놀란 표정으로 추일학을 부축해서 날아오는 홍아연에게 다가갔다. 그리고 숨 쉴 틈도 없이 정신 사납게 질문을 던졌다.

"연아! 이게 뭔 일이냐? 대형이 왜 이 지경이야? 혹시 삼양궁의 성 노괴라도 나타난 거냐? 그리고 너는 다친 데 없느냐?"

그는 걱정이 듬뿍 담긴 말투로 홍아연의 이곳저곳을 살폈다. 원래 현무칠수의 다섯째 탈혼수귀(脫魂水鬼) 홍해구(洪海龜)와 홍아연은 의남매가 아닌 친남매라 더 각별했다.

"오라버니, 저는 멀쩡해요. 방금 전까지 오라버니와 같이 있었잖아요."

오히려 그의 그런 법석에 홍아연이 난감함을 드러냈다.

"쯧쯧. 다섯째 너는 어찌 날이 갈수록 넷째를 닮아가냐? 만일 성 노괴가 왔으면 이 정도로 끝이 났겠느냐? 이건 그저 내가 잠시 방심해서 벌어진 일이니 신경 쓰지 마라. 그리고 이 정도의 대가라도 치러야 내 마음이 편하다."

"음……."

추일학의 한소리에 홍해구가 입을 다물었다.

그리고 그들이 대화를 나누는 사이, 고경천은 홍해구란 자를 살피고 있었다. 멀대같이 큰 키에 짧게 잘라 수염 자국만 남은 얼굴. 거기다 옷이란 게 몸에 착 달라붙는 듯한 어피(魚皮)였다. 그러다 보니 눈앞의 홍해구가 사람인지 물고긴지 분간이 안 갔다.

‘정말 제대로 된 사람은 희박하군.’

고경천이 그런 생각을 할 때 추일학이 홍해구를 그에게 소개시켰다.

“그보다 인사해라.”

“이 젊은이는 누구?”

그제야 홍해구의 시선이 멀뚱히 서 있는 고경천에게 향했다. 그러나 그런 반응은 바로 이어지는 한마디에 완전 바뀌어 버렸다.

“그는… 삼음교와 깊은 관계를 맺고 있다.”

“에에!? 정말입니까?”

홍해구의 두 눈이 놀람에 커졌다.

“그래. 자세한 이야기는 이곳을 벗어난 후 하고, 일단 너희에게 알려줄 것은 그가 바로 잃어버린 현음진결의 전수자란 것이다.”

“헉! 현음진결?”

“정말이요?”

고경천을 처음 본 것이 아닌 홍아연도 홍해구처럼 놀란 눈빛을 보였다.

‘도대체 현음진결이 그들에게 뭐기에 저리도 난리인가?’

고경천이 이런 생각을 할 때, 상황은 그들이 의문을 가질 시간조차 주지 않았다.

"와아!"

"서둘러라! 저기 있다!"

"현무칠수와 적발마귀를 처단해라!"

이제 바람결에 전해지는 군웅의 함성이 바로 근처에라도 다다른 듯 또렷이 들려왔다. 그리고 선두에 선 자들이 그들을 확인하고 성난 들소들처럼 달려들었다.

해서 심각한 표정을 지은 추일학이 홍해구에게 물었다.

"계획한 일은?"

"일이요?"

그 한마디에 충격에서 벗어난 홍해구가 뒤쪽 구덩이에 시선을 주었다.

"넷째 형님도 이제 늙었나 봅니다. 천하제일의 땅파기 전문이라더니 아직도 저 모양입니다. 이젠 땅 파는 굴지서가 아니라 밭 가는 경지서(耕地鼠)입니다. 쯧쯧."

홍해구는 고개를 저으며 혀까지 찼다.

"음……."

그 한마디에 추일학은 깊은 신음을 내었다. 시간이 점점 그들에게서 달아나고 있었다. 아직 완벽하게 이곳을 벗어나려면 시간이 조금 더 필요했다. 그러나 현 상황은 더 이상 기다릴 수 없게 만들었다.

"막내야, 내 말이 끝나면 이 공자를 모시고 천류익(天流翼)을 타고 선하령을 벗어나라. 알겠느냐?"

"큰 오라버니는요?"

홍아연은 그 명에 무언가를 느낀 듯 선뜻 따르지 않았다.

"나도 금방 뒤를 따를 것이다."

"하지만… 제가 천류익을 타고 떠나면, 오라버니들은……."

"그건 네가 걱정할 일이 아니다. 그보다 어서 대답을 해라. 그의 안전은 삼음교에 있어 그 무엇보다 중요하다. 너도 모르는 것은 아니지 않느냐?"

"하나……."

"그래, 연아. 대형의 말을 따라라. 일단 대형이 하자는 대로 해라. 내가 시간을 좀 벌어보지. 그사이에 넷째 형이 일만 완성하면 우리도 무사히 탈출할 수 있다."

홍해구는 그런 홍아연을 재촉하며 한구석에 기대어놓았던 사람 키만 한 삼지창을 들어올렸다.

붕붕.

꽤 무게가 나가는지 몇 번 좌우로 흔드는 동작에 거대한 바람이 일었다. 그리고 홍해구는 대답도 기다리지 않고 가장 선두에 달려오는 무리에게 걸어갔다.

그의 행동에 홍아연은 눈을 질끈 감은 채 고개를 끄덕였다.

"아… 알겠어요."

'뭐야, 이 분위기는?'

고경천 혼자서만 적응을 할 수 없었다.

그런데 그가 적응할 수 없도록 추일학은 비장한 표정으로 입을 열었다.

"이제부터 내가 하는 말을 잘 들으시오. 이건 내가 아까 언급한 운명에 관계된 부분이오."

"……?"

"공자와 내가 운명으로 이어졌다고 하지 않았소? 사실 그건 바로 현음진결이 갖고 있는 의미 때문이오. 예로부터 현음진결은 오직 삼음교의 교주만이 익히는 독문무공. 다른 말로 하면, 곧 현음진결을 익힌 자가 삼음교의 교주가 되는 것이오. 그래서 그걸 익힌 공자가 바로… 당대 삼음교의 교주요!"

고경천은 너무 놀라 두 눈이 커졌다. 그러나 그들의 행동에 더 놀라야 했다.

"교주님께 삼음교의 제자 추일학이 인사를 올립니다. 앞으로 명하시는 일은 목숨이 다하는 순간까지 따르겠습니다."

추일학은 성치 않은 몸으로 고경천의 바로 앞에 부복 자세를 취했다.

"제자 홍아연도 교주님을 좇겠습니다."

그를 따라 예를 표하는 홍아연도 공손하기 그지없었다.

'아… 너무 기가 막혀 말도 안 나오네. 교… 교주?'

고경천은 정신이 하나도 없었다. 대단한 자부심으로 군웅을 농락하던 추일학이 너무도 쉽게 그에게 고개를 숙여왔다.

"이보시오! 당신들 지금 정신이 어떻게 되었소? 나를 언제

봤다고… 거기다 내가 익힌 무경은 이름도 없는 무경이오. 그게 당신이 말한 현음진결이라 어찌 장담하시오? 더욱이 나는 당신이 아는 것처럼 그렇게 뛰어난 자가 아니오. 이제 무림에 갓 뛰쳐나와 빌어먹을 저주까지 받은 인간이란 말이오. 그러니 이러지 마시오. 나는 누가 날 거짓 위치에 올리는 것을 제일 싫어하오.”

고경천의 마지막 말은 왠지 거칠어져 있었다.

“기억하는지 모르겠습니다. 이 대지서생 추일학, 지금까지 헛되이 무림에서 살아오지 않았습니다. 내가 보고 느낀 교주의 모든 것들. 비록 아직은 모든 것이 미숙하겠지만 어려움 속에서도 물러나지 않는 신념. 더욱이 상황을 정확히 파악하는 두 눈. 그리고 천하에서 아무도 말릴 수도 없다는 멸악 사태를 상대로 그 나이에 거의 동수를 이룬 무공 수위. 지금은 비록 동수지만, 짧은 시간 안에 반드시 그 위에 오를 것입니다.”

“그건 운이 좋았소!”

고경천은 그의 말을 매몰차게 잘라 버렸다.

“후후. 운도 실력입니다. 그리고 운이 강한 자가 절망 속에서도 한줄기 빛을 찾을 수 있습니다. 비록 현재는 일곱 명의 제자밖에 없는 교지만, 향후에는 그 어떤 문파보다도 거대하게 성장할 거라 믿습니다. 그리고 이곳에 없는 둘째, 셋째, 여섯째, 그리고 교주님과 함께할 막내라면, 분명 향후 대업에 커다란 보탬이 될 것입니다. 그러니 제자로서 교주께 처음으로 하는 부탁을 들어주실 수 있겠습니까?"

"무엇이오?"

추일학의 음성이 너무 간절하기에 고경천은 대답하지 않을 수 없었다.

"아까 치료 도중 제자에게 먹인 약… 그것을 얻을 수 있겠습니까?"

"환몽환 말이오?"

"그걸 환몽환이라 부릅니까? 죄송하지만, 그걸 조금 얻고 싶습니다. 덕분에 고통이 많이 가셨습니다."

"그건 영약이 아니오. 잠시 고통만 가셔줄 뿐, 많이 먹어서 좋을 것이 없소."

"그런 효능만으로도 충분합니다. 그러니 약을 얻을 수 있겠습니까?"

"으음……."

고경천은 신음을 흘리다 간절한 추일학의 눈빛에 품속에서 환몽환이 든 약병을 건네주었다.

"감사합니다."

공손히 약병을 받은 추일학은 뚜껑을 열더니 그걸 통째로 입에 털어 넣었다.

"다… 당신! 무슨 짓이오?"

고경천이 놀라 약병을 빼앗으려 했다.

꿀꺽.

그러나 이미 목구멍을 타고 사라진 환몽환은 추일학의 배 속으로 사라졌다. 잠시 약효가 퍼지길 기다리던 그는 창백했던 혈색이 조금 불그스름하게 돌아오자 고통도 잊었는지 자리에서 벌떡 일어났다. 그리고 몇 번 몸을 움직이고는 홍아연을 바라보았다.

"교주님을 잘 모셔라. 막내 너만 믿는다."

추일학은 그 말을 끝으로 섭선을 꺼낸 상태로 고경천에게 살짝 고개를 숙여 인사를 한 후, 홀로 군웅과 맞서 싸우는 홍해구가 있는 곳으로 향했다. 움직이자 옆구리에서 피가 다시 흘렀지만 그는 고통이 없는 사람 같았다.

"큰 오라버니……."

홍아연은 그런 그를 말리려 했지만, 선뜻 앞으로 나서지 못했다. 추일학의 두 눈에 담긴 진심이 그녀의 발길을 막았다.

'아… 미치겠군. 나보고 도대체 어쩌란 거야?

고경천은 왠지 화가 치밀어 추일학을 향해 소리쳤다.

"거기 서시오!"

하나 들리지 않는지 추일학은 묵묵히 걸음을 옮겼다.

"서시오!"

호통과 함께 고경천의 손을 통해 한 줄기 지풍이 빠져나갔다.

"윽!"

앞으로 나가려던 자세로 추일학의 몸이 뻣뻣하게 굳어졌다. 마혈이 짚일 때 아혈까지 짚여 그는 소리를 내지 못하고 입만 벙끗거렸다.

고경천은 화도 나고, 무공을 사용하느라 일그러진 얼굴로 추일학에게 다가갔다.

"당신 입을 풀어주면 또 어떤 헛소리로 나를 정신없게 만들까 싶어 막아두었으니 섭섭하게 생각 마시오."

그리고 추일학의 거대한 덩치를 멍한 눈빛만 보내는 홍아연에게 안겨주었다.

"자, 받으시오. 그리고 천류익인가, 뭔가 하는 것으로 이곳을 떠나시오."

"하지만 교주님, 대형의 뜻은 그게 아니고 일단 교주님의 안위가……."

"그만 하시오, 그 교주란 말. 나는 뭔 소린지 하나도 모르겠소. 그리고 똑똑히 알아두시오. 내가 이자를 쫓아온 것은 오직 흡정마공의 행방을 알기 위한 것이오. 그러니 이런 황당한 짓거리에 동참할 의사가 없소."

고경천은 냉랭하게 쏘아댔다.

"하오나 교주님, 이 모든 것은 하늘이 안배한 것입니다. 그리고 대형은 교주를 위해 명예로운 죽음을 선택한 것입니다. 부디 그의 마음이……."

"그만! 헛소리 그만 하고 어서 그 빌어먹을 사기꾼이나 데리고 가시오.”

졸지에 천하에 명성을 날리는 추일학이 희대의 사기꾼이 되었다.

그러나 머뭇거리는 홍아연의 발길은 떨어지지 않았다.

‘안 움직인다 이거지? 그렇다면 방법이 없는 것도 아니지.’

고경천은 홍아연을 매섭게 노려보았다.

“셋 셀 동안 가지 않으면, 교주의 명을 어긴 반도라 여기고 내 엄벌을 내리겠소.”

“하오나… 교주님……”

“당신네들은 입으로만 교주라 부를 것이오? 교주가 이런 명 하나 제대로 내리지도 못하는 자리요?”

“……”

그 한마디는 홍아연의 모든 언어 능력을 앗아갔다.

“그럼, 가시오. 나란 놈은 이렇게 죽을 운명도 아니고, 죽으라 고사 지내도 죽고 싶은 마음 눈곱만치도 없소. 더욱이 중요한 것은 그자가 무사히 벗어나야 추후에라도 흡정마공을 찾을 수 있으니 거치적거리지 말고 가시오!”

고경천의 두 눈에서는 거절할 수 없는 강한 눈빛이 뿜어졌다.

안도와 안타까움, 답답함 등이 홍아연의 두 눈에서 빠르게 스쳐 지나갔다.

“예. 그럼 교주의 명을 따르겠습니다.”

그러나 홍아연은 체념한 심정이 되어 추일학을 안고, 한쪽에 펼쳐진 낭떠러지로 다가갔다. 그곳에는 그들이 하늘로 탈출하기 위해 준비한 천류익이 대기하고 있었다.

'젠장. 언제나 돼야 마음 편히 지낼 수 있나? 하늘은… 정말 한시도 날 가만두지 않는군. 으드득.'

고경천은 하늘을 향해 이를 갈아댔다. 그러나 그로 인해 더 뜨겁게 타오르는 자신을 느꼈다.

'멀쩡히 도망칠 기회를 놓친 건 아쉽지 않지만, 저 사기꾼이 환몽환을 다 먹었다는 것은 너무 아쉽군.'

약 기운이라도 빌리면 그나마 조금 방법이 있을 텐데, 지금으로서는 그저 악과 깡으로 이를 악물고 버티는 것이 전부였다.

전방에서 군웅과 싸우는 홍해구도 슬슬 밀리는 기색이 보이는 게, 곧이라도 크게 물러날 기세였다.

'좋다. 이렇게 된 거, 너 죽고 나 살기다!'

고경천이 이렇게 결심을 내리고 막 성난 군웅을 향해 몸을 날리려 할 때였다.

퍼어엉! 쏴아아아!

"으하하하! 뚫었다, 뚫었어! 이 오염달이 뚫었단 말이다!"

구덩이에서 하늘 높이 물줄기가 뿜어지며 그곳에서 작은 체구의 그림자가 허공을 날아 떨어져 내렸다.

第九章
움직이지 마!

좌아아아악!

기세 좋게 날아가는 물줄기는 온천이라도 터진 듯했다. 그대로 전방으로 뻗어가며 순식간에 비탈을 오르는 군웅을 덮어갔다.

"크하하하. 이놈들아, 시원할 것이다."

구멍에서 튀어나온 오염달은 허리에 손을 올리고, 물줄기에 우왕좌왕하는 군웅을 보며 대소를 터뜨렸다.

경사지고, 물로 인해 바닥이 질퍽거려지자 사람들은 서로 뒤엉키며 난장판을 이루었다. 반대로 홍해구는 당파창을 이리저리 휘두르며 그런 군웅 사이를 누볐다. 물고기가 물을 만나 생명을 얻은 것처럼 그의 신형은 물의 양이 늘어날수록 더 빨라졌다.

"넷째 오라버니."

홍아연은 절벽으로 가던 걸음을 멈추고 크게 웃는 오염달을 불렀다.

그 소리에 오염달이 이쪽을 바라보았다. 그리고 그는 홍아연의 품에 안겨져 있는 추일학의 모습에 굉장히 놀란 얼굴이 되었다.

"대… 대형!"

오염달은 엎어질 것처럼 달려오더니 피에 전 추일학의 모습을 보고 금방 얼굴이 벌겋게 달아올랐다.

"어떤 놈이 감히 대형에게… 으드득. 내 산 채로 그놈을 파묻지 않으면, 오염달이 아니다!"

길길이 날뛰는 오염달은 주변을 향해 광기를 드러냈다. 그러다 고경천의 모습을 보고는 난데없이 그를 향해 달려들었다.

"뻘건 대가리, 너구나!"

'엥? 두더지?'

고경천은 그 소리에 얼굴이 굳어졌다. 잠시 물줄기에 휩쓸리는 군웅을 보느라 그가 나타난 것도 몰랐다.

"네놈이 감히 대형을 저 꼴로 만들어? 이런 씹어 먹어도 시원찮을 놈을 봤나?!"

벌겋게 달아오른 오염달의 얼굴과 달리 그의 양손은 누렇게 변해갔다. 그리고 점점 길게 자라나는 손톱이 마치 하나의 단검을 연상시켰다. 거기다 숨이 막힐 정도로 거칠게 터지는 살기와 더불어 막 기세를 고경천에게 쏟아내려 할 때였다.

'이 미친 두더지가 감히 어따 대고 살기야!'

이유가 어찌 되었든 별로 좋은 인상을 받지 못한 고경천도 금방 얼굴 표정이 바뀌었다. 그리고 그도 양손에 묵강수를 일으켜 갔다.

그러나 그들의 첫 대결은 한 사람으로 인해 무산되었다.

"오라버니, 미쳤어요?!"

"아이쿠. 귀야!"

홍아연의 고성에 살기를 일으키던 둘이 귀를 틀어막으며 고통 어린 표정을 지었다.

'고막 터지는 줄 알았다.'

고경천은 아직도 멍멍한 귀를 어루만지며 새삼스레 홍아연을 바라보았다.

"왜 이렇게 사람이 경우가 없어요. 아니, 기억력이 없는 거예요? 큰 오라버니가 늘 뭐라 했어요? 제발 경솔하지 말라고, 귀에 못이 박히도록 이야기를 했잖아요. 그런데 앞뒤 상황을 재어보지도 않고 지금 누구에게 살기를 뿜어내는 거예요? 지금 넷째 오라버니가 하는 행동이 무슨 짓인 줄 아세요? 하극상! 바로 하극상을 벌이는 거라고요!"

한번 터지자 영락없는 폭포수였다. 두 남매의 특징인지 홍해구도 그러더니 홍아연도 마찬가지였다.

"나… 나는… 그냥……."

기가 질려 버린 오염달은 말을 제대로 못하고 쩔쩔맸다. 그러다 얼굴을 찌르는 느낌에 추일학을 보니 그는 홍아연보다 더한 분노를 드러내고 있지 않은가?

그래서 오염달은 어떻게 해야 될지 몰라 우물쭈물했다.

그런데 홍아연이 오염달에게 바로 해답을 보여줬다. 그녀는 추일학을 세워놓고, 고경천 앞에 그대로 무릎을 꿇었다.

"교주님, 죄송합니다. 넷째 오라버니가 성격이 좀 불같지만, 그래도 충성심은 그 누구보다 뛰어난 사람입니다. 지금 일은 전후 사정을 몰라 저지른 일이니 부디 너그럽게 용서해 주십시오."

"교… 교주?!"

오염달의 입이 쩍하니 벌어졌다.

고경천은 무릎을 꿇은 그녀를 보고 있자니 온몸을 감싸던 기운이 스르르 빠져나가는 걸 느꼈다. 그러나 오염달로 인해 뱉어지는 말이 영 좋지 않았다.

"일어나시오. 내 아까도 말했지만, 당신들의 교주가 될 생각이 없다고 하지 않았소? 하물며 내 능력으론 도저히 이런 사람의 윗사람으로 있을 수 없소. 그러니 용서하고 자시고도 할 게 없소."

말을 끝낸 후에 고경천은 그들에게서 등을 돌렸다.

"맞습니다. 용서할 수 있는 일이 아닙니다."

'어?'

고경천은 홍아연이 바로 납득하자 하마터면 돌아설 뻔했다.

"본 교에서 하극상은 최하 사형입니다. 그것도 교의 가장 큰 어른인 교주에 대한 불경은 도저히 용서받지 못할 중죄입니다."

여기까지 말을 끝낸 홍아연은 다시금 오염달을 바라보았다. 그녀의 눈엔 안타까움도 들었지만 어떤 신념도 있었다.

"넷째 오라버니, 우리 모두 고아의 신세로 사부님에게 거둬지고, 오직 그분이 유명으로 남기신 삼음교의 부활을 위해 이날까지 살아왔어요. 모든 대업을 이루는 그날까지, 개인의 사념을 다 잊고 한마음 한뜻으로 일을 행하자 했지요. 설마 그걸 잊은 것은 아니지요?"

이 말이 나오자 오염달의 얼굴이 금방 바뀌었다. 마치 거대한 명제 앞에 모든 것이 다 사라진 모습이다.

"그래. 잊지 않고 있다. 내 어찌 사부의 그 고마운 은덕을 잊을 수 있겠느냐?"

"그렇게 말하니 소매가 말하기 편하군요. 지금 오라버니 앞에 계신 저분. 교주만이 익힐 수 있다는 현음진결과 연이 닿은 분이에요. 그리고 그게 무엇을 뜻하는지 모르진 않겠지요?"

"……!"

그 한마디에 오염달의 눈빛이 크게 흔들렸다. 그는 믿을 수 없어 추일학을 보았는데, 그의 눈빛에 서린 기운은 절대 거짓이 아니란 걸 전해주고 있었다.

"우리가 청춘을 바쳐 잃어버린 현음진결을 찾고자 한 건 바로 교주를 세우기 위함이에요. 오늘도 그 일을 위해 오랜 시간 계획해 왔는데, 하늘이 도우심인지 우린 현음진결을 찾고, 그걸 익힌 교주님도 찾았어요. 그러면 우리가 지금 어떻게 해야 될까요?"

무슨 일인지 홍아연의 마지막 말이 굉장히 떨렸다.

그리고 그 한마디는 오염달의 가슴 깊은 곳을 파고들며 흔들리던 눈빛에 어떤 결심을 내렸다. 그리고 그 결심은 곧바로 실행에 옮겨졌다.

털썩.

그는 고경천 앞에 무릎을 꿇더니 진심이 절절이 담긴 말을 꺼냈다.

"삼음교 제자 오염달이 교주님께 인사드립니다. 제가 눈이 어두워 교주님을 몰라뵈었습니다. 저란 놈은 대형의 꾸중에도 이 불같은 성격으로 끝내 큰일을 저지르고 말았습니다. 부디 저로 인해 다른 형제들을 미워하지 말아주십시오. 대단한 놈은 아니지만, 제가 자결로써 교주님의 노여움을 풀어드리겠습니다.”

‘자… 잠깐.’

고경천이 돌렸던 등을 바로 세우자 오염달은 흔들리지 않는 시선으로 그에게 절을 올렸다.

“부디 교를 저버리지 말아주십시오.”

그 말을 끝으로 손을 올려 천령개를 내려치려 했다. 어떤 머뭇거림이나 동요도 없었다. 그건 그를 바라보는 홍아연과 추일학도 다르지 않았다.

“멈춰!”

다행히도 오염달의 손은 그 한마디에 멈췄다.

“이보시오. 왜 그러시오? 나는 당신들의 교주가 아니오. 그러니 하극상도 자시고도 없소. 왜 바보처럼 이런 별것도 아닌 일로 목숨을 끊으려 하시오?”

“저희에겐 별것이 아닌 목숨을 건 일입니다. 그렇지 않다면, 오늘 일을 계획하지도 않았습니다. 비천한 삶을 살던 저희를 이끌어준 사부님의 은덕. 이 한 목숨으로 그분의 마지막 소원을 들어드릴 수 있다면, 이런 쓸데없는 놈의 목숨은 오히려 쌉니다.”

무언가 기대를 했던 오염달은 실망한 표정으로 다시 손을 올려 천령개를 내려치려고 했다.

“잠까안! 알았소. 내 아까 말이 잘못 나왔소. 용서고 자시고가 아닌 원래부터 용서하려고 했소. 그러니 이런 미친 짓

그만둡시다. 나는 누가 나를 궁지에 모는 것을 싫어하오.”

“그럼 저희의 교주가 되어주기로 한 것입니까?”

오염달의 눈에 강한 기대가 서렸다.

“그건 아니오.”

“그럼 저란 놈이 죽든 말든 상관 마십시오. 어차피 대형에게 늘 골칫덩이인 놈, 간신히 얻은 교주를 내쫓았다 하면 저로서는 대형을 볼 면목이 없습니다. 그럴 바엔 차라리 사나이답게 목숨을 끊겠습니다. 연이 닿지 않아 교주로 모시진 못했지만, 죽어서도 절대 원망하지 않겠습니다.”

오염달은 멈춰졌던 손을 다시 치켜 올리며 죽지 못해 환장한 사람처럼 굴었다.

“잠깐!”

고경천은 또 한 번 잠깐을 외쳤다. 그리고 내심 엄청난 갈등에 휩싸였다.

‘아, 뭐 이런 인간들이 있어? 이거 마치 협박하는 분위기잖아. 그리고 저 여자! 오라버니가 죽는다는데, 눈 하나 깜빡하지도 않네. 정말 이대로 그냥 송장 하나 치자는 거야?’

뾰족한 답이 나오지 않았다. 지금 한편에서는 이쪽 사람들 죽이겠다고 안달인데, 이곳에서는 도망칠 생각은 않고, 스스로 죽겠다고 난리였다. 해서 더 이상 고민을 접은 고경천은 입술을 깨물었다.

“좋소.”

"허락하는 것입니까?"

오염달의 얼굴에 화색이 돌았다.

"허락이 아니고, 일단 나도 진지하게 생각해 보겠소. 당신들이야 오랜 시간이라지만, 나는 이 이야기를 들은 지 반 시진도 되지 않았소. 그리고 나란 놈은 강요는 싫소. 그러니 일단 여기를 벗어나서 내 대답해 주겠소."

"정말입니까?"

"나는 이런 일은 절대 농담을 하지 않소."

고경천의 눈빛이 떨리는 오염달의 시선을 잡아주었다.

"감사합니다, 교주님! 이 오염달, 오늘의 이 은혜 죽을 때까지 잊지 않겠습니다. 앞으로 이놈 교주님의 손과 발입니다. 그러니 소나 말처럼 부려주십시오. 여기서 하늘에 대고 맹세하겠습니다. 으하하하."

'끙. 단순한 건지 모자란 건지 아직 확정된 것도 아닌데……'

하지만 고경천은 기뻐하는 그의 모습을 더 이상 막을 수 없었다. 그리고 왠지 그들의 그런 모습이 굉장히 믿음직스럽게 다가왔다. 더욱이 그들도 그처럼 고아라니 없던 정까지 생겨났다.

그리고 그 말이 떨어지고 나서야 무릎을 꿇었던 홍아연과 오염달이 자리에서 일어났다.

"자, 그럼 지금부터 다른 생각 말고 일단 탈출부터 생각합시다.”

말을 끝으로 고경천은 굳어 있는 추일학의 혈도를 풀어주었다.

쉭.

파박.

“혁!”

추일학은 혈이 풀리자 급한 숨을 토해냈다. 그리고 귀가 막혔던 것은 아니기에 다른 말은 꺼내지 않았다. 대신 그도 지금은 탈출이 가장 시급한 것이라 여겨 본격적으로 그것에 대해 입을 열었다.

“일단 늦춰졌던 계획이 제대로 발동되었으나, 문제는 다섯째가 저곳에 남았다는 것입니다. 원래는 물줄기로 그들이 잠시간 혼란에 빠진 틈을 타, 준비한 천류익을 타고 절벽을 통해 선하령을 떠나려 했습니다만.”

“그런데 아까부터 천류익, 천류익 하는데, 천류익이 뭐요?”

고경천은 말로만 듣고 직접 보지 않아 아직 잘 이해가 되지 않았다.

“천류익은 삼음교에 전승되어 오는 비행 도구로 대형 연입니다.”

“연? 연이라면, 누가 줄로 이끌어주는 자가 있어야 하지 않소?”

“원래대로라면 그렇지요. 하나 천류익은 새처럼 날개라는 것이 있습니다. 해서 그걸로 바람의 방향을 조절해 줄이 없이도 운용이 가능한 것입니다. 하지만 문제는 천류익은 암기에 의해 손상되기 쉽습니다. 만일 저들이 쫓아와 위에서 암기라도 뿌리면, 천류익에 금방 구멍이 날 것입니다. 해서 지금은 시간이 탈출의 가장 큰 열쇠입니다.”

추일학도 그 부분은 썩 정답이 없는지 고민하는 얼굴이었다.

그 외 둘도 고민을 하는데, 추일학보다 나아 보이지 않았다.

“음… 뭐 이해는 잘 안 가지만 일단 연을 타고 도망친다니, 그나마 저 군웅을 뚫고 빠져나가는 것보다 가능성은 있어 보이오. 그러나 시간이라니…….”

해서 고경천도 그들처럼 골머리를 싸매기 시작했다.

‘시간이라. 시간… 저들을 좀 묶어둘 수 있으면… 맘 같아서는 밧줄이라도 구해와 그들을 꽁꽁…….’

그 순간 고경천의 머리 속에 한줄기 섬광이 지나갔다.

‘그래. 꽁꽁! 아주 좋은 방법이다. 하하하.’

고경천은 시원하게 뻗어가는 물줄기를 보며 자신이 생각해 낸 생각을 하나의 계획으로 정리해 갔다. 그리고 계획이 정리되자 고경천은 생각에 잠겨 있는 그들을 불렀다.

“내게 좋은 계획이 떠올랐소.”

“……?”

생각에 잠겼던 삼 인이 고경천 쪽으로 얼굴을 돌렸다.

"내 계획은 간단하오. 어차피 저들을 못 움직이게 하면 되는 것 아니오?"

"맞습니다."

추일학이 고개를 끄덕였다. 그러나 아직 그 정도로는 이곳에서 제일 머리 좋다는 그도 알 수 없었다.

"그럼 못 움직이게 하면 되오. 우리 단순하게 갑시다. 어차피 따로 준비해서 할 수 있는 방법도 없으니 단순한 게 제일 좋지 않소? 그리고 단순할수록 실패도 적소."

"그 말은?"

"이거요."

고경천은 말과 동시에 한 손을 뻗어 작은 나무를 가리켰다.

스스스.

곧 그의 손에서 하얀 백무가 뿜어져 나오며 작은 나무를 뒤덮었다.

쩌저적.

순간적으로 응결되는 소리가 들리며 곧 나뭇잎들이 하얗게 얼어붙었다. 그리고 고경천은 그중 하나의 잎을 땄다.

뚝.

살짝 힘을 준 것뿐인데도 나뭇잎은 부러져 버렸다.

"……!"

모두는 그의 놀라운 빙한지기에 두 눈이 커졌다.

"자, 보았으니 알 것이오. 나는 빙한지기로 저들을 얼리려 하오."

"저들을 말입니까?"

모든 이들의 시선이 물줄기와 싸우는 군웅에게로 향했다.

한데 그들을 바라보던 추일학이 고개를 가로저었다.

"무리입니다. 아무리 교주의 현음빙공이 뛰어나다 해도 물줄기를 통째로 얼릴 수는 없습니다."

적은 양은 얼릴 수 있다. 하나, 혹한의 추위도 강을 얼리려면 그 가장자리부터 조금씩 얼려 나가지 않는가? 물론 그보다 현음빙기가 더 차갑다는 가정을 세워도 이것은 무리가 있었다.

"후후후. 이야기를 끝까지 들어보시오. 저들을 얼리기는 얼리되 내가 노리는 것은 그들의 육신이 아닌 마음이오."

고경천의 얼굴에 강한 자신감이 피어났다.

"마음이라면?"

"가까이 모여보시오."

왠지 이런 일을 할 때는 머리를 맞대고 소곤거리는 게 무언가 있어 보였다. 해서 그들에게 한참 떠들던 고경천은 마지막에 추가로 두 가지를 요구했다.

"일단 일의 성공을 위해서는 두 가지가 필요하오. 첫째, 내가 일을 시작하는 순간 물줄기를 막아야 하오. 둘째, 내가 일을 마치면 나를 빨리 이쪽으로 옮길 사람이 필요하오."

하나, 이런 이야기보다 이미 고경천이 들려준 내용으로 사람들은 각각 특이한 반응을 나타냈다.

추일학은 놀라는 눈치였지만, 약간 반신반의.

"푸하하하. 좋습니다. 정말 무림에 다시없을 기사겠군요."

오염달은 상상하는 것만으로도 기쁜지 대소를 터뜨렸다.

대신 홍아연은 무얼 생각했는지 눈가 주위로 붉으스름한 홍조가 떠올랐다.

"자자, 그럼 모두 이해했다 여기고, 일단 두더지… 아니, 굴지서께서 구덩이를 막아주시오. 좀 어렵겠지만, 반드시 막아야 하오."

"알겠습니다. 어차피 제가 판 구덩이, 제가 막아야지요. 걱정 마십시오. 땅에 대해서는 이놈이 자신있습니다."

오염달이 가슴을 치며 외쳤다.

그 말에 고경천은 시선을 홍아연에게 옮겼다.

"그럼 나를 옮겨주는 것은 천풍선자께서 해주시오. 경공의 최고라 했으니 최대한 짧은 시간 안에 이동할 수 있을 것이오. 그리고 그때까지는 굴지서를 도와주시오."

"맡겨주세요."

경공 이야기가 나오자 천풍선자의 눈에도 자신감이 서렸다.

"그럼 마지막으로 대지서생께서는 천류익으로 바로 출발할 수 있게 해주시오."

“알겠습니다.”

사람들은 대답과 동시에 자리에서 일어났다.

그리고 그들을 향해 고경천은 마지막 당부를 전했다.

“그럼, 모두 맡은 일에 최선을 다합시다. 나는 일단 저 근처로 가서 때를 기다리겠소. 그리고 입구가 막힌 순간 바로 일을 벌이겠소.”

그리고 각자는 자리를 떴다.

추일학은 절벽에 숨겨진 천류익을 조종하러 가고, 오염달은 구덩이 입구를 덮을 거대한 바위와 흙더미를 움직이려 경사를 타고 조금 더 위로 향했다. 천풍선자는 그런 오염달을 도우려 뒤를 따랐다.

‘그럼 나는 ‘꽁꽁’ 작전을 실행하러 가볼까?’

고경천은 그들과는 반대로 경사 아래로 향했다.

이미 주변은 뿜어지는 물줄기에 안개로 축축하고, 질퍽거리는 공간이 되었다. 더욱이 이리저리 엎어지고 굴러다니고 해 사람들 몰골이 말이 아니었다. 그런데 군웅을 가장 크게 괴롭히는 것은 물줄기가 아닌 바로 홍해구였다. 무슨 일인지 그의 몸은 물에 영향을 받지 않았다. 진흙 뻘에서도 평지처럼, 아니, 오히려 그 위를 빠르게 미끄러지며 튀어나오려는 사람들을 방해했다.

그로 인해 북두칠강이라 불리는 성철현, 막교립, 범산호도 별수없었다. 그건 멸악 사태라 불리는 단정도 마찬가지로 그들 넷이 정신을 못 차리자 나머지는 더욱 엉망이었다.

'그렇구나. 이들의 계책은 물 자체가 아니라 물로 벌어지는 효과를 노렸군. 하늘로 날아올라 공격하려면 물줄기의 힘으로 인해 밀려나고, 땅으로 이동하려니 물줄기와 진흙 뻘로 운신이 어렵고. 만일 이곳이 평지라면 몰랐을까, 경사면이라… 성공했으면 정말 확실히 시간을 벌 계책이다.'

고경천은 그들이 엉망이 되는 모습을 보며 나름대로 이렇게 결론을 내렸다.

'뭐, 이제 그것도 조만간 끝이지. 앞으로 벌어질 일은 이렇게 엉망이 된 것보다 더 골이 아플 테니.'

고경천은 얼마 전 보여주었던 악동의 미소를 다시 지었다.

그러나 한편으론 떨떠름한 기분이 들었다. 저 속에는 성월여도 있고, 단정을 비롯한 비구니 무리가 있었다. 확실히 이번 일은 그녀들에게 더한 충격이 될 것이다.

'하나! 그들이 나를 이렇게 만들었지. 그리고 내가 선행을 베푼다 해서 뇌줄 턱도 없고. 이미 엎질러진 물, 애써 주워 담을 필요는 없다.'

저들이 이미 그와 현무칠수를 동일시하는 것은 몇 마디 말로 뒤집을 수 없는 상황이었다. 더욱이 단정은 그를 보기만 해도 잡아먹으려 할 터였다. 고경천은 더 이상 망설이지 않고 적당한 장소를 물색해 단단히 자리 잡았다. 그리고 제일 먼저 그들과 섞여 있는 홍해구에게 전음을 날렸다.

[내 말 잘 들으시오.]

홍해구는 한참 사람들의 다리를 걸어 넘어뜨리기를 반복하다 고경천의 전음에 신형을 멈추었다. 그러나 곧 그들 사이를 누비며 하던 일을 계속했다.

[일단은 지금처럼 사람들이 빠져나오지 못하게 막고, 조만간 물줄기가 끊어지게 될 테니 그때는 뒤도 돌아보지 말고 절벽에 준비된 천류익으로 달리시오. 알겠소?]

[교주님, 그러나 제가 물러나면… 차라리 저를 버리고, 다른 사람들과 이곳을 벗어나십시오. 저는 물을 잘 아는 것 빼고는 다른 형제들보다 능력이 떨어집니다. 차라리 이렇게 교주님을 위해 커다란 공을 세울 수 있으면, 그것으로 제가 원하던 것을 얻을 수 있습니다.]

홍해구는 한 사람을 넘어뜨리고, 더 이상 다른 행동 없이 고경천을 바라보며 전음을 보내왔다.

‘정말 이들은 다 한결같군. 정말 이렇게까지 할 수 있다는 사실만으로도 대단하다. 그러니 더더욱 죽게 할 수는 없지.’

그래서 고경천은 더 이상 토를 달지 못하게 하는 방법을 썼다.

[교주로서 내리는 명이오.]

[…알겠습니다.]

잠시 침묵에 빠졌던 홍해구는 대답을 하고, 멈춰 섰던 일을 다시 하기 시작했다.

그리고 잠시 후,

쿠르르릉!

콰르르르!

천둥이 치는 소리와 함께 거대한 바위와 흙더미가 가로로 넓게 패인 구덩이를 향해 파도처럼 밀려왔다.

'자, 그럼 시작해 볼까?'

고경천은 그 소리에 단전에 가득 차 있는 현음빙기를 전부 끌어올리기 시작했다. 범산호를 상대할 때도, 단정을 상대할 때도 정신을 잃을 정도는 아니었는데, 지금은 그럴 계제가 아니었다. 곧 고경천의 전신 혈맥에 미친 듯한 진기의 물결이 몰아치며 그 고통은 고스란히 고경천에게 전해져 왔다. 적발이 살아 있는 것처럼 허공으로 춤을 추며 고통을 이기기 힘든 그의 얼굴은 그 어떤 흉신악귀보다 험악하게 변했다.

'크윽!'

곧이라도 정신을 놓을 듯한 엄청난 고통이 모여 온몸을 헤집었다. 그러나 혀를 깨물면서까지 고경천은 억지로 버텨냈다.

그리고 드디어 기다리던 때가 왔다.

산 전체를 덮어버릴 듯 광란의 몸부림을 보이던 물줄기가 거짓말처럼 끊어졌다.

그 순간,

"으하아압!"

고경천의 입에서 하늘을 울리는 기합성이 터지며 그의 양 손에서 경사 전체를 덮을 듯한 빙무(氷霧)가 뿜어져 나왔다.

쏴아아아아!

"어? 끝났나?"

범산호는 흙탕물에 온 전신이 엉망이 된 상태로 갑자기 사라진 물줄기에 허탈한 음성을 토해냈다.

나머지 사람들도 그처럼 이제야 정신이 드는지 어리둥절한 시선으로 주변을 살폈다. 모두 하나하나가 개방의 거지들이 형님 할 정도로 몰골이 형편없었다.

"사부님!"

정해가 비틀거리는 와중에도 단정을 부축했다. 단정은 지금 한쪽 팔까지 정상이 아니라 균형을 잡는 데 더 애로 사항이 있었다. 그래서 남들보다 더 많이 바닥을 굴러야 했다.

"으드득. 현무칠수. 아니, 탈혼수귀 홍해구!"

단정의 두 눈이 등을 보이고 도망치는 홍해구를 잡아먹을 듯 노려보았다.

그리고 다른 자들도 지금까지 그들을 괴롭혀 댄 홍해구의 그 모습에 광란의 살기를 보였다.

물에서는 당할 자가 없다는 그 말처럼 강이 아닌 이런 물줄기 속에서도 그의 능력은 소문 이상이었다. 더욱이 지형적인 면까지 작용하니 당하지 않아도 될 낭패를 너무나 톡톡히 당했다.

"쫓아라!"

누구의 입에서 터졌는지 몰랐다.

"죽여라!"

"갈기갈기 갈라 버려!"

두 눈이 벌겋게 달아오른 군웅이 성난 파도처럼 경사를 뒤덮었다.

제일 먼저 북두칠강의 삼 인이 땅을 박차고 앞으로 쏘아져 나가기 시작했다. 마치 사전에 약속이라도 한 것처럼 성철현, 막교립, 범산호가 어깨를 나란히 하고 도망치는 홍해구를 쫓았다.

그러나 그것도 잠시, 하나의 커다란 벽에 부딪쳤다.

"으하아압!"

커다란 호통성과 함께 경사 전체를 뒤덮을 듯한 얼음 안개가 밀물처럼 몰아닥쳤다.

쩌저저적.

얼음 안개는 대지를 휩싸자마자 닿는 모든 것을 얼려 버렸다. 땅이면 땅, 뻘이면 뻘, 나무면 나무까지 닿는 모든 것들은 일순 하얀 얼음 안개에 휩싸이며 딱딱해졌다.

그리고 그 얼음 안개는 선두에 달리는 세 사람을 제일 먼저 뒤덮었다.

"……!"

셋은 몰아쳐 오는 한기에 본능적으로 자리에 멈춰 섰다.

쩌저정.

닿은 모든 부위를 딱딱하게 만들었다. 신발, 의복, 심지어 모발까지 건들기만 하면 얼음 가루처럼 산산이 부서질 듯했다.

"……?"

그러나 얼음 안개가 그들을 지나쳐 뒤쪽으로 흘렀을 때, 삼인은 의아한 시선을 보였다. 분명 놀라운 빙한무였지만, 그들의 육체에 이상을 만들 정도로 강한 것이 아니었다. 겉은 추위에 꽁꽁 얼었지만, 내부는 내공으로 인해 한독에 별 영향을 받지 않았다.

그래서 제일 먼저 정신을 차린 성철현이 막 걸음을 떼려는데,

푸스스스.

거짓말처럼 그의 의복이 허벅지부터 가루가 되어 산산이 바닥으로 흘렀다. 그리고 놀란 얼굴이 된 성철현의 입에서 고함성이 터져 나왔다.

"움직이지 마!"

그 한마디는 일종의 주박이 되었다.

특히 성철현을 따르는 자들은 그 자세 그대로 굳어버렸다. 특히 여자들은 가슴 깊은 곳에서 보내는 또 다른 본능이 움직임을 막아버렸다.

"꺄아악!"

한 비구니가 얼굴을 닦으려다 옷이 부서져 허연 팔뚝이 드러나는 것을 보며 놀라 비명을 질렀다.

그건 하늘 아래 무서운 것이 없다던 멸악 사태 단정도 마찬가지였다.

대신 꼭 당해보고 나서 비명을 터뜨리는 자들도 있었다.

"으악! 내 옷!"

"이런, 아랫도리가……."

"끄아악!"

얼마 전까지 살기를 쏟아내던 두 손이 상대가 아닌 하체의 어느 곳으로 향했다. 모두들 서지도 구부리지도 못한 엉거주춤한 자세로 울상을 지었다. 약하다 해도 최소 작은 중소문파의 당주급 인물들은 되는데, 오늘 이 사태는 그들이 무림을 횡행하며 다시는 얻을 수 없는 최대의 망신이었다.

"그래. 성공이다. 성공이야. 으하하하!"

고경천은 그들의 비명 소리에 가슴 가득 차오르는 성취감을 맛보았다.

일당백의 신화!

그가 떨친 일수에 백여 명이 넘는 군웅이 전투 불능에 빠졌다. 더욱이 이곳에 북두칠강의 삼 인과 무림이십팔수의 일인이 있다는 것을 감안하면 쉽게 믿을 수 없는 결과였다. 그런데 미소 짓던 고경천의 무릎이 휘청거렸다.

비틀. 비틀.

사시나무처럼 몸을 떨어대던 고경천이 두 눈을 크게 뜨더니 입에서 선혈을 뿜어냈다.

"푸하아악."

그의 신형이 천천히 뒤로 넘어갔다. 손가락 하나 까딱거릴 수 없을 정도의 허탈감. 더욱이 그 모든 것을 날려 버릴 것 같은 지독한 고통. 만약 조금씩 정신이 혼미해지지 않았으면, 개미지옥을 기어다니는 다시 경험하기 싫은 고통에 빠졌을 것이다.

"교주님!"

휘리리릭.

홍아연의 놀라는 소리가 터지며 그녀의 옷자락이 허공을 갈랐다.

풀썩.

가까스로 고경천은 그녀의 부드러운 품속에 안겨들었다.

"교주님! 교주님!"

홍아연은 고경천의 입가에 묻은 선혈을 소매로 닦아주며 놀란 음성으로 그를 불렀다.

고경천은 그녀의 부름에 힘겹게 눈꺼풀을 떨어댔다. 그리고 점점 흐릿해지는 의식 속에서도 다시 미소를 찾으며 간신히 한마디를 꺼냈다.

"뒤는… 맡기겠소."

"예에!"

홍아연의 대답하는 목소리가 조금씩 떨렸다. 그리고 재빨리 고경천을 안아 든 후, 떠나기 전 군웅을 바라보았다.

지금 몇몇 자의 몸에서는 뜨거운 김이 모락모락 피어오르고 있었다. 내공으로 얼린 옷을 녹이려는 것이 확실해 보였다.

타앗.

그녀는 고경천을 안은 자세 그대로 허공을 날았다. 그리고 목 빠지게 둘을 기다리는 추일학을 향해 그녀가 낼 수 있는 최대의 속도로 달렸다. 천풍무영(天風無影)이라는 그림자를 남기지 않는 초절한 신법이 극성으로 펼쳐지자 그녀는 한줄기의 바람이 되었다.

"넷째 오라버니, 가요."

그녀는 절벽 끝에 다다르기 전, 쪼그리고 앉아 무엇에 열중한 오염달에게 한마디를 남겼다.

그러나 오염달은 듣지 못했는지 그녀에게 시선을 주지 않았다.

홍아연은 대답을 기다리지 않고, 그 아래 낭떠러지만 있을 절벽으로 몸을 날렸다. 그러나 절벽 바로 아래에는 한 마리 대붕(大鵬)을 연상시키는 대형 연이 기다리고 있었다.

꼬리 부분이 물고기의 그것을 닮고, 날개 부분은 양쪽에서 사람의 손에 의해 조종되는 것 같았다. 중간에 사람이 탈 만한 공간이 자리 잡고, 추일학이 꼬리 부분에서 배의 타와 같은 손잡이를 잡고 있었다.

홍아연은 한 사람을 안고서도 그 위에 전혀 흔들림이 없게 떨어져 내린 후 조심스레 고경천을 내려놓았다.

"교주님이 왜 이렇게 되었느냐?"

추일학은 혈색이 좋지 않은 고경천의 모습에 놀라 물었다.

"저도 몰라요. 그보다 빨리 출발해요. 몇몇 자가 내공으로 한기를 제거하고 있어요."

"그래. 그보다 넷째는 뭐 하느냐?"

"모르겠어요. 뛰어내리기 전 말을 전했는데……."

홍아연과 추일학의 시선이 절벽 위쪽을 향했다.

그 순간 오염달은 히죽거리며 바닥에 손톱만 한 돌멩이를 잔뜩 모아놓고 있었다. 또 부족하다 싶어 조금 커다란 돌멩이는 일일이 손가락으로 부숴놓았다.

'흐흐. 어찌 이대로 갈 수 있단 말인가? 이 좋은 기사를 그냥 튀는 데만 이용하면 무림동도들이 섭해하지. 암, 아마 아쉬워 바닥을 떼굴떼굴 구를 것이야.'

오염달은 고개까지 크게 주억거리며 손길을 분주히 놀렸다.

"넷째야!"

아래에서 추일학이 그를 재촉하는 목소리가 들려왔다.

"알았수. 갑니다, 가!"

오염달은 대답을 하며 바닥에 쌓인 돌조각을 보며 조금 아쉬운 표정을 지었다. 아직은 그가 보기에 돌조각이 많이 모자란 것 같았다.

'썩을. 뭐 그리 급하다고… 이거 대형의 성화에 느긋이 감상도 못하겠네.'

입맛을 다시던 오염달이 양 발을 벌리고, 손바닥을 가슴 앞에 모았다. 남들보다 유달리 커다란 손에서 강렬한 기운이 모여들었다. 그리고 양손에 모았던 기로 바닥에 있던 돌조각을 향해 강한 손바람을 일으켰다.

미리 잘라놓은 돌조각들이라 곧 허공으로 떠올랐다.

그리고 그것도 모자란지 오염달은 떠오르는 돌조각을 향해 더 거센 바람을 쏘아 보냈다.

쏴아아아!

그러자 힘을 얻은 돌조각들이 하나의 강풍에 섞여 경사에서 꼼짝 못하는 군웅에게 비처럼 쏟아져 내렸다.

'감히 현무칠수에게 덤빈 벌이다.'

오염달의 입가에 흉흉한 미소가 지어졌다.

"넷째야, 뭐 하느냐? 어서 서둘러라!"

아래에서 화가 난 듯한 추일학의 목소리가 터졌다.

"대형, 갑니다. 가!"

궁시렁거리며 군웅 쪽을 아쉽게 바라보던 그의 작은 덩치가 허공을 날아 천류익에 떨어졌다.

툭.

오염달이 몸을 신자마자 추일학이 섭선을 이용해 절벽 끝의 바위에 연결시켰던 줄을 끊었다.

그러자 곧 거대한 천류익이 아래로 떨어지며, 양쪽 날개를 조종하는 홍씨 남매의 손길에 의해 절벽 사이를 흐르는 기류를 잡아탈 수 있었다. 천류익이 가라앉다 다시 허공으로 떠오르자 추일학은 그런 천류익의 꼬리 날개를 조종해 방향을 틀었다.

한데, 그들이 막 절벽과 삼 장여 정도 떨어졌을 때인가?

"끄아아악!"

"으허억!"

"꺄아아악!"

처절한 단말마의 비명들이 산 정상에 울려 퍼졌다. 그리고 그 뒤에 그 처절함에 몸서리쳐질 듯한 단정의 노성이 산맥을 따라 멀리멀리 퍼졌다.

"이노옴들! 내 지옥 끝까지 쫓아가서라도 반드시 숨통을 끊어버리겠다."

그러자 그 메아리에 모두의 시선이 재빠르게 오염달의 얼굴로 향했다.

"어? 왜들 그러시오?"

"넷째, 너 혹시……! 무슨 엉뚱한 짓이라도 저지른 거 아니냐?"

추일학의 두 눈이 뚫어질 듯 오염달의 얼굴을 훑었다.

그러나 오염달의 까무잡잡한 얼굴에는 조금도 변화가 없었다. 거기다 양손을 올리는 시늉을 하며 모르겠다는 표정을 지었다.

"일은 무슨 일이요? 그냥 날이 좀 궂어서 바람이 불고, 거기에 돌조각이 섞였다 뿐, 아무 일도 없었습니다."

시치미를 뚝 떼는 말과 행동이지만, 그 안에 담긴 여러 가지 정황은 대충 상상이 갔다.

"으음……."

추일학은 가슴 가득 무거운 추가 들어차는 기분이 들었다. 해서 자신도 모르게 내심 긴 탄식을 토해냈다.

'휴우… 이젠 아예 뒤돌아볼 여지도 없구나.'

가짜 흡정마공 사건, 어느 정도 명망있는 무림인들을 나체로 만든 일. 이것 두 가지면 어떤 변명도 통하지 않을 것이다. 이번 사건으로 당분간 강북, 강남무림과 관동무림인들에게 제거 대상 일호가 될지도 몰랐다.

그러나 오염달은 그런 추일학의 속마음도 모르는지, 누워 있는 고경천의 상태를 살핀다 야단법석이나 피워댔다.

"아이쿠. 교주님, 왜 이 지경이 되셨습니까?"

이렇게 선하령을 떠들썩하게 만든 사건은 그들이 떠나며 일단락되었다. 거기다 선하령의 길목을 포위하며 탈출로를 막으려던 삼양궁의 노력도 하늘로 날아가는 그들을 어쩌지 못했다. 결국 그들은 천류익에 의지해 선하령을 여유로이 벗어나며 나머지 현무칠수를 만나기로 한 강서의 상요(上饒)로 향했다.

　그리고 그들이 떠나고 어느 정도 시간이 흐르자, 선하령을 뒤덮던 비명도 사라졌다. 대신 귀를 자극하는 강한 뼈마디 음이 흘렀다.
　우두두둑.
　꽉 쥐어지는 주먹에서 굵은 힘줄이 튀어나왔다. 그리고 그것으로도 모자라 분노에 온몸을 사시나무 떨 듯 떨어댔다.
　"감히……."
　성철현은 이렇게까지 감정의 표현을 보이지 않았는데, 지금만큼은 도저히 참을 수 없었다. 여기저기 구멍이 뚫린 의복, 가까스로 나체가 되는 것은 면했지만 참담한 결과였다.
　어떤 자는 무림인답지 않게 울상을 짓는 사람도 있었고 어떤 자들은 비탈을 달리며 그대로 나무숲 사이로 몸을 날렸다. 남성들은 모두 사타구니로 손을 내리고, 적은 숫자지만 양손으로 가슴과 아래를 가리고 있는 비구니들도 있었다. 사람들은 모두들 이런 기사에도 상대를 바라보지도 못하고, 허탈함에 빠져 도망치는 데 급급해야 했다.
　"돌아간다!"
　막교립의 싸늘한 일갈이 터지자 지옥도객들이 그 뒤를 따랐다. 그들도 제대로 성한 모습을 보이는 자가 거의 없었다.

"막 형! 이제 우리끼리의 일을 풀어야 할 것 같소."

성철현의 한마디가 막교립의 등에 꽂혔다.

그러나 막교립은 뒤돌아보지도 않고 한마디를 남겼다.

"우리 사이에 일이 있었나? 뭐, 그놈들에게 더 놀아나고 싶으면 이 꼴로 여기서 자웅을 겨루는 것도 좋지."

"나도 그럴 생각은 없소. 하나, 오늘 멋대로 삼양궁의 구역에 와 음모라 하나 이번 일에 동참한 일, 반드시 그 대가를 받아낼 것이오. 부디 무사히 장강을 건너길 바라겠소."

성철현의 말투는 점잖았으나 그 속에 담긴 의미는 그렇지 않았다.

"마음대로."

막교립은 입꼬리를 말아 올리다 그대로 수하들을 이끌고 떠났다.

그러나 그 둘과 달리 범산호는 상체를 다 드러낸 자세로 이리저리 눈을 돌리며 사람들 구경하기에 바빴다.

"으하하하. 이거 가관이군, 가관이야. 특히 비구니의 알몸이라 미치겠군."

"닥쳐라!"

단정이 그 이죽거림에 호통을 쳤지만, 그녀는 차오르는 심화를 다스리지 못해 지금 상태가 말이 아니었다. 더욱이 성월여를 보호하려다가 그녀가 더 낭패를 당했다.

“훗. 당신이나 닥치슈. 이것으로 청룡칠수가 현무칠수보다
한 수 아래라는 것이 확실히 드러나지 않았소?”

“이… 이… 쿨럭!”

단정은 다시 한 번 피를 쏟으며 비틀거렸다.

“사부님.”

비구니들이 놀라 그녀를 부축했다.

“후후후. 꼴에 자존심은…….”

“범 형도 무사히 돌아가고 싶으면 한시라도 빨리 걸음을
재촉하는 게 좋을 것이오.”

범산호의 말은 싸늘한 성철현의 말에 끊어졌다.

그리고 그 순간, 둘의 시선이 허공에서 강렬하게 얽혔다.
성철현의 태양을 담은 뜨거운 눈과 범산호의 거친 야수의 눈
빛. 둘은 그렇게 눈싸움을 벌이다 범산호가 먼저 물러났다.

“가자, 애들아!”

범산호도 수하들을 이끌고 그렇게 선하령을 벗어났다.

성철현은 하나둘 떠나가는 그들을 보며 두 사람을 불렀다.

“희강, 일성.”

“예.”

동시에 대답하는 그들도 몰골이 엉망이었다.

“지금 즉시 명을 내려 최대한 빨리 옷가지를 구해오도록
해라. 일단 단정 사태 일행을 최우선으로 하고, 나머지 자들
에게도 옷을 나눠 주어라. 그리고 현무칠수 일은 둘째 치더라

도 오늘 이 자리에 참석한 인간들에게 그 죗값을 받아낸다."

마지막 말을 내뱉는 성철현의 두 눈에선 태양보다 더한 화염이 이글거렸다.

"예!"

소일성이 단정 일행을 추스르고, 염희강이 삼양검대를 이끌고 군웅을 제압해 갔다.

성철현은 그들이 사라지자 붉게 물들어가는 하늘에 시선을 주었다. 꼭 누군가의 붉은 장발을 닮은 그런 하늘. 그 붉은 색이 그의 눈에 한가득 차올랐다.

'고경천… 내 그 이름을 절대 잊지 않지.'

그는 볼 수 있었다. 빙무가 걷어지며 홀로 그들을 향해 양팔을 벌리고 있던 고경천의 모습. 그 모습이 지금도 눈에 새기듯 그려져 갔다.

그리고 그처럼 고경천의 모습을 그리는 여인이 있었다. 그런데 그녀는 그 와중에 눈물을 하염없이 흘렸다. 그녀에겐 악마보다 더한 자. 지금까지 태어나서 남들에게 이런 대접을 받지 않았건만, 요 며칠간은 그녀에게 악몽을 선사해 주었다.

'나쁜 자식… 감히 나를 두 번이나 욕보이다니, 내 손으로 반드시 죽여 버리겠다.'

양손으로 가슴을 가린 성월여는 이를 악물며 오뉴월에도 눈을 내리게 하는 여인의 한을 그렇게 키워 나갔다.

第十章

　　강서성의 상요는 절강성과 강서성의 분수령인 선하령을 지나 남창으로 향하는 길목에 있다. 그러나 아직은 강서성의 중심보다는 외부에 많이 치우쳐져 그렇게 사람들이 모이는 곳은 아니었다.

　　하지만 요 며칠 상요에는 허리에 무기를 찬 무인들이 많이 돌아다녔다.

　　'벼락 맞을 놈들! 뭐 주워 먹을 게 있다고……'

　　얼굴에 사마귀가 덕지덕지 붙은 한 촌부는 그런 무인들을 보며 눈가를 일그러뜨렸다. 그리고 그의 눈에는 순간적으로 나마 살기가 일었다 사라졌다. 그러나 그 살기도 곧 한 가지로 인해 더 이상 일어나지 않았다.

"네놈 성질대로 경거망동을 일으킨다면, 네놈은 오늘부로 나의 동생이 아니다. 그리고 교주에게 위해를 가한 자로 간주해 교에서 파문시키겠다."

촌부로 변장한 오염달은 커다란 손을 쥐었다 스르르 풀었다. 그에게 단단히 경고하던 추일학의 얼굴이 떠올랐다.

그것도 그렇지만, 그는 지금 단단히 조심을 해야 했다.

원래 선하령 음모의 목적이 집회를 통해 삼양궁에게 올가미를 씌우고자 함이었다. 한데 이 일은 성공 반, 실패 반이 되었다. 올가미를 씌우는 일은 실패했고, 대신 삼양궁, 녹림, 마염성의 관계는 의도대로 어렵게 만들었다. 알려지기론 녹림은 각 산채의 도움을 받아 비교적 쉽게 돌아갔지만, 마염성의 무리는 삼양궁에게 톡톡히 그 값을 받았다 했다. 무사히 장강을 건넜는지 아닌지까지는 모르지만, 일단 이걸로 마염성과 삼양궁은 과거지사까지 얽혀 다시는 돌아갈 수 없는 강을 건너게 되었다.

그리고 이 와중에 골치 아픈 일이 그들에게 떨어졌다.

선하령을 떠난 자들의 입을 통해 현무칠수가 진짜 흡정마공을 갖고 있단 소문이 퍼졌다. 그 외의 선하령에서 벌어진 일들에 대해서는 거짓말처럼 쏙 빠져 버렸다.

그래서 오염달이 이렇게 변장까지 하고 물건을 사러 나온 것이었다.

'참자, 참아. 다 교주님을 위한 것이다.'

이미 목적한 바는 이루었다. 마을 곳곳에 현무칠수만이 알 수 있는 암호를 남겼고, 시키는 약재도 다 구비해 이제 돌아가는 것만이 남았다. 그렇게 오염달은 최대한 시선을 받지 않게 하며 저잣거리를 지나쳤다. 별로 눈에 띌 행색도 아닌지라 그는 아무 일 없이 마을을 벗어나 외곽 지역에 다다랐다. 그렇게 그는 동구 밖을 벗어나려다 한 담벼락에서 서성이는 무인들로 인해 걸음을 멈추었다.

그들은 아이들의 장난 같은 둥그런 원에 기다란 선이 그려진 낙서를 보며 저희끼리 이야기를 나누었다.

'저놈들이……'

오염달의 두 눈이 크게 뜨였다.

그걸 바라보는 자들은 백의에 삼양궁의 표식을 가슴에 달고 있었다. 가슴에 그려진 평범한 태양 하나, 그들은 삼양궁 내에서도 고수들인 천양의 문양을 갖고 있는 자들이었다.

'설마! 암호를 눈치 챈 것인가?'

그렇게 오염달이 쉬이 떠나지 않고 서성이고 있을 때, 그들 중에서 고개를 돌리던 한 무인과 눈이 마주쳤다.

'젠장!'

오염달은 빠르게 고개를 떨구었다. 하지만 불행히도 그들

중 한 사람이 그에게 다가오고 있었다. 그냥 갔으면 되는 것을 오히려 잠깐 동안의 망설임이 이런 결과를 초래했다.

"이보시오."

"뭐요?"

오염달은 아직 결정을 내리지 못한지라 그 본래 타고난 거친 말투가 은연중 튀어나갔다.

'아차!'

때늦은 후회를 했지만, 이미 상대의 시선이 몸에 달라붙는 느낌이 들었다.

"고개를 들어보시오."

말을 건넨 자의 목소리가 낮게 깔렸다.

'이런 썩을. 이런 애송이 때문에 내가 왜!'

오염달은 속에서 끓어오르는 천불에 금시라도 몸이 탈 것 같았다. 그러나 추일학이 던진 절교와 파문이란 말이 아교처럼 들러붙어 아무런 행동도 취할 수 없었다.

"이 사람 수상하군."

막 상대가 오염달에게 한 걸음 내밀 때였다.

숙였던 오염달이 갑자기 고개를 발딱 세웠다.

"뭐가 수상하오?"

그리고 그 특유의 걸걸한 음성으로 상대에게 쏘아붙였다.

"음."

그러나 상대는 화를 내기보다 이상한 신음을 터뜨렸다.

"도대체 왜 멀쩡한 사람보고 수상하다고 하는 것이오? 내가 보기엔 당신들이 더 수상한데."

오염달의 두 눈이 이 순간 가운데 몰려 있었다. 특별히 초점도 맞지 않은 두 눈이 상대의 얼굴이 아니라 허공을 보며 화를 냈다.

그리고 그 모습에 그를 붙잡은 무인이 가볍게 고개를 내저었다.

"아니오. 내가 사람을 잘못 봤소."

"뭐요? 갑자기 길 가는 사람 불러 세우더니, 당신 눈이 잘못된 거 아니오?"

오염달은 상대가 물러나는 듯하자 오히려 기가 살아서 툴툴거렸다. 한데 그 모습도 물러가는 쪽이 아닌 엉뚱한 곳을 향한 화풀이었다.

결국 삼양궁의 무인은 그대로 발길을 옮기며 동료들에게 손을 흔들어 아니란 뜻을 전했다. 상대가 사시인 이상, 사실 그쪽을 보고 있다 해도 그쪽을 보지 않는 것이 아닌가?

"키 큰 놈은 다 싱겁다고 하더니……."

좀 더 투덜거리던 오염달은 그들에게서 발길을 돌리더니 성큼성큼 원래 방향으로 향했다. 그런데 그렇게 얼마를 가던 그가 주먹을 얼굴 앞에 쥐더니 부르르 떨었다.

'크으! 그래, 나도 성질 좀 죽이면 이 정도는 할 수 있단 말이다. 이 제갈량도 울고 갈 절묘한 계책. 더욱이 순간적으로 이 정도를 해내다니, 역시 나는 머리가 좋았어. 으하하하!

오염달은 내심 미친 듯 대소를 터뜨렸다.

"이걸 대형이 봤어야 하는데… 캬!"

아쉬움에 탄성을 떠뜨리던 오염달의 입이 헤벌쭉해졌다. 그러다 보니 아이처럼 부풀어 오른 기분으로 발걸음이 저절로 경쾌해졌다. 그렇게 오염달은 논과 밭을 깡총거리며 지나쳐 상요에서 조금 떨어진 십여 호나 모였을 법한 작은 촌락에 들어섰다. 그리고 그는 그중 세 번째 집으로 향했다.

그가 향하는 작은 가옥 싸리문 안에서는 머리에 수건을 두른 평범해 보이는 아낙네가 서성이고 있었다.

"어이, 이봐. 구해왔어."

오염달은 마냥 기분이 좋아 여인을 향해 약봉지를 흔들었다.

여인은 생각보다 늑장 부린 그에게 다가가 뭐라 한마디를 쏘아붙이려다 눈을 빛냈다. 저 멀리 한 나무 뒤로 사라지는 그림자. 금방 사라졌지만 오염달의 뒤를 쫓아온 자일지도 몰랐다. 해서 여인은 빠르게 오염달에게 달라붙으며 작게 속삭였다.

"오라버니, 꽤나 큰일을 했군요."

"어? 네가 그걸 어찌 알았느냐?"

오염달은 여인의 그 한마디에 얼굴 표정이 더 환하게 밝아졌다. 그가 참으며 삼양궁을 따돌린 일, 그걸 보지 않고도 알다니.

그러나.

“쉿!”

여인이 재빠르게 오염달의 입에 가는 손가락을 대었다.

“명색이 현무칠수의 일인이란 자가 꼬리나 달고, 여하튼 자세한 이야기는 안에 가서 하지요.”

“……?!”

오염달의 두 눈이 크게 뜨였다. 그러나 꽉 잡힌 어깨와 눌린 입으로 고개조차 돌리지 못했다.

“어디서 술 한잔하다 늦은 것이지요? 내가 그렇게 다른 데로 새지 말라 했거늘.”

말을 하던 여인이 갑자기 오염달의 귀를 틀어쥐었다.

“아얏! 아파. 잠깐 귀 좀.”

“따라와요!”

빽 하니 소리친 여인은 오염달의 귀를 잡아끈 채 그렇게 문을 열고 안으로 사라졌다.

그리고 잠시 후.

둘이 사라진 자리를 바라보며 나무 뒤에서 오염달과 이야기를 나눴던 그 삼양궁 무인이 가옥 주변에 나타났다.

“혹시나 해서 따라왔는데, 역시나인가?”

그렇게 그가 고개를 갸웃거릴 때,

“아얏! 여보, 내가 잘못했어.”

"닥쳐요! 내가 모를 줄 알아요? 또 그년을 찾아갔죠? 아니면 왜 이렇게 늦은 거예요. 한낮에 나간 자가 해가 떨어질 때쯤 들어왔다면, 이유가 뻔한 거 아니에요?"

"아니래두 그러네. 자, 나한테 술 냄새가 나? 맡아봐?"

안에서 곧 남녀가 싸우는 소리가 들렸다.

"내가 조금 과민했군. 천하의 오염달이 주먹보다 머리를 먼저 쓸 위인이 아니지. 거기다 사시 짓이라니… 훗."

그는 작게 웃으며 빠르게 몸을 날려 자리를 떴다.

그리고 그가 떠나가고 얼마 후, 거짓말처럼 집 안에서 울려대던 두 사람의 다툼 소리도 그쳤다.

"갔군."

"예."

오염달과 여인은 문에 매달린 채로 입으로만 싸우다 자세를 잡았다. 그가 사라지는 그림자를 바라보며 몸을 세웠다.

그런데 갑자기 오염달의 두 눈초리가 높이 올라갔다.

"막내 너! 평상시 나에게 무슨 불만 있느냐? 감히 오라비 귀를 버르장머리없이 그렇게 잡아당겨?"

"흥. 누가 꼬리를 달고 오래요? 도대체 명색이 현무칠수의 일인이란 작자가 등 뒤에 누가 따라붙는지도 모르고."

오염달과 다투는 여인은 홍아연으로 그녀도 그처럼 변장을 한 상태였다. 본래의 면사를 벗어버리고 얼굴도 평범하게 바꾸었다.

“모… 모르긴 뭘 모른다 그래? 다 생각이 있어서 그랬지.”

“생각? 무슨 생각이요? 지금 상황이 어떤데요. 대형의 상처도 중하지, 교주님은 아직 정신도 차리지 못하셨고, 다섯째 오라버니도 선하령의 일로 내상을 입은 상태잖아요. 지금 사태가 이런데, 도대체 꼬리를 달고 와서 할 생각이 뭐가 있어요?”

“홍아연!”

오염달의 얼굴이 붉게 달아올랐다. 실상 그 자신도 멍청하게 이런 실수를 한 게 화가 나고 답답했는데, 홍아연의 말 한마디 한마디는 그의 가슴 깊은 곳을 후벼 팠다. 아이처럼 마음이 들떠 이런 실수나 하고.

“그만! 그만 해라. 너희 때문에 교주님이 편히 쉬지 못하면, 그것도 불경이다. 알았느냐?”

한편에서 지금까지 둘이 하는 양을 보던 추일학이 입을 뗐다. 그도 백발에 주름이 많은 노인의 모습을 하고 있었다.

“네.”

“예.”

곧 두 사람은 그 한마디에 입을 다물었지만, 상대를 바라보지도 않고 고개를 돌렸다.

“휴우……..”

추일학은 그들을 보며 한숨을 쉬었다. 정말 이렇게까지 커다란 후유증이 남을 줄 몰랐다.

그들은 선하령의 일을 위해 꽤 오래 준비를 해왔고, 우연한 기회에 무림에 이름 높은 한 점쟁이를 만나서 듣기 힘든 점괘도 들었다.

그는 분명 이번 일은 성공하고 원하는 것을 얻는다 했지만, 그만큼 잃는 것도 많다고 했다. 지금 그 말이 딱 들어맞았다.

귀인을 만난다고 했는데 말처럼 그들의 교주를 찾았지만 고경천은 아직 깨어나지 않은 상태고, 추일학도 옆구리가 갈리는 중한 상처를 입었다. 그나마 홍해구는 내상을 조금 다스리면 낫겠지만, 확실히 그 혼자 넷을 상대한 것은 무리수였다. 물줄기만 아니었다면, 그도 이미 시체로 화했을지도 몰랐다.

"어서 막내는 다섯째에게 줄 약을 준비하고, 넷째는 이리 오너라."

"예."

홍아연은 약봉지를 집어 들고 부엌으로 향했다.

"대형, 죄송합니다. 이 동생이 너무 못나서……."

늘 당당함에 빠졌던 오염달도 이 순간은 기가 죽었다.

"되었다."

"그런데 교주님은? 도대체 어떻게 된 상태요? 실상 약이 필요한 사람은 교주님인데, 다섯째 약이나 사 오라 하고."

"그건 나로서도 모르겠다. 도대체 그동안 무슨 일이 있었는지 정신적으로나 육체적으로 극한에 몰린 상태였다. 더욱이 억지로 내공을 일으켜 혈맥이 이곳저곳 상했더구나. 거기다 한꺼번에 모든 힘을 쏟아내 단전이 밑바닥을 보여 완전 탈진한 상태고. 조금씩 기운이 돌아오면 정신이야 들 테지만, 근본적으로 마치 무언가가 교주님을 틀어막은 느낌이다.”

“그럼 방법은 없는 거요? 정말 이대로 가만히 기다려야만 합니까? 대형은 머리가 좋지 않습니까?”

잠시 죽었던 오염달의 성격이 다시 고개를 쳐들었다. 그는 이미 선하령의 일로 고경천에게 흠뻑 빠졌다. 무림인 전부를 일수에 옴짝달싹 못하게 한 계책과 무공. 아무나 할 수 있는 것이 아니었다.

하나 추일학도 그처럼 답답하기는 마찬가지였다. 단지,

“방법이 없지는 않다. 그리고 그 일은 우리가 하는 일과 무관하지 않다. 둘째가 무사히 삼양궁에서 빼앗긴 비도를 찾을 수 있다면, 진짜 흡정마공을 이용해 교주를 치료할 수 있을 것이다.”

그는 그날 선하령에서 흡정마공에 유달리 강한 집착을 보이던 고경천의 모습을 잊지 못했다. 그리고 지금 이 순간 그 집착이 고경천의 금제와 밀접한 연관이 있단 확신이 들었다.

하나 그 말에 오염달의 얼굴에 더한 고뇌가 가라앉았다.

“대형, 그러나 그 물건은 아마 성 노괴가 직접 관리할 텐데. 사실 우리도 이번 일을 시작할 때……”

"믿어라! 하늘은 결코 노력하는 자를 버리지 않는다."

추일학은 확신있는 한마디로 그의 말을 잘라 버렸다. 그러나 내심 그도 이 순간은 그저 하늘에 강하게 빌 뿐 다른 방법이 떠오르지 않았다.

'정말 하늘이 우리 일곱 형제와 삼음교, 또 교주님을 버리지 않았다면 분명 무슨 답을 내려줄 것이다.'

진인사대천명(盡人事待天命), 그들이 최선을 다하는 만큼 반드시 하늘도 그에 합당한 답을 내려줄 것이다.

추일학은 그 한마디를 믿으며, 다른 쪽에서 벌어진 일의 성공 여부를 알기 위해 한시라도 빨리 나머지 동생들이 오기를 기다렸다.

해가 떨어지기 무섭게 조금씩 몰려든 구름이 한밤중이 되어서는 하늘 전체를 잿빛으로 온통 물들여 버렸다. 그리고 간간이 그 속에서 작게 번뜩이는 섬광. 조만간 한바탕 비라도 올 것처럼 천지는 점점 짙은 어둠 속에 파묻혀 갔다.

그리고 그런 어둠을 틈타 빠르게 논과 밭 사이를 이동하는 이 인이 있었다. 의복도 검은 계통을 걸쳤는지 흐릿한 잔상만 남길 뿐, 그 형체가 잘 잡히지 않았다.

"암호는 분명 이쪽이었지?"

오른편에 달리던 자가 왼편의 자에게 말을 건넸다.

그러자 그자는 대답 대신 고개를 끄덕였다.

그렇게 인가에 다다르자 입구부터 차례대로 집을 세기 시작했다.

"세 번째다."

그 말에 침묵을 일관하던 자가 다시 한 번 고개를 끄덕이고, 둘은 곧 빠르게 몸을 움직여 한 가옥 앞에 다다랐다.

그리고 한 사람이 조금 뒤처져 주위를 살피고, 나머지 한 사람이 나무 문 가까이 다가가 조용히 두드렸다.

똑똑. 똑똑똑. 똑똑.

사전에 약속이라도 된 것처럼 사내의 손길은 일정한 박자가 있었다. 그리고 잠시 시간을 둔 후, 다시금 두드렸을 때 안에서 말소리가 들려왔다.

"셋째 형이요? 아님 여섯째냐?"

"넷째야, 나다. 가짜 도사."

"셋째 형!"

오염달이 반가운 소리를 내며 문을 열어주었다. 그 가짜 도사라는 표현은 현무칠수 중 셋째 기문괘도(奇門卦道) 진가도(眞可道)가 주로 쓰는 말투였다.

"그래. 여섯째야, 들어가자."

진가도가 들어가고 다시 한 번 매서운 눈으로 주변을 살핀 최염이 그 뒤를 따랐다.

오염달이 문을 닫고, 그들은 조금 안쪽에 자리한 한 방으로 향했다.

두 개의 방 중 하나는 고경천과 그를 돌보는 홍아연이 머물렀고, 나머지 하나는 추일학과 오염달, 홍해구가 잠을 자지 않고 두 사람을 기다리고 있었다. 오늘이 약속한 날. 자정까지도 나타나지 않은 두 사람으로 인해 먼저 도착한 그들은 빛이 새지 않게 창을 단단히 가리고 둘을 기다렸다.

"대형? 다섯째, 너도?"

진가도는 허리에 붕대를 감은 추일학과 얼굴색이 좋지 않은 홍해구의 모습에 놀란 표정을 지었다. 그건 평상시 차가운 인상을 자랑하는 최염의 표정까지 변할 정도였다.

하나 추일학은 무사 귀가한 그들의 모습에 오히려 푸근한 미소를 지었다.

"죽을 정도는 아니니 걱정하지 마라. 그보다… 수고했다."

그리고 그 한마디가 먼 길을 쉬지 않고 달려온 두 사람의 피로를 일순간에 날렸다. 진가도의 얼굴에는 조금 쑥스러움이, 최염의 얼굴에도 미비하나마 미소가 그려졌다 사라졌다.

"그보다 막내가 안 보입니다."

진가도는 한 사람이 비는 모습에 주변을 살폈다. 환자가 둘이니 혹시나 하는 걱정이 묻어 나왔다.

"걱정 마라. 막내는 멀쩡하다. 지금 아주 중요한 사람을 간호하느라 잠시 다른 방에 가 있다."

"중요한 사람이요?"

"그건 나중에 천천히 이야기하고, 일단 일의 경과나 들어

보자."

진가도는 의문을 나타내다 추일학의 질문에 표정을 풀었다. 그리고 잠시 갈증을 달래려 탁자 위의 식은 차를 한 모금 마셨다.

한데 그를 바라보는 궁금증 섞인 삼 인의 시선으로 쉽게 차 한 잔 마실 수도 없었다.

해서 진가도는 거두절미하고 결론부터 말했다.

"일단 계획했던 일은 성공입니다."

"그래. 어려움은 없었느냐?"

"어차피 방웅풍이 삼양궁의 금기당 부당주라 해도 여섯째의 상대는 아닙니다. 그를 따르는 수하들도 미처 움직이기 전에 제가 진으로 막고, 둘째 형이 쌍월엽(雙月葉)으로 숨통을 끊어놓아 생각보다 싱겁게 끝나기까지 했습니다. 그리고 계획대로 둘째 형은 방웅풍으로 화하고, 저는 숨이 끊어진 삼양궁도를 조시술(操屍術)로 조종해 근처에 있는 그들의 협력 문파에 알리게 했습니다. 그 뒤, 소식을 받은 자들이 유일한 생존자인 둘째 형을 데리고 가고, 그 뒤 저희도 그곳을 벗어났습니다."

"그래. 한데, 아무리 생각해도 둘째에게 너무 괴롭고 위험한 역할을 맡긴 것 같다. 아무리 삼음교의 숙원을 푸는 길이라 해도……."

추일학의 얼굴이 어둡게 가라앉았다.

"대형! 저희 모두 이날만을 위해서 살아왔습니다. 더욱이 그 정도의 고육지계가 아니라면, 어찌 삼양궁의 눈을 속일 수 있겠습니까? 그리고 둘째 형의 변환술은 숨이 끊어지지 않는 이상 풀리지 않아 정체가 탄로날 염려가 없습니다. 또, 둘째 형이 가진 은잠술과 추종술이라면 후에 어려움이 닥쳤을 때도 능히 벗어날 수 있을 것입니다."

"음……."

하지만 진가도의 설명에도 추일학은 표정을 풀지 못했다. 계획이 완벽했다고 해도 상대가 삼양궁이었다. 선하령의 일도 본래의 계획하고는 조금 틀어지지 않았던가?

"그보다 저도 선하령의 일이 궁금하군요."

진가도의 물음에 추일학은 표정을 풀지 않을 수 없었다. 어차피 그들도 그 일에 대해 많은 궁금증이 있을 것이다.

"그럼 이제 내 차례구나. 이번에 추진한 삼양궁 잠입 계획으로 우리 형제는 패를 두 패로 나누지 않았느냐?"

"예."

"그래. 바로 너와 둘째, 여섯째가 맡은 삼양궁 잠입 관련 일. 그리고 나와 넷째, 다섯째가 맡은 선하령의 일. 일단 우리도 서찰을 각지에 뿌려 사람들을 끌어 모으는 데는 성공했다. 그리고 적당한 시점에 삼양궁에 정보가 흘러들어 가게도 했다. 그래서……."

그렇게 추일학은 얼마 전에 벌어진 선하령의 일들을 하나 하나씩 두 사람에게 들려주었다.

"음……."

이야기를 다 들은 진가도는 묵직한 신음성을 토해냈다.

"하나, 후회하지 않는다. 우린 이번 일을 하며 가장 커다란 것을 얻게 되었다!"

"……?"

진가도와 최염은 조금 얼떨떨해졌다. 한데, 더욱 어리둥절한 것은 오염달과 홍해구였는데 추일학처럼 기쁜 얼굴들이라는 것이었다.

"그런 표정 짓지 않아도 된다. 너희도 듣게 되면, 아마 나와 다르지 않을 것이다."

"……."

하나 추일학의 이야기는 점점 두 사람을 답답하게만 만들었다.

"그게 바로……."

그때였다.

쾅!

문이 부서질 듯 요란하게 열리며 홍아연이 뛰어들어 왔다. 지금 그녀의 얼굴에는 기쁨이 확연히 드러나 있었다.

"큰 오라버니, 깨어났어요. 지금 막 깨어났어요."

"그래?"

추일학의 얼굴도 덩달아 환해졌고, 오염달은 제일 먼저 고경천이 있는 방으로 달렸다. 그리고 홍해구도 침상에서 몸을 일으키며 자리를 이동하려 했다.

"대형, 지금 이게 무슨 일입니까? 도대체 그가 누구기에……."

추일학은 자리에서 일어나며 강한 의문을 나타내는 두 사람에게 한자한자 강한 음절로 한마디를 해주었다.

"우리가 그동안 찾고자 한 삼음교의 교주님이다."

"예?"

진가도의 두 눈이 놀라 크게 떠졌다.

"……!"

그리고 옆에 있던 최염의 두 눈마저 크게 부릅떠졌다.

"따라와라. 너희도 직접 보면 알게 될 것이다."

추일학은 추가 설명 없이 빠져나가는 다른 자들을 쫓아 고경천이 머물고 있는 다른 방으로 향했다.

진가도와 최염은 서로 상대를 바라보다 따로 남을 수 없어 그 뒤를 따랐다.

그렇게 그들이 도착하니 벌써부터 오염달의 걸걸한 목소리가 실내를 울렸다.

"교주님, 정말 얼마나 저를 말려 죽일 작정이셨습니까? 선하령을 떠나 오늘까지 한 번도 깨어나지 않아 제대로 모셔보지도 못하고 교주님을 땅에 묻는 줄 알았습니다."

"오라버니!"

그 말에 홍아연이 빽 하니 고함을 질렀다.

"어? 이런, 주둥이……."

오염달은 곧 자신의 말실수를 깨닫고, 그 두툼한 손으로 자신의 입을 때렸다.

'여전하군, 이자는…….'

고경천은 그의 괴행에 별다른 말도 하지 못하고 씁쓸한 미소를 지었다.

'그보다… 무사히 탈출한 것 같구나.'

보이는 것이 휑한 공간이 아닌 흙담에 가려진 집 안 풍경이다. 그래서 그런지 고경천의 마음 한구석에 포근한 기분이 들었다.

'그러나 몸은… 훗!'

범산호와 술병을 나눌 때와 똑같았다. 과도한 진기의 발출로 사지의 감각이 자기 것 같지 않았다. 것보다 바닥을 보이는 단전. 정신을 차리자 조금씩 흩어졌던 현음빙기가 돌아오는 기분이 들었다.

"교주님."

고경천이 한참 자신의 몸을 살필 때, 떨리는 추일학의 목소리가 들려왔다. 그는 소리가 난 쪽으로 고개를 돌리며 창백한 얼굴에 한줄기 미소를 만들었다.

"서생께서도 무사하신 것 같소."

"저야 이 두툼한 살집으로 그 정도의 칼질로는 죽지도 않습니다. 그보다 걱정… 많이 했습니다."

애써 자제하고 있지만, 분명 추일학의 목소리는 조금 떨려 나왔다.

'요상한 기분이 드는군.'

그들을 보고 있자니 고경천은 묘한 예감을 받았다. 출관 후, 온통 혼란한 그의 여정에 이런 일이 있을 줄은 꿈에도 상상하지 못했었다. 거기다 이들은 고경천에게 있어 사지를 함께한 동료였다. 아직 인지하지 못한 앞으로의 일까지 같이해야 할 자들이었다. 서로의 운명의 끈이 엮어지는 것이 느껴져 가슴에서 뭔가 울컥 치밀었다. 해서 밝은 미소와 함께 한참 만에 그의 말에 화답했다.

"내 늘 입버릇처럼 하는 말이 있지 않소? 나란 놈은 이렇게 죽을 운명도 아니고, 죽으라 고사 지내도 죽고 싶은 마음 눈곱만치도 없다고. 내가 지난 십 년 동안 가장 깊게 체득한 것은 무공보다 오히려 악착같은 삶에 대한 욕구요."

"하하하. 알겠습니다. 교주님이 그런 생각을 갖고 있으시다면, 아랫사람 입장에서는 오히려 속이 편하지요."

"그런데 그 교주란 말 좀 어떻게 할 수 없소? 정말 나는 아직도 이해가 되지 않소. 그저 당신네들이 아는 어떤 무공과 흡사한 것을 익혔다고 교주라 인정하면, 그거야말로 너무 바보 같은 짓 아니오?"

"아닙니다. 저는 교주님을 처음 본 순간, 딱 이 사람이 나의 교주다 이런 걸 예감했습니다."

기다렸다는 듯이 오염달이 고경천의 말을 붙들고 늘어졌다.

그러나 바로 던져지는 홍아연의 한마디에 오염달의 그 말은 한낱 개방귀로 바뀌었다.

"호오. 얼마 전까지 누가 누굴 보고 뻘건 대가리라고 난리를 친 것 같은데……."

"억! 너?!"

"왜요. 잊었어요?"

"크흑!"

오염달의 입술이 그대로 붙어버렸다.

"호호호."

홍아연이 웃음을 터뜨렸다.

그리고 고경천이나 추일학도 그때 일이 떠올라 자신도 모르게 미소 짓고 말았다.

"정말 치사하게 그러지 말고, 나도 좀 압시다."

그나마 안다고 여긴 홍해구도 그 일만은 몰라 오염달처럼 끼어들었다. 하나 당사자들은 웃기만 할 뿐, 아무도 입을 열지 않았다.

대신 분위기 쇄신차 추일학이 꿔다 놓은 보릿자루가 된 진가도와 최염을 고경천 앞으로 불러 세웠다.

그 둘은 아직 상황이 이해가 가지 않아 모든 걸 쉽게 받아

들이지 못했다. 그저 추일학의 말이기에 조용히 따를 뿐이었
다.

"너희가 궁금해한 분이시다. 잃어버린 현음진결의 전승자
이며, 자칫 잘못하면 선하령에서 뼈를 묻을 뻔한 우리를 구해
주기까지 하신 삼음교의 현 교주님이시다."

"예?"

"……!"

아까 놀랐을 때와는 또 달랐다. 진가도와 최염도 현음진결
의 전승자가 주는 의미를 너무나 잘 알고 있었다. 그래서 자
연스레 두 사람의 무릎도 고경천 앞에 구부러졌다.

"삼음교 제자 진가도, 교주님을 뵙습니다."

"최염, 인사드립니다."

감격에 겨운 목소리와 차갑게만 들리는 목소리. 하지만 그
속에 담긴 감정의 색깔은 같았다.

"이보시오. 잠깐만… 윽."

그들의 행동에 고경천은 몸을 일으키려다가 신음을 토해
냈다.

'아… 정말 또 늘었네. 이거 미치겠군.'

고경천은 이 순간 마치 거대한 그물이 전신을 조여오는 기
분을 맛보았다. 벗어나려 하면 할수록 점점 더 강한 힘으로
그의 전신을 죄어왔다.

"교주님, 그들은 인사를 받지 않으면 죽는 그날까지 몸을

일으키지 않을 것입니다.”

추일학은 미소를 지으며 협박 비슷한 말을 고경천에게 날렸다.

‘그래. 바로 저 인간. 저 인간이 문제다!’

고경천은 얼굴을 찌푸리며 추일학을 노려보았다.

한데 추일학은 유들유들한 미소를 지을 뿐, 전혀 미안해하거나 하는 감정을 보이지 않았다.

거기다 정말 추일학 말대로 두 사람은 미동도 없었다. 더욱이 그들로 인해서 실내의 분위기는 이상해져만 갔고, 이대로는 아무것도 할 수 없을 것 같았다.

“이… 일어나시오.”

고경천은 억지로 열리지 않는 입을 떼었다.

“명을 받듭니다.”

“존명.”

두 사람은 그제야 자리에서 일어났다.

그리고 고경천이 있는 침상을 중심으로 간소하게 자리가 마련되었다. 몸 성한 오염달과 최염이 의자를 나르고, 홍아연은 차라도 준비한다며 부엌으로 사라졌다.

자리가 잡혀지자 추일학이 제일 대형으로 이야기를 이끌었다.

“지금까지 교주님은 삼음교의 일곱 제자 중 둘째인 만천백변투 허표를 제외하고는 다 보았습니다. 향후 저희가 교주님의 제일수하가 되어 보필할 것입니다."

"이보시오. 내 여러 번 말했지만, 나는 누가 강요하는 것이 싫소. 나에게도 나름대로 해야 할 일이 있고, 가장 시급한 것은 나에게 들러붙은 저주받은 금제부터 푸는 일이오. 지금 그 외에는 아무 생각도 들지 않소. 알겠소?"

"그 일이라면 신경 쓰지 마십시오. 이미 둘째가 삼양궁 잠입에 성공했다고 합니다."

"그거 거짓말 아니었소?"

고경천은 빠져나오려다 오히려 뒷덜미를 잡혔다.

"설마 제가 그런 것까지 거짓말하겠습니까? 그건 분명한 사실입니다. 비록 그 일이 쉬운 것은 아니지만, 하늘이 우리와 교주님을 연결시켜 준 이상 흡정마공과도 분명 연을 닿게 해줄 것입니다."

'또 하늘이야?'

고경천이 속으로 툴툴거릴 때, 추일학이 무슨 말을 하려는지 몇 번 머뭇거리다 조심스레 입을 떼었다.

"그보다 교주님께 한 가지 부탁을 하고 싶습니다."

"부탁? 무슨 부탁을……."

"예. 중요하다면 중요한 일이고, 아니다 생각하면 아닐 수도 있는 것입니다. 그동안은 경황이 없어 묻지 못했지만, 저희에게 현음진결을 볼 기회를 주시겠습니까?"

말을 건넨 추일학이나 다른 자들도 모두 기대의 눈길을 보냈다.

하나 정작 당사자인 고경천은 이 순간 당황하고 말았다.

'헉? 무경… 그 무경 찢어버렸는데……'

그래서 고경천은 어떤 말을 할까 고민하다 그냥 사실대로 불어버렸다.

"미안하오. 예전에 내가 이성을 잃은 적이 있는데, 그 당시 나도 모르게 찢어버렸소. 그래서 지금 나에게 무경은 없소."

고경천의 그 한마디에 현무칠수의 눈에 잠시 실망이 어리는 듯했다.

그러나 추일학은 잠시 동생들의 얼굴을 바라보며 무언가 눈으로 대화를 나누는 듯했다. 그리고 현무칠수들이 미미하게 고개를 끄덕이자 추일학은 미소를 지었다.

"알겠습니다. 이미 사라진 무경, 어쩔 수 없지요. 그러나 무경이 사라졌다 해서 무공 특성까지 사라질 순 없습니다. 제가 본 교주님의 무공, 그건 분명 현음진결상의 무공이 맞습니다. 그러니 저희는 처음 말한 대로 계속해서 교주님으로 모시겠습니다."

고경천은 무언가 입을 열려고 했으나 입을 열 수 없었다. 맹목적인 믿음이란 그만큼 그들에게 이 일이 절실했다는 것이 아닌가?

'일단 이대로 두자. 만일 거짓이라면 진실은 금방 밝혀지

겠지.'

고경천은 자신에게도 이렇게 말을 하며 더 이상 말을 하지 않았다.

그리고 때를 맞추어 사라졌던 홍아연이 실내로 들어섰다. 그녀는 김이 모락모락 나는 찻주전자와 잔을 들고 나타났다. 그래서 자연스레 그들은 가져온 차를 나눠 마시며 휴식을 취했다.

그리고 차를 음미하던 진가도가 그제야 생각이 났다는 표정으로 입을 열었다.

"그러고 보니 제가 말씀드리지 않은 것이 있습니다."

"말하지 않은 것이라니?"

추일학이 그를 바라보았다.

"얼마 전, 방웅풍이 이끄는 호송대를 습격하며 한 가지 요상한 물건을 얻었습니다. 정말 마물이라 불려도 딱 알맞은 그것은 굉장한 마기를 뿜고 있더군요. 해서 다른 것은 몰라도 그건 가지고 왔습니다. 둘째 형도 아마 굉장한 물건일 거라고 대형에게 가져가 보라고 하더군요."

그러면서 진가도는 품속에 잘 모셔뒀던 부적이 덕지덕지 붙은 마면상을 꺼내놓았다. 그것은 그 상태로도 굉장한 마기를 뿌렸다. 모르는 사람이 봐도 평범한 물건이 아니란 느낌이 강하게 다가왔다.

그리고 그 순간,

쿠르르릉. 쾅.

툭툭.

지금까지 무거움을 참던 하늘이 한 줄기 빗줄기로 창을 두드리더니 급기야 시원하게 쏟아내었다.

쏴아아아.

봄비치곤 무척 거센 빗소리가 밤새도록 퍼부어야 그칠 것 같았다.

그리고 이런 빗줄기가 마면상을 바라보는 자들에게 서늘함을 더해갔다. 특히, 추일학은 마면상을 보며 눈가를 조금씩 떨어댔다.

'이 조각상은… 한데, 어찌 이것이 이 자리에 있단 말인가?

우연이라 하려고 해도 너무도 두려운 일이었다. 하늘의 기가 막힌 안배가 아니라면, 어떻게 이리 뒤통수를 칠 수 있단 말인가?

"잠시 자리 좀 비켜주겠느냐?"

추일학의 한마디에 모든 이들의 시선이 그의 얼굴로 모였다.

"내 긴히 교주님과 이야기를 나눌 것이 있다. 그러니 너희는 잠시 자리를 비켜주어라. 그리고 절대 우리 둘이 하는 이야기를 듣지 말거라."

"대형! 왜 그러십니까? 도대체 갑자기 비키라니……."

오염달이 고개를 갸웃거릴 때, 추일학의 표정을 본 진가도가 제일 먼저 자리를 털고 일어났다.

"그래, 일단 자리를 비켜주자. 어차피 이곳을 떠나면 이렇게 편히 이야기 나눌 시간도 없을 테니 우린 잠시 담소나 나누자."

그가 나서서 나머지를 이끌자 대부분 말없이 자리를 비웠다.

그리고 남게 된 두 사람.

추일학이 갑자기 뜬금없는 한소리를 내뱉었다.

"두렵다는 생각마저 듭니다."

"……?"

"정말 끝을 알 수 없는 사람의 능력과 답을 낼 수 없는 하늘의 안배. 저는 이 두 가지가 이렇게까지 두려움을 줄 것이란 생각을 못했습니다."

실제로 보면 추일학이 몸마저 떨고 있는 듯했다.

'도대체 웬 자다가 남의 다리 긁는 소리야? 설마 날 옭아매려 사기 치려는 거 아냐?'

고경천은 이대로 그냥 두잔 결심이 흔들리는 걸 느꼈다.

"교주님은 정말 운명을 믿지 않습니까?"

"서생, 내 몇 번 말해야 알겠소? 만약 내가 운명에 매달릴 것 같았으면, 진작에 별탈없이 다른 인생을 살았을 것이오. 하지만 난 차려진 밥상보단 차려 먹는 밥상이 더 좋소."

“하늘에 맹세코 진짜로 운명을 믿지 않습니까?”

“같은 말 하게 하지 마시오. 괜히 보이지도 않는 운명을 팔아 날 옭아매려면 일찌감치 포기하시오. 나는 눈에 보이는 것만 믿고, 설사 있다 해도 그저 내 의지대로 밀고 나갈 뿐이오.”

“하지만 운명은 이렇게 교주님 앞에 모습을 드러냈습니다. 저 물건… 바로 교주님이 얻으려는 흡정마공을 담고 있는 흑옥마면상입니다.”

“뭣이요?!”

한참 자신의 운명거부론을 펼치던 고경천의 눈이 튀어나올 듯 크게 부릅떠졌다.

『흡정마공』 제1권 끝

무한 상상 · 공상 세계, 청어람 신무협&판타지

『한백무림서』 11가지 중 『무당마검』, 『화산질풍검』을 잇는 세 번째 이야기 『천잠비룡포』의 등장!!

천상천하 유아독존!!
새로운 무림 최강 전설의 탄생!!

『천잠비룡포』
(天蠶飛龍袍)

천잠비룡포(天蠶飛龍袍) / 한백림 지음

천잠비룡황, 달리 비룡제라 불리는 남자.

그는 누군가의 명령을 받고 움직이는 남자가 아니다.
그는 자신의 적을 앞에 두고 물러나는 남자가 아니다.
그는 자신의 이름 안에 있는 자들의 원한을 결코 잊는 남자가 아니다.

그 누구보다도 결정적이고 파괴력있는 면모를 지닌 남자.
황(皇)이며, 제(帝). 그것은 아무나 지닐 수 있는 칭호가 아니다.
그는 제천의 이름으로도 제어할 수가 없는 남자였다.

무적의 갑주를 몸에 두르고
가로막은 자에게 광극의 진가를 보여준다.

다세포 소녀 원작 만화 출간!!

2006 부천 국제만화상 일반부문 수상!!

전국 서점가 최고의 화제작!

OCN 슈퍼액션 드라마 시리즈 방영!

왜? 사람들은 다세포 소녀에 주목하는가! 상식을 뒤엎는 기발하고 엉뚱한 상상력!

『다세포 소녀』의 숨겨진 힘!!

다세포 소녀 원작만화 (전 5권 예정)
B급 달궁 글·그림 | 값 9,000원 / 부록 예이츠 시집

몇 페이지만 읽어도 좌중을 휘어잡을 이야깃거리가 넘쳐난다!
둔감해진 머리에 영감을 주는 아이디어가 마구마구 솟구친다!
원작을 더욱더 빛내주는 기발한 댓글 퍼레이드!
300만 다세포 폐인을 열광시킨 상식을 뒤엎는 엉뚱한 상상력!

또 하나의 이야기! 또 하나의 재미!
소설 『다세포 소녀』

초우 장편소설 | 값 9,000원 / 원작자 B급 달궁

"그건 모르겠고, 나는 외눈의 사랑이야. 사랑을 줄 수는 있어도 마주 할 수 없는 사랑이지. 두 눈을 가진 사람은 주고받을 수 있지만, 나는 주는 것만 할 수 있어. 나는 주는 사랑으로 족해. 외사랑이지."
−외눈박이

입소문을 통해 아는 분은 다 알고 계십니다!
올 한해 공인중개사 최고의 화제작!

1~2권 합본 | 이용훈 지음
3~4권 합본 | 이용훈 지음
5~6권 합본 | 이용훈 지음
용 어 해 설 | 이용훈 지음
1~2차 문제풀이집 | 이용훈 지음

수험생 기본 필독서
만화 공인중개사

제목 : 만화공인중개사 쓰신 분에게 감사드립니다.

학원을 두달 다녔어요. 근데 과연 그 숫자 와우기 그렇게 몇 문제나 나올까 생각을 했어요.

아니라는 생각이 드네요. 학원강의를 뒤로 하고 서점을 갔어요. 내 머리에 가장 이해될 수 있는

책이 없나 하구요. 거기서 만화를 발견했어요. 무조건 세번 봤어요. 3개월 걸렸어요. 문제집을

보라고 했는데 그건 시행을 못했어요. 근데 합격을 했네요.

어떻게 감사의 말을 해야 될지…

도서관에서 만화책 들고 다니니까 사람들이 비웃더라구요. 만화책으로 공인중개사를 공부한

다고 미친사람처럼 보더라구요. 근데 그거 다 감수하고 했던 내가 자랑스럽습니다.

어떻게 감사의 말을 해야 할지 정말 감사합니다.

부디 행복하세요. 제 나이 41살에 좋은 스승을 만난 거 같습니다.

엎드려 감사드립니다.

－본사 홈페이지에 독자분이 올린 메일 中 에서 발췌－

잘나가고 싶은 사람은 읽어라!

그에게 한눈에 반했다! 그것은 분위기 탓?
애인과 나란히 걸어갈 때 당신은 좌, 우 어느 쪽에 서는가?
이성은 왜 서로 끌리는 걸까? 그 심층 심리를 해명한다!

30초의 심리학

■ **30초의 심리학**
아사노 하치로우 지음 / 계일 옮김 | 값 8,500원

처음 본 사람인데 와 닿는 느낌이
너무나도 강렬한 사람이 있다.
흔히 하는 말로 '필이 꽂힌 사람',
그래서 잊혀지지 않는 사람,
한눈에 반했다고 하는 것이 바로 그것이다.
이런 인간의 감정을 논하는 데
남녀의 구분이 있을 수 없다.
사랑하는 그, 혹은 그녀를
생각하는 것만으로도 가슴이 두근거린다.
이상할 것 없다. 당연히 그럴 수 있는 것이다.
그렇기에 인간을 감정의 동물이라 하지 않는가.
그러나 그렇게 좋아하는 그 사람이
어느 날 갑자기 싫어지는 경우는 왜일까?

Psychology